마음 ● 수업

마음 지닌 대로 행하고, 행한 대로 거둔다

이광정 지음

자기 취향이나 기호 따라서
어떤 한 종류의 수행법만을 고집한다면
이는 아무리 잘해도 편수가 되어서
결국은 조각 인격을 낳을 뿐이나
수양, 연구, 취사 삼학을 겸수하고
영육쌍전(靈肉雙全), 이사병행(理事竝行),
정기 · 상시, 일 있을 때 · 일 없을 때 등
이 모든 과목을 함께 하는 수행법은
전방위 수행법이요, 전천후 수행법이며
모든 분야에서 원만구족의 수행법이니
일도 공부도 함께 잘 될 뿐 아니라
당하는 대로 쓸모 많은 인격을 이루고
드디어는 여래의 지혜 덕상을 원만구족하게 갖출 것이다.

머리말

　마음, 마음, 마음은 인간사 삶의 전부이다. 개개인의 길흉화복 운명을 빚어 가는 것도 마음이요 세상사 흥망성쇠의 역사를 빚어 가는 것도 마음이다.

　이처럼 자연사를 제외한 모든 인류 문명사의 주인공은 마음이다. 마음의 존재를 부정한 유물론이나 과학까지도 마음이 빚어낸 산물이다. 자연현상을 빚어낸 창조주가 있다면, 인류문명 현상을 빚어낸 마음이 있다.

　그런데도 우리 인간은 마음에 대한 이해가 부족할 뿐 아니라 마음 탐구에 대한 관심도 미약하기 이를 데 없다.

　이 세상에 존재하는 모든 객관적 대상들을 소재로 하여 형성된 학문들은 수없이 많을 뿐 아니라 분야 따라 전문화하여 가고 있고, 그 분야 또한 더 세분화하여 심층까지 접근해 가고 있다.

　그러나 이 주관적 마음을 대상소재로 한 학문이나 관심은 항상 뒷전으로 밀려나 천대받기 십상이다. 더욱이 최근 물신(物神) 왕조가 들어서면서부터는 그 상황이 심각하다고 해야 옳다.

　오늘날 마음을 소재로 하는 학문으로 심리학이라는 것이 있고,

존재 · 인식 · 가치라는 철학의 3대 관심사 중 인식론이 유일하게 마음을 대상으로 하는 학문이며, 동양에 도학이라는 것이 있을 뿐이다. 그것도 물신사상에 밀려서 외롭게 구석에 처박혀 고군분투하는 모습이다.

이런 상황에서 마음에 대한 액면 그대로의 이해와 마음 관리의 필요성 혹은 절박성을 통감하여 '마음개설' 격인 이 책을 내놓게 되었다. 만신창이가 되어 가는 마음세계에 조그마한 등불이라도 되기를 염원한다.

본문은 크게 세 단락으로 구성했다.

1부(마음의 원리)에서는 마음의 서설과 마음 모습 그리고 마음의 내포와 외연을 밝혔다.

2부(수련의 원리)에서는 마음이란 어떠한 대상인가 하는 화두를 던졌고 마음을 단련하는 수련의 문제를 제기했다.

3부(수련의 실제)에서는 실제 수련을 위한 계획과, 수련을 위한 서원, 참회, 유념과 일심, 수련상의 방해 요소, 수련 일기, 공부실현 단계를 밝혔다.

마지막으로 수련을 위한 참고자료를 부록으로 첨부했다.

2011년 12월

좌산 합장

차례

2부

수련의 원리

| 1장 | 마음은 어떠한 대상인가

3부

수련의 실제

마음의 원리

1장
—

마음 서설(緒說)

마음이란 방치하면 묵정밭이 되지만
가꾸면 황금밭이 될 수 있다. 묵정밭이 되면
온갖 독초(毒草), 잡초가 무성하여 자타간에 큰 피해를 주지만
황금밭이 되면 온갖 오곡백과(五穀百果)의 은실(恩實)이 열려
자타간에 큰 은혜와 행복을 안겨 준다.

마음[心]의 원리

이 세상 모든 사물은 제 홀로 지탱할 수 없다. 무한한 주변 것들을 사용하거나 그에 의존해야 존립(存立)할 수 있다. 직접 혹은 간접적으로, 또 간접의 형태도 이겹을 넘어 삼겹, 사겹, 오겹……어떠한 형태로든 상호의존 관계 속에서만 존립이 가능하다.

우리는 살아가면서 그 많은 소재들을 활용하는데 그중 가장 근본적이며 핵심적인 소재는 우리의 마음이다.

마음이란 우리가 한순간도 떠나서는 살 수 없을 뿐 아니라, 이세상 모든 소재를 활용한다는 것은 그 이전에 먼저 마음부터 사용하고서야 가능하므로 마음을 빼고서는 이 세상 어느 것도 활용할 수 없다. 다시 말하면 사물인 객체(客體)와 마음인 주체(主體)가 결합하여 작용하는 것이 바로 사물의 사용·활용이다.

그러므로 사물의 원리를 아는 것을 지식 혹은 지혜라고 하지만, 보다 근본적 지혜는 마음의 원리를 터득하는 것이다. 우리가 접하는 현실 인격체들 중에 사물에 대한 앎은 많으나 현실 문제를 풀어 가는 결과는 실패의 연속인 경우를 보기도 하고, 사물에 대한 앎은 많은 것 같지 않은데 현실 문제를 성공적으로 해결해

나가는 경우를 보게 되기도 한다.

이러한 차이는 마음의 원리를 터득하는 지혜의 차이에서 비롯된다. 지혜가 어두우면 바라는 바와 그것을 이루기 위한 행위가 엇박자로 돌아가 결국 실패하고 만다. 더 솔직히 이야기한다면 꼭 실패할 짓만 골라 한다. 그러나 마음의 원리를 터득한 지혜로운 사람은 성공이 가능한 행위만 골라 한다. 그리하여 결국 문제를 쉽게 긍정적으로 풀어 간다. 이것이 성공과 실패의 갈림길이다.

우리 생령(生靈)들이 영생을 살아가면서 어찌 소망이 없으랴. 그 모든 소망들이 마음의 원리에 따라 이루어지는 것이 바로 한 치도 부정할 수 없고 의심의 여지가 없는 이치의 세계이다. 따라서 마음을 가꾸는 것은 영겁대사(永劫大事)요, 필수적인 일이며, 절체절명의 과제이다.

그럼에도 우리 범부 중생들은 이 마음의 문제를 방치하고 산다. 마음이란 방치하면 묵정밭이 되지만 가꾸면 황금밭이 될 수 있다. 묵정밭이 되면 온갖 독초(毒草)와 잡초가 무성하여 자타간에 큰 피해를 주지만 황금밭이 되면 온갖 오곡백과(五穀百果)의 은실(恩實)이 열려 자타간에 큰 은혜와 행복을 안겨 준다. 묵정밭을 만들 것이냐 황금밭을 만들 것이냐, 이것이야말로 우리 인생 일대사의 문제이다.

이에 모든 생령의 이고득락(離苦得樂: 고를 여의고 낙을 얻음)의 염원을 담아 마음의 모든 문제를 밝혀서 마음 실체의 이해를 돕고, 마음 관리와 계발의 지침이 되게 하고자 한다.

마음을 소외하는 현실

신앙과 수행은 우리 인생의 가장 성숙한 모습이다. 신앙과 수행을 통해 인간은 극치의 영성 세계에 들 수 있기 때문이다. 차원 높은 영성 세계에 들지 못한다면 인간은 생물학적 범주[동물성]를 벗어나지 못할 것이다.

그렇다면 신앙과 수행은 무엇으로 하는가? 결국 마음으로 한다. 마음을 떠나선 신앙과 수행생활을 할 수 없으며, 더 나아가 마음을 떠나서는 삶 자체가 이루어질 수 없는 것이기에 이 마음을 바로 이해하고 철저히 알아야 한다.

흔히 한국 사람은 '마음' 하면 금방 안다고 생각한다. 반면 서양에는 마음이란 단어가 없다고 한다. 비슷한 단어로 '마인드(mind)', '하트(heart)', '소울(soul)', '스피릿(spirit)' 등이 있기는 하나 우리가 생각하는 마음과 똑같은 단어가 아니라는 것이다. 그래서 적절한 번역이 불가능하고 정확히 이해시키기도 어렵다.

그런데 '마음'이 뭔지 안다고 생각하는 우리는 정말로 마음이라는 실상 그대로를 아는 것일까? 그렇지 않다. 마음에 대해 몇 가지만 물어보아도 금방 말문이 막힌다. 실제로는 마음에 대하여 모른다고 해야 옳다. 노래가사 중에 "지금도 알 수 없는 당신의 마음"이라는 게 있는데 과연 당신의 마음만 모르고 자기 마음은 알고 있는가? 사실은 자기 마음도 잘 모른다. 그래서 이 마음을 잘못 사용하다가 스스로 재앙을 불러들이는 일〔自招之禍〕이 얼마나 많은가.

그럼에도 마음에 대하여 깊이 살피지 않는 것이 일반적 경향이다. 그 결과 오늘날 마음은 참으로 많은 수난을 받고 아파하고 있다. 오늘의 사회에서 마음이란 방치의 대상이요, 무관심의 대상이요, 때에 따라서는 학대의 대상이자 조롱의 대상이다. 그 수난을 견디다 못해 결국 스스로 목숨을 포기하는 사례도 숱하게 일어난다. 이상한 것은 이러한 일이 부유한 사람들 사이에서도 일어난다는 사실이다.

현대의 마음세계를 깊이 들여다보면 참으로 그 심각성에 근심하지 않을 수 없다. 물신(物神)의 세에 밀려 마음은 설 땅을 잃고, 급기야 물신의 노예로 전락하여 그 명령에 따른 결과 무소불위(無所不爲), 무소기탄(無所忌憚)의 현상들이 벌어져서 그로 인한 생령들의 아픔이 처절하게 전개되고 있다.

어찌 그뿐인가. 식욕·색욕·재욕·명욕·권욕·안일욕 등의 사병(私兵)으로까지 전락하여 그 횡포가 우리 전 지구촌을 괴롭히고 있다.

그러다 보니 우리 마음이 주체가 되어 가꾸어야 할 이념·사상·사유의 세계가 오염되어 묵정밭이 되어 있고, 윤리·도덕의 세계가 오염되어 묵정밭이 되어 있고, 믿음 세계가 오염되어 묵정밭이 되고 있다.

총체적으로 마음밭이 묵을 대로 묵어 있고, 마음세계가 오염될 대로 오염되어 혼돈으로 치닫고 있다.

상황이 이렇게 심각한데도 현실은 마음에 대해서 대책이 없다. 모두 외면해 버린다. 밖으로 물화가치(物貨價値)에는 신경과민적인 집착이나 반응을 보이면서도 마음세계에 대해서는 아무도 관심이 없다. 지금 마음세계에 심각한 현상이 벌어지고 있고 해결해야 할 문제가 산더미 같은데도 그 모습을 보지 못하는 것이다. 이것이 현실이다.

마음을 과연 이렇게 방치해도 되는 것인가? 방치해도 우리 삶에는 아무 영향이 없는가?

마음이 하는 역사(役事)

이 문제에 대한 답을 찾기 전에 먼저 마음이 하는 일부터 살펴보자. 우리 인간의 삶에서 이 마음이 빠지고 되는 일이 있던가. 저 소중한 문화 문명들 중에 마음이 빠지고 이루어진 것들이 단 하나라도 있단 말인가. 생각해 보면 자연현상을 제외하고는 모두 인위적인 것이요, 인위적인 것들은 모두 마음이 주체가 되어 형성되었다. 파란만장한 정치제도, 사회제도, 교육제도, 복지제도, 생활문화, 철학사상, 신앙수행 체계, 위대한 과학 문명에 이르기까지 모두 마음의 산물이다.

우리 인간은 무엇이 필요하다 싶으면 기어코 만들어 내는 버릇과 능력이 있다. 마음이란 흥망성쇠의 역사를 끝없이 빚어 가는 주체이다. 동서고금의 역사와 자타피차(自他彼此) 속에서 전개되는 그 많은 일들의 해결 주체 역시 마음이다. 때론 비극적 역사가 전개되기도 했고, 때론 희극적 역사가 전개되기도 했으며, 지금도 그러한 역사를 빚어 가고 있다. 한때도 멈추지 않고 계속 빚어 가고 있다. 그 주체는 역시 마음이다.

어찌 그뿐인가. 우리의 모든 길흉화복의 운명을 빚어 가는 것도 마음이다.

일찍이 고대의 철학적 관심은 인간의 길흉화복 운명을 자연현상의 신비주의에서 찾으려는 경향에서 시작되었다. 천문학에서 찾으려는 경향이나 풍수지리학에서 찾으려는 경향이나, 당산나무나 큰 바위 같은 자연현상이나 동물 등에서 찾으려는 경향이 있었다. 요사이도 문어 점이나 거북이 점 등의 화제들이 심심찮게 있어 왔다. 그러나 이 모든 것들은 과학의 발달에 따라 허구임이 드러났다. 어디까지나 자연현상은 자연현상일 뿐 그 이상도 이하도 아니다. 우리 인간의 무지가 아무 근거 없는 가정(假定)의 상상으로 빚어낸 비사실적인 문화였던 것이다.

그리고 이제 길흉화복의 중심에는 마음이 있다는 것을 각성하기에 이르렀다. 아직도 길흉화복의 운명을 밖에서 찾는 사람들이 더러 있으나 결코 그렇게 찾을 수 있는 것이 아니다. 모두 다 자기 자신, 더 나아가 자신의 마음이 길흉화복을 만드는 원초적 주인공이다. 물론 환경적 토양이 함께한 사실까지 부정하는 것은 아니지만, 그에 앞서 마음속의 씨앗이 먼저 있었음을 알아야 한다. 그리하여 평지조산(平地造山)의 성공도, 태산붕괴(泰山崩壞)의 실패도 모두 자기 자신이요, 자기 안의 마음이 행하는 일이다.

마음속에 씨앗이 잠복해 있을 때는 아무도 그것을 감지해 내지 못하지만, 모든 조건이 맞는 연지(緣地)나 환경을 만나면 그것은 발아하고 성장해서 드디어 결실까지 맺어 길흉화복과 흥망성쇠와 성공과 실패의 결과물을 만들어 내고 희로애락과 고락영고(苦

樂榮枯)와 행 · 불행의 운명까지 좌우한다. 이러한 엄청난 인과세계의 주체 역시 마음이다. 선인선과(善因善果), 악인악과(惡因惡果)의 현상이 별스럽게 나타났을지라도 그 주체는 역시 마음이다. 운명론자들은 사람의 미래 운명을 사주(四柱), 관상(觀相), 수상(手相), 점술(占術) 등에서 찾으려 하지만 관상학의 성서 격인 『마의상서麻衣相書』에서도 "사주가 관상만 같지 못하고 관상이 심상만 같지 못하다〔四柱不如觀相 觀相不如心相〕"고 하였다.

역시 궁극적으로는 마음이 모든 것을 좌우한다는 뜻이다. 결국 인위적인 일 가운데 마음이 작용하지 않고 이루어지는 일은 아무것도 없다. 오히려 자연의 섭리나 자연 소재도 우리 인간의 마음지혜에 따라서 다양하게 활용할 수 있으며, 그것을 소재로 하여 새로운 창조물들을 얼마든지 만들어 낼 수 있다. 이 땅에 극락을 만드는 것도 이 땅에 지옥을 만드는 것도 모두 마음이 하는 일이다.

그래서 일찍이 서양철학 사상에 유심론(唯心論)이라는 것이 있었고, 불교에서는 "일체가 다 마음으로 짓는 바〔一切唯心造〕"라 했다. 이와 같이 마음이 하는 일, 할 수 있는 일을 실상 그대로 다 알게 되면 견성했다 할 수 있다.

지금 내가 마음을 안다는 착각에서 벗어나 마음을 참으로 알아야 한다. 마음의 실체를 알고, 그 위력을 알고, 마음의 체(體)를 알고, 작용을 알고, 불생불멸과 인과와 연계된 것을 알고, 흥망성쇠와 길흉화복과 연계된 것을 알고, 생로병사와 연계된 것까지 알아야 한다.

마음공부

우리가 긴히 쓰는 소지품 하나도 잘 쓰기 위해서는 그 구조에서부터 기능과 조작법에 이르기까지 모두 익혀야 한다. 이것은 필수적인 문제이다. 하물며 무소불위로 사용해야 할 소재요, 우리 모두의 미래 운명을 좌우할 소재인 마음을 이해하는 지혜가 무지로 전락하는 것을 그대로 방치할 수는 없다.

그러므로 마음을 바로 알고, 깊이 알고, 마음을 지키고 단련하며, 마음을 바로 쓰고 지혜롭게 쓰는 법을 공부해야 한다. 이것이 마음공부이다. 마음공부의 의미를 좀 더 구체적으로 살펴보자.

마음공부란 마음의 원리를 잘 알고 그 원리에 따라 마음을 잘 지키고 활용하는 데 공을 들이는 것을 말한다. 다른 말로 표현한다면 마음공부란 유념·무념을 단련하는 공부이며, 유념·무념을 단련한다는 것은 주의력과 집중력을 양성한다는 뜻이다. 주의력과 집중력을 양성하는 공부는 우리의 행동 전방위로 결과물을 좋고 풍성하게 만든다. 이는 바로 어떤 행동을 했을 때의 결과가 윤리적 가치와 실용적 가치와 효율적 가치에 적중하여 나타난다는 말이다.

흔히 현실을 평가하거나 평론을 할 때 그 윤리성은 인정할 수 있으나 실용성과 효율성은 결여된 경우를 볼 수 있고, 실용성은 있으나 윤리성과 효율성 측면에서 문제를 발견하게 되는 경우도 있으며, 효율성은 부정할 수 없으나 윤리성과 실용성의 측면에서 하자를 발견하는 경우도 있다. 또 둘은 인정되나 하나가 부실한 경우, 하나는 잘 되었으나 둘이 부실한 경우도 보게 된다. 더 나아가 세 가지 모두 부실한 경우와 반대로 세 가지 다 높은 결과를 보이는 경우도 있다.

이 모든 것이 우리의 마음실력이 빚어낸 결과들이다. 마음실력이 원숙해지면 모든 분야에서 좋은 결과를 낳고, 마음실력이 용렬하면 모든 분야에서 나쁜 결과를 낳거나 보잘것없는 결과를 낳는다. 이러한 사실을 우리는 현실 속에서나 역사 속에서 수없이 보고 확인할 수 있다.

평생 성공만 하는 사람이 있는가 하면 늘 실패만 하는 사람도 있다. 또 같은 업무, 같은 여건 속에서도 어떤 사람은 성공하고 어떤 사람은 실패하는 경우도 있다.

바꾸어 말하면 성공했다는 것은 그 마음 씀씀에 완벽을 기했다는 것이요, 실패했다는 것은 그 마음 씀씀에 부실한 허점이 있었다는 뜻이다.

원불교에서는 마음공부를 하는 과정에서 일이 잘 되면 유념(有

念)으로 평가하고 잘못되면 무념(無念)으로 평가를 한다. 유념이란 있어야 할 마음이 있도록 챙긴 것이요, 무념이란 있어야 할 마음을 챙기지 못하여 빠뜨렸다는 뜻이다.

공부나 일을 해나갈 때 유념·무념을 대조하는 것은 실로 마음실력을 기르고 현실경계를 대처해 가는 놀라운 묘방이다. 이 공부야말로 언제 어디서나 할 수 있으며, 일이 있을 때도 없을 때도 해야 하는 공부이다. 이 공부를 실질적으로 열심히 하게 되면 안으로 마음실력이 쌓이고, 밖으로는 현실을 주물러 요리하는 역량이 길러져서 무엇을 맡기더라도 능히 감당해 내는 역량가가 될 수 있다.

이 세상 모든 공부가 쓰일 곳과 쓰이지 못할 곳, 능한 곳과 그렇지 못한 곳이 있을 수밖에 없으나, 마음공부는 들이대는 대로 밝아지고 능해지며 결국엔 전방위로 무불통지(無不通知), 무불통달(無不通達)의 경지에 이를 수 있고 끝없이 한량없는 은혜를 생산해 낸다. 이것이 원불교의 마음공부이다.

마음공부는 최고의 실용 가치, 이상 가치, 공리 가치가 함께 보장되는 공부이다. 결코 실이 없는 허구가 아니다. 해도 그만, 안 해도 그만인 액세서리와 같은 것은 더욱 아니다. 그 원리를 안다면 참으로 하지 않을 수 없는 필수적인 공부인 것이다. 뿐만 아니라 마음공부를 하겠다는 목적의식을 가지고 온갖 정성을 기울여 꾸준히 해나가다 보면 마침내 마음공부가 특별히 하는 공부가 아니라 일상이 되어 버린다.

이쯤 되면 일하면서 공부요 공부하면서 일이다. 일이 공부를 돕고 공부가 일을 도와서 공부와 일이 사반공배(事半功倍: 일은 절반 인데 공은 배가 됨)의 결과를 낳는다.

구체적으로 현실에서는 모든 재앙을 미리 막을 수 있게 되고 행하는 대로 실적이 오르며, 마음속에서는 마음을 지키고 알고 사용·활용하는 실력이 무한으로 길러져서 그에 수반되는 영역 은 물론 줄기와 가지, 잔뿌리까지 영향이 끝없이 번지고 그 파장 또한 널리 미쳐서 상상을 초월하는 은혜를 생산해 내어 자비경륜 을 실현할 수 있게 된다. 이것을 일러서 "그 덕화(德化)가 화피초 목 뇌급만방(化被草木 賴及萬方)"이라 한다.

이러한 유념·무념 방식의 마음공부야말로 가장 사실적이고 실제적이고 효율적이고 실용적인, 다시 의심의 여지가 없는 공부 이다.

다만 사람마다 숙겁다생에 익힌 바와 근기가 각각이므로 공부 의 속도가 다를 수 있다. 근기는 크게 상근기, 중근기, 하근기로 나눌 수 있는데 상근기는 쉽고 빨리 되고, 중근기는 어렵고 늦게 되며, 하근기는 참으로 어렵고 더 더딘 과정을 거쳐야 한다. 그러 나 절정의 경지에서는 상·중·하의 근기 구별이 없이 다 즐김을 경험하게 되니 도락(道樂), 즉 그 무엇으로도 비유할 수 없는 심락 (心樂)의 세계를 알게 된다고 했다.

마음공부 과정에서의 근기와 공부 정도를 좀 더 세분화해 보자.

공부의 요건과 항목에 따라 사람의 성숙도와 경향이 각각이지만, 어떠한 항목이든 간에 그 대체를 밝히면 다음 여섯 단계로 나눌 수 있다.

1. 절대로 안 될 것 같은 경우
2. 노력하면 될 것 같은 경우
3. 노력하여 되는 경우
4. 큰 노력 없이 되기도 하는 경우
5. 마음만 먹으면 되는 경우
6. 마음먹지 않아도 저절로 되는 경우

이러한 근기는 처음에는 전생에 익힌 바에 따라 나타나지만, 그 후로는 수행정진의 정도에 따라 얼마든지 위치가 바뀌고 속도 또한 달라질 수 있다.

이와 같이 마음공부의 과정에는 다양한 근기가 있음에도 불구하고 자기의 과거 생에 익힌 경력은 생각하지 않고 한두 번 시도하다 금방 되지 않는다며 불가능한 것으로 치부해 버리고 중단하거나 포기하는 것은 참으로 어리석은 일이요, 제일 큰 것을 잃는 것이며, 미래 희망을 잃는 것이다.

더욱이 마음공부와 성불의 소재는 성품인데, 이 성품은 사람에 따라 달라지는 것도 아니며 누구에게는 더 있고 누구에게는 덜 있는 것도 아니다. 불보살도 그 성품이고 중생도 그 성품이지만 불보살은 밝혀 빛낸 반면, 중생은 묵혀서 사장시켰다는 점이 다를 뿐이다.

그러므로 '불보살은 누구고 나는 누구냐. 그까짓 거 나라고 못하랴' 하고 크게 분발하는 자에게는 철석이라도 기어이 열리고야 말 것이다.

"성품 밖에 법이 없고 마음 밖에 부처가 없다(性外無法 心外無佛)"고 한 말씀과 같이 법을 찾되 성품에서 찾아야 하고 부처를 구하되 마음속에서 찾아야 한다. 성품과 마음을 떠나서는 법도 부처도 찾을 수 없다. 이것이 그 소재처를 찾아가는 지혜로움이며 근원을 찾아 구하는 요령이다.

마음공부는 성품과 마음을 가진 자 누구나 할 수 있으며 미래 지향적 관점에서 아니할 수 없는 공부이다. 또 해놓으면 현실 속에서 물 퍼 쓰듯이 활용할 수 있는 공부이다.

지금부터라도 마음공부의 길을 찾아 나서자.

2장
—
마음모습

진리의 실상 자체가 서로 달라서 달리 표현하고 해석하는 것이 아니다.

이는 마치 '봉사가 코끼리를 만지는' 현상과 같다.

배를 만진 봉사는 벽 같다 할 것이요,

다리를 만진 봉사는 기둥 같다 할 것이요,

코를 만진 봉사는 큰 구렁이 같다 할 것이다.

마음의 일반모습

마음을 바로 이해하는 데 중요한 것은 마음이 과연 있는 것이 냐, 있다면 어떻게 생긴 것이냐 하는 점이다. 그 모습을 바로 보아야 마음을 안 것이 되므로 이 문제부터 살펴보자.

우리는 세상의 모든 것을 형체를 보고 감지하는 경향이 있다. 형체가 없으면 알지 못하여 그 존재 자체를 부정하기도 한다.

그러나 실상 우리의 눈을 비롯해 귀와 코와 입과 몸 등 다섯 가지 기관의 감각 기능으로 감지(感知)할 수 있는 것이 얼마나 되는가. 물리적 현상 중에서도 색감이 있는 것은 눈으로 감지되지만 소리, 냄새, 향취, 맛, 촉감은 어떤 모양을 형성하지 않는다. 하물며 소리, 냄새, 향취, 맛, 촉감이 없는 것도 수없이 많다. 전기, 법, 도, 성품, 생명 실상, 기운…… 이 밖에도 얼마든지 있다. 이러한 것들은 그 작용현상을 보고 감지할 뿐 자체의 모양을 통해서 감지되는 것은 아니다.

마음도 마찬가지다. 사람마다 가지고 있고 광범위한 인류사를 형성해 가는 주체이기는 하지만 실상 그 모습은 찾을 길이 없다. 색감으로 형성된 모습이 없기 때문에 육안으로 보는 것은 불가능하다.

그런데 우리는 흔히 '관심(觀心)' 혹은 '견성(見性)'이라는 말을 한다. 마음을 보고, 성품을 본다는 뜻이다. 이것은 어디까지나 육안이 아닌 심안(心眼)으로 본다는 의미다.

심안이 열려 있는 사람은 눈을 궁굴리지 않고도 훤히 본다.

그러면 눈을 궁굴리지 않고도 볼 수 있는 마음모습이라는 게 있다는 것인가? 또 있다면 그 마음모습은 우리 색신〔육신〕과 어떠한 관계가 있는가? 참으로 아리송한 문제들이다. 어쨌든 심안이 열리지 않으면 전혀 보이지 않는 세계이다.

소리, 맛, 향, 촉감 등은 육안으로는 감지되지 않지만, 귀와 입과 코와 피부감각 등 육체의 기능을 통해서 감지된다. 이러한 것들은 색감으로 이루어진 모양은 없지만 소리가 있고, 맛이 있고, 향취가 있고, 촉감이 있다. 다만 그 각각의 질감이 다를 뿐이다. 같을 수 없다.

마음도 마찬가지다. 이것들과 전혀 다른 차원의 색, 소리, 맛, 향취, 촉감과 모양이 있다. 그것도 일률적인 모양이 아니라 천 마음, 만 마음으로 제각각이다.

흔히 얼굴 표정은 마음의 표현이라 한다. 마음이 웃으면 웃는 표정, 마음이 슬프면 슬픈 표정, 마음이 노여우면 노여운 표정, 마음이 즐거우면 즐거운 표정 등 마음속에 들어 있는 내용이 얼굴을 통해서 표출되기 마련이며, 이는 우리 모두가 일상으로 체험하는 일들이다.

얼굴 표정

이처럼 우리 마음속에 내재된 것이 표출되어 나타난 다양한 얼굴 표정들을 그림으로 그려 보자. 얼마나 그려 낼 수 있을까? 그림 솜씨의 원숙 정도에 따라 다르겠지만 마음의 표정 모두를 그려 낸다는 것은 불가능한 일이다. 그만큼 마음세계의 내용은 복잡다단하다.

흔히 사람의 인격을 평가할 때 그 마음속에 의로운 모습이 많으면 의인(義人)이라 하고, 어진 모습이 많으면 어진 사람이라 하고, 지혜로운 모습이 많으면 지혜로운 사람이라 하고, 겸손한 모습이 많으면 겸손한 사람이라 한다. 이것이 마음모습이다. 뿐만 아니라 도(道)가 무르익어 산을 이루면 도산(道山)이라 하고, 어짊

이 무르익어 산을 이루면 인산(仁山)이라 하고, 의로움이 무르익어 산을 이루면 의산(義山)이라 하고, 예절의 심법(心法)이 무르익어 산을 이루면 예산(禮山)이라 하고, 지혜가 무르익어 산을 이루면 지산(智山)이라 존칭한다.

어찌 이상 열거한 것뿐이겠는가. 열이면 열 사람, 백이면 백 사람이 지니고 있는 마음모습은 다 제각각이다. 같을 수가 없다. 성인군자들은 거룩한 마음모습을 가지고 있고, 범부 중생들은 용렬한 마음모습을 지니고 있을 뿐이다. 대인은 대인의 모습을, 소인은 소인의 모습을 보일 뿐이다.

이러한 천태만상의 마음모습은 결국 씨앗으로 작용하고 그 씨앗은 연지(緣地)를 만나 드디어는 결과를 낳고야 만다. 그 결과가 천상연대(天上蓮臺)이든 도탄지옥(刀彈地獄)이든 전부 마음 씨앗이 빚어낸 결과일 뿐이다. 이 마음모습이 씨앗이 되어 결과로 이어지기 때문에 마음모습을 잘 다듬고 가꾸는 일은 참으로 핵심의 문제요, 근본적인 문제이며, 필요불가결(必要不可缺: 꼭 필요하여 결여할 수 없는 문제)한 문제이다. 해도 그만 안 해도 그만인 선택 사항이 아니라 필수적인 문제인 것이다.

인격을 잘 다듬어 최고 절정에 오른 부처님도 색신(色身)의 모습이 있고, 법신(法身)의 모습이 있다. 법신은 모든 혜와 복과 은을 생산하는 씨앗이다. 과연 그 모습은 어떤 것일까?

마음모습을 보다 심층적으로 해부해 보자.

마음의 선(線) 모습

우리 마음에는 선(線)의 모습이 있다. 시간대별로 이어지면서 선을 그리는 것이다. 마치 모래밭이나 눈 위를 걷다 돌아보면 발자국이 하나의 선을 그리는 것과 같다. 이처럼 마음은 멈추지 않고 움직이면 움직이는 대로 선 모양을 형성한다.

마음이란 잠잘 때를 제외하고는 한때도 가만있지 않는다. 그 무엇인가를 향해 끝없이 움직이며 계속 가고 있다. 때에 따라서는 앞으로 가기도 하고, 옆으로 가기도 하고, 뒤로 가기도 하며 제자리에서 늘 맴돌기도 한다. 이처럼 끝없이 이어지는 모습을 면면(綿綿)이라고도 한다.

다만 그 선을 그리며 가고 있는 곳이 의미가 있느냐 없느냐, 또는 정당한 곳이냐 아니냐, 또는 목적지를 향한 전진이냐 아니냐 하는 것에는 각각 다름이 있고 그에 따라 인생의 실패와 성공이 갈라지기도 한다. 그리하여 위대한 족적을 남기기도 하고, 아무 의미 없는 족적을 남기기도 하며, 아주 용렬한 족적을 남기기도 한다.

이것이 마음의 일차원(一次元) 세계이다.

이와 같이 밟아 온 과정의 총체가 이력이다. 이력이란 지금까지 밟아 온 역정(歷程)의 준말이요, 이를 기술하여 문자화한 것이 이력서이다. 그러나 이력서란 큰 단락별로 극히 요약하여 기술한 것이며, 실상은 생을 살아온 세월만큼이나 파란만장의 역정이다. 그 역정 속에는 기쁘고 괴롭고 슬프고 우스운 것, 행복과 불행, 보람과 좌절, 성공과 실패, 진급과 강급, 전진과 후퇴 등이 모두 점철되어 있다.

그리하여 우리는 거닐어 온 과거를 회상하면서 흐뭇한 미소를 짓기도 하고, 씁쓸한 실소를 하기도 한다. 보람을 느끼기도 하고, 후회를 하기도 한다. 자랑스러워하기도 하고, 부끄럽기 그지없어 하기도 한다. 이에 자랑스러운 것은 드러내고 싶고, 부끄러운 과거는 지우고 싶으나 이미 그려 온 과거는 지울 수 없다. 지울 수 없을 뿐만 아니라 그 결과에 대한 책임은 스스로 감당하고 넘어가야 한다. 누가 대신 져줄 수도 없다.

마음의 평면(平面) 모습

우리 마음에는 '선(線)' 모습과 다른 '평면(平面)'의 모습도 있다. 일반적인 '선'이나 '평면' 개념과 똑같이 마음세계에도 '선'에 새로운 지평을 추가한 '평면' 개념이 있는 것이다.

그리하여 우리 마음의 관심은 새로운 영역을 향해 끝없이 확산해 나가려 한다. 막 태어난 영아는 구강기(口腔期)에서 남근기(男根期)로 관심 영역을 넓혀 가다가 드디어 이 세상 어느 곳, 어떠한 일에든 끝없이 관심을 확산해 나간다. 형이하학적 현실 지평만 열어 가는 것이 아니라 형이상학적 세계까지 제한이 없다.

원불교의 수행 과정에 '신분검사'라는 과목이 있다. 신분검사는 본인 스스로 하는 자기 인격의 현실진단법이다. 그 내용 가운데 '부당등급'과 '당연등급'이라는 것이 있는데 부당등급이란 인격 현상 속의 당연하지 못한 요소, 즉 부정적이고 비윤리적인 요소와 현상을 말하고, 당연등급이란 인격 현상 속에 당연히 있어야 할 요소, 즉 긍정적이고 윤리적인 요소와 현상을 말한다.

상세한 내용은 부록에서 설명하겠으나 다만 여기서 언급할 것은 우리의 마음이 부당한 세계와 당연한 세계를 가릴 것 없이 끝없이 누비고 다닌다는 것이다. 마음이 누비고 다니는 세계는 참으로 계한(界限)이 없다. 제한도 없다. 제한하는 현실도 객체도 주체도 없다.

그렇기 때문에 때에 따라서는 극락세계를 드나들기도 하고 지옥세계를 드나들기도 한다. 드나들기만 하는 게 아니라 극락세계나 지옥세계를 건설하기도 한다.

이와 같이 우리 마음은 평면 지평을 열어 가고 넓혀 가는 기능이 있다. 이러한 관점에서 사람을 평가할 때 그 마음이 '광활하다', '넓다' 또는 그 마음이 '협소하다', '좁다'는 말을 흔히 한다. 이것이 바로 우리 마음의 이차원(二次元) 세계이다.

마음의 입체(立體) 모습

선 모습과 평면 모습에 더해 마음에는 입체의 모습도 있다. 색신(色身: 육신)의 모든 것을 종합한 총체로서의 색신이 존재하는 것과 마찬가지다. 마음의 물리적 양감(量感)과 질감(質感)은 없지만, 심리학적 특유의 양감과 질감은 있다. 또한 마음에도 현실적 공간뿐 아니라 사이버 공간도 있다.

색신의 크기가 영·유아기, 소년기, 청년기, 성인기에 따라 제각각이듯이 우리 마음도 성장 정도에 따라 제각각이다. 옛날부터 육척장신이라는 말이 있듯이 오히려 육신은 아무리 커도 한계가 있다. 특수한 경우 약간 더 클 수는 있으나 사람의 키가 십척(1척은 약 30센티다)을 초과하는 일은 없다.

그러나 마음은 다르다. 마음은 그 크기에 제한이 없다. 키우고 또 키우다 보면 천지와 더불어 짝할 만큼 커지기도 하고, 줄이고 또 줄이다 보면 한없이 작아진다. 그리하여 대포무외(大抱無外: 크기가 밖이 있을 수 없을 만큼 절대적으로 큰 것도 안고 있다는 뜻)도 세입무내(細入無內: 작기가 안이 있을 수 없을 만큼 절대적으로 작은 것에 들 수 있다는 뜻)의 모습도 있는 것이 이 마음이다.

흔히 사람의 됨됨이에 대해 평을 하면서 대인〔큰사람〕이다, 소인〔작은 사람: 용렬한 사람〕이다, 라고 표현한다. 이것은 색신의 크기를 가지고 하는 말이 아니라 그 마음 씀씀을 보고 하는 말이다. 금강경에서도 인신장대(人身長大: 사람 몸이 장대하다는 뜻)란 색신이 아니라 법신장대를 일컫는 말이라 했다. 법신장대는 그 마음모습이 장대하다는 뜻이다.

산이 크면 그 산에 의지하고 사는 생령들이 많듯이 우리의 마음도 크면 큰 만큼 많은 것의 의지처가 될 수 있다. 또 많은 것들이 의지하더라도 능히 감당해 낼 수 있다.

이것이 마음의 삼차원(三次元) 세계이다.

지혜가 있으면 될 일만 골라하고,
지혜가 없으면 안 될 일만 골라한다.

마음속의 내용물

마음은 장대할 뿐만 아니라 그 속에 담겨진 내용물 또한 한없이 많다. 색신이 안으로는 오장육부〔肺 · 脾 · 肝 · 腎 · 心:胃 · 膽 · 小腸 · 大腸 · 膀胱 · 命門〕, 밖으로는 안 · 이 · 비 · 설 · 신〔눈 · 귀 · 코 · 입 · 몸〕, 사지(四肢)와 무수한 세포들의 합성체이듯 우리 마음도 무수히 다양한 내용물의 합성체이다. 오히려 색신이 소장하는 것과는 비교도 되지 않는다.

마음의 소장물은 무한이라 해야 맞다. 그중에는 찌꺼기 같은 부정적인 것도 있고 금은보화 같은 긍정적인 것도 있다. 이 모든 것들은 사람마다 다르고 종류나 양, 부피와 중량 또한 제각각이다. 소장한 내용뿐만 아니라 그 소장물을 가지고 빚어 가는 운명 또한 제각각이다. 그 운명이 집단화되어서 나타난 현상이 우리의 역사요 인류사이다.

그 결과 불행의 역사가 되기도 했고 영광의 역사가 펼쳐지기도 했다. 이 모든 것을 직시하고, 실상(實相) 그대로 투시한다면 우리 마음, 마음들을 방치하는 일이 얼마나 큰 문제인지 알 수 있다. 세상에 이보다 더 절박한 문제가 없는 것이다. 이 문제를 해결할 화두와 의지가 활활 태양처럼 솟아나지 않을 수 없다.

이러한 우리의 마음모습을 밭[心田]이나 바다[心海]에 비유하기도 하고, 또는 허공이나 기타 다양한 자연 현상에 비유하기도 한다. 그만큼 우리 마음을 더위잡기가 어렵다는 뜻이요, 다양성이 함께 하고 있다는 뜻이다.

이에 유심론자들은 이 우주의 본체는 정신적인 것이며 물질현상 또한 정신현상에 불과하다고 주장하기도 한다.

마음을 소재로 하는 어휘도 수없이 많다. 이것은 마음세계의 다양성을 최대한 정확히 표현하려는 인간 고뇌의 산물이다. 즉 우리 마음속에는 지적[앎] 영역이 있고, 정서적[감정] 영역이 있고, 의지적[뜻] 영역이 있다. 이것을 지(知), 정(情), 의(意)라 한 것을 비롯해서 지혜, 의식, 어리석음, 용렬함, 어짊, 의로움, 겸손, 오만, 기쁨, 노여움, 슬픔, 즐거움, 사랑, 자비, 두려움, 욕심, 양심, 미움, 바람 등 그 낱낱을 다 열거할 수 없을 만큼 마음을 소재로 한 단어는 무수히 많다.

또 각 종교가에서 만들어 낸 성경현전도 다 마음을 소재로 한 것들이요, 마음의 길을 밝힌 것들이다. 오거시서(五車詩書)나 팔만대장경(八萬大藏經)에 풀어 놓은 방대한 내용도 실상은 이 모든 마음세계의 한 단면에 불과하다. 그만큼 마음세계는 계한이 없고 끝이 없고 다함이 없다. 동시에 무궁한 묘리와 무궁한 보물과 무궁한 조화가 하나도 빠짐없이 갖추어져 있는 세계이다.

마음의 뿌리와 통과 줄기와 가지

나무에 뿌리와 나무통과 줄기와 가지가 있듯이 우리 마음에도 뿌리와 통과 줄기와 가지가 있다. 또한 우리가 집〔가정〕에 근거하여 살아가고, 나무가 땅에 근거하여 살아가듯이 우리 마음도 근거하여 살아가는 곳이 있다. 나뭇가지는 줄기에 근거하고, 줄기는 나무통에 근거하고, 나무통은 뿌리에 근거하고, 그 뿌리는 땅에 근거하고 있다. 마찬가지로 의지적 마음은 감정적 마음에 근거하고, 감정적 마음은 지적 마음〔識〕에 근거하고, 지적 마음은 성품에 근거하고, 성품은 바로 진리에 근거하고 있다.

또 그 진리는 우주만유에 확산, 관통되어 있으면서 우주만유를 품에 안고 있다. 이것을 문화권이나 지향점에 따라 진리, 하늘, 알라, 신(God), 여호와, 법신불, 상제, 도, 무극 등으로 달리 표현한다. 물론 표현만 다를 뿐, 그 실상이나 본질은 하나다. 마치 '물'이라는 실체가 문화권에 따라 표현 언어는 달라도 본질은 같은 것과 마찬가지다.

그런데 물에 대한 지적 이해의 정도나 문화적 차이에 따라 그 표현뿐 아니라 해석도 제각각일 수 있다. 또는 물이 처한 환경적 분위기나, 물을 바라보는 주체의 시각이나 정서에 따라 참으로 다른 해석, 너무도 다른 묘사를 할 수 있다. 과학도가 보는 시각과 시인이 보는 시각이 같을 수 없기 때문이다.

하물며 진리의 실상에 대해서는 더 말할 나위가 없다. 진리의 실상 자체가 서로 달라서 달리 표현하고 해석하는 것이 아니다. 이는 마치 '봉사가 코끼리를 만지는' 현상과 같다. 배를 만진 봉사는 벽 같다 할 것이요, 다리를 만진 봉사는 기둥 같다 할 것이요, 코를 만진 봉사는 큰 구렁이 같다 할 것이다.

진리 실상에 대한 소견과 바라본 측면과 그 수준에 따라 서로 다른 표현과 견해와 주장들을 하고 있는 것이다. 전체를 본 사람은 어떻게 말을 해도 그것이 그것이라고 고개를 끄덕일 것이다. 반면에 전체를 보지 못한 사람은 자기의 소견에 집착하여 다른 주장을 수용하지 못한다. 결국 네가 옳거니, 내가 옳거니 시비논쟁을 하다가 점점 강도가 높아져서 급기야 네 편, 내 편 갈라놓고 혈투를 벌여 온 것이 우리 인류사의 현상이요 종교 간의 모습이었다.

이와 같이 진리가 사람의 지적 수준, 깨달음의 수준에 따라 비록 달리 해석되었을지라도 그 실상은 변함없다. 여여자연(如如自然) 그대로이다. 우리 인간의 소견에 따라 있기도 하고 없기도 하는 것이 아니다. 이렇게도 저렇게도 될 수 있는 것이 아니다.

그러면서도 진리는 우주만유에 확산 관통되어 있고 우주만유를 하나도 빠짐없이 다 품에 안고 있으며, 우주만유는 또한 진리에 뿌리[根源]하고 있다. 이 세상 어느 한 존재도 이것을 여의고 존재할 수 없다.

우리 마음도 마찬가지다. 나무가 땅에 뿌리하고 있듯이 우리 마음도 이 진리 실상을 뿌리로 하여 뿌리와 나무통과 줄기와 가지를 형성하고 있는 것이다. 이것을 알면 뿌리 없는 나무* 한 그루를 얻어 가꿀 수 있을 것이다. 이에 대해 좀 더 구체적으로 살펴본 후 마음이 기능하는 방식에 대해 알아보자.

---

* 불교의 중요한 화두 가운데 하나로 한 가닥 집착의 뿌리도 없으나 끝없이 키워서 보리 과를 풍성하게 가꿔 거둘 수 있는 유일한 한 그루를 형성, 활용한다는 뜻. — 편집자주

3장
—

마음의 내포(內抱)와 외연(外延)

눈에 보이는 우주만유란

영성의 원리에 따라서 영성이 빚어낸 피조물(被造物)일 뿐이다.

이 영성의 속성은 '지극히 밝고', '지극히 정성하고',

'지극히 공정하고', '순리자연하고', '광대무량하고',

'영원불멸하고', '길흉이 없고', '일체 응용에 무념' 하다.

진리, 성품, 식, 정서, 의지
(眞理, 性稟, 識, 情緒, 意志)

진리(眞理)

앞서 진리의 실상에 대해 언급하긴 했지만, 사실 글 몇 줄로 설명될 수 있는 세계가 아니다. 아니, 이 세상에 있는 모든 낱말을 총동원해도 설명하기 어려운 세계이다. 그렇지만 '뜰 앞의 잣나무니라' 하는 한마디로 다 설명되는 세계이기도 하다.

오히려 그 한마디도 필요 없는 세계일 뿐 아니라 단 한 글자라도 동원했다 하면 그 순간 이미 원래 자리를 떠난 것이다. 따라서 마음의 실체는 이 세상 모든 것 중 어느 한 가지도 빠지지 않고 품어안고 있으며, 어느 한 구석도 빠짐없이 비추고[조감照鑑] 있으며, 어느 구석 어느 사물 하나까지도 그 조화 작용이 미치지 않는 곳과 것이 없는 그런 세계이다.

우리는 이름할 수 없는 이 진리 자리를 '무극'이라, '도'라, '자연'이라, '상제'라, '법신불'이라, '하나님'이라, '알라'라, '신'이라 불러 왔다. 문화적 배경이나 그 자리를 보는 시각에 따라 달리 표현해 왔으나 실상은 다 같은 하나의 본질이다.

그 자리는 식물이 뿌리박은 토양처럼 우리 성품이 뿌리하고 있는 자리이다. 이것을 중용에서는 '천명지위성(天命之謂性)'이라 했다. '하늘이 우리에게 명령했다, 영달했다, 수여했다' 등 여러 가지 해석이 있을 수 있으나 그 모든 의미로 볼 수 있다.

즉 진리〔天〕가 우리에게 똑같이 공급해 준 것이 '성품'이라는 뜻이다. 이것은 각 가정에 수돗물이 공급되는 것과 같으며, 각 식물들에게 수분이 공급되는 현상에 빗대어 이해할 필요가 있다.

다만 이 모든 것이 무위자연한 가운데 이루어지며 일체의 조작이 개입돼 있지 않기 때문에 인위적인 단어로 완전하게 설명하기란 불가능하다. 오직 관조로써 터득할 수 있을 뿐이다.

이와 같이 진리에 뿌리한 성품은 우리의 일체 생각, 앎, 감각, 감정, 정서, 의지 등 모든 분별심의 뿌리가 된다. 또는 의지는 감정에 뿌리하고 정서는 감각지(感覺知)에 뿌리하고 있는 것이 일반적이지만 때에 따라서는 서로 바탕이 되기도 하면서 인간사 만리장성을 쌓아 간다. 그리하여 성품은 지·정·의(知·情·意)를 비롯한 모든 마음의 바탕이 되기 때문에 그 자리를 심지(心地)라고 한다.

이 성(性)을 비롯해서 지·정·의의 세계를 좀 더 깊이 살펴보자.

성품(性稟)

성품의 존재에 대해서는 대체로 수긍하면서도, 그동안 성품의
내용에 대한 동서양의 논란은 참으로 다양했고 그 주장도 치열했
다. 성품 자체가 무(無)로 몸통을 이루기 때문에 무슨 형상 있는
물건 보듯이 할 수 없고, 따라서 바라보는 지견에 따라 천태만상
으로 다르게 해석돼 온 것이다. 여기서 그 많은 지론을 일일이 거
론할 수는 없지만 동서양의 사상 가운데 대표적인 것을 골라 성
품에 대한 문제의식을 일깨우고자 한다.

우선 인간 본성은 악하다는 성악설(性惡說)의 주장이 있다.
동양에서는 순자(荀子)가, 서양에서는 홉스(Hobbes, Thomas)가
대표적이다. 순자는 "사람의 성은 악하다. 선은 허위일 뿐이다.
사람의 성은 태어나면서부터 이(利)를 좋아하고, 이를 뺏기 위해
서로 싸우며 사양하지 않는다. 또 태어나면서부터 어리석고 악하
여 이를 따르기 때문에 잔인한 도적의 모습을 보인다. 또 태어나면
서부터 육신의 욕심이 있어 이를 따르기 때문에 모든 음욕 등이
존재한다" 하며 사람의 성품은 악한 것이 분명하다고 하였다.
홉스는 "사람의 본성은 이기성(利己性)이다. 그러므로 인간의 자
연 상태는 '만인(萬人)은 만인에 대한 적(敵)'이다. 그리하여 서로
의 안전을 보장하기 위해서는 사회적 계약을 통해 천부적인 자유
를 제한해야 한다"고 하였다.

이와 반대로 우리 인간의 본래 성품은 선하다고 주장하는 성선설(性善說)이 있다.

동양에서는 이를 자사(子思)가 종합 정리하였고, 서양에서는 루소가 성선설을 주장한 대표적 인물이다.

자사는 하늘이 영달하여 준 것이 성품이며, 이 성품을 잘 다스리고 좇는 것이 수도라 하였다. 따라서 인간의 본성은 선하여 천도와 다름이 없다는 것이다. 그 증거로 공손축(公孫丑)은 사람은 누구나 측은한 마음, 부끄러운 마음, 사양하는 마음, 시비의 마음을 갖고 있는데 이것은 우리 성품에 본래 인의예지(仁義禮智)의 착한 속성이 있다는 증거이며, 이에 우리 인성은 선한 것이라는 주장에 의심의 여지가 없다 하였다.

서양의 루소는 인간의 본성은 원래 선하므로 본성 그대로 자유를 주는 것은 선이요 이를 제재하는 것은 악이라고 규정하였다. 그리하여 루소의 사상은 '자연으로 돌아가라'는 주장이 그 핵심을 이루고 있다. 또 다른 각도에서 칸트는 실천이성이 있음을 주장하고 그 속에 도덕적 원리의 성격이 들어 있다고 보았다. 그리하여 실천이성을 좇는 것이 자율이며 자유라고 주장하였다. 그런 점에서 칸트도 성선설의 입장에 있다고 볼 수 있다.

이러한 성악설과 성선설의 입장과는 또 다른 '무선무악설(無善無惡說)'이 있다. 즉 "우리 인간 성품은 선도 없고 악도 없으며, 악한 것도 아니요 선한 것도 아니"라는 주장이다.

동양에서는 고자(告子)가, 서양에서는 로크(John Locke)가 대표적이다.

　고자는 우리 성품이란 물과 같아서 동쪽으로 흘러 내리면 동쪽으로 흘러가고 서쪽으로 흘러 내리면 서쪽으로 흘러가는 것과 같이 주어진 환경이 악으로 이끌면 악이 되고 선으로 이끌면 선이 되는 것일 뿐 인간 본성에는 선도 악도 없다고 주장했다.

　서양에는 본성의 무선무악(無善無惡)을 주장하는 로크가 있었다. 그는 우리의 본성은 백지(白紙)와 같으며 그 백지에 글씨가 써지는 것과 같이 경험에 의하여 선 혹은 악으로 표상되는 것일 뿐이라 했다. 즉, 선과 악이란 후천적으로 얻어지는 경험의 소산일 뿐이라는 것이다.

　또 유교의 주희(朱熹)는 중용(中庸)의 서(序)에서 우리 마음은 본래 허(虛)하고 령(靈)하며 지(知)하고 각(覺)한 허령지각(虛靈知覺) 그 자체이며, 다만 인심(人心)과 도심(道心)의 서로 다른 모습이 있는 것은 사사로운 육체에서 나오는 마음과 바른 성명(性命)에 바탕하여 나오는 마음이 각각이기 때문이라고 하였다. 다시 말하면 인심은 색신(色身)에 근거하여 나오는 마음이요, 도심은 성품에 근거하여 나오는 마음이라는 것이다. 따라서 아무리 상근기 지혜인이라도 인심이 없을 수 없고 아무리 하근기 어리석은 사람이라도 도심이 없을 수 없으므로 이 두 가지를 잘 다스려야 한다는 말이다. 이것이 유교 성리학의 바탕이 되었다.

이 밖에도 기존 종교에서 주장하는 인간 본성에 대한 여러 이론들이 있으나 큰 틀은 성선설의 맥락에서 벗어나지 않는다.

다만 원불교에서 밝힌 내용을 유의하여 참고할 필요가 있다. 원불교는 사람의 성품이 정(靜)한, 즉 선도 없고 악도 없지만 동(動)한, 즉 능히 선하고 능히 악할 수 있다는 입장이다. 즉 동정에 따라 무선무악(無善無惡)이 될 수도 있고 능선능악(能善能惡)이 될 수도 있다는 뜻이다. 이것이 바로 우리가 역사 속에서 수없이 겪어 온 현상세계의 진면목이다. 인류사 전체가 선악의 쌍곡선을 긋고 있지 않은가. 이 모두가 우리 인류의 품성이 빚어낸 자화상이다. 여기서 우리 인성을 관리하는 일의 중요성과 절박성이 부각된다.

다시 말하면, 성품에 내장된 여러 가지 요소가 무한한 가능성을 내포하고 있기 때문에 성품을 어떻게 관리하고 활용하느냐 하는 문제는 인류 문명사의 핵심 과제요 일대사이자 절체절명의 과제이다. 이에 대한 확실한 해답을 찾아야 한다. 그 문제를 좀 더 깊이 다루기 위해 성품에 뿌리하고 있는 식(識)의 세계를 살펴보자.

식(識)

식(識)이란 '앎'이라는 뜻이지만, 잠복해 있는 식까지 뜻하기 때문에 엄밀한 의미에서는 마음과 구별되는 개념이다. 마음이란 잠복상태에서 일단 표출된 상태를 말한다. 그러나 때에 따라서는 이 모두를 함께 사용하기도 한다. 식이라는 글자를 포함한 단어는 수없이 많다. 그 가운데 의식, 지식, 견식, 인식, 업식이 있고 이와 유사한 단어로 지(知: 앎)와 지(智: 지혜)가 있다. 지(知)라는 글자에 날 일(日)을 더한 '지(智)'는 더 밝은 '앎'의 개념이다. 이 외에도 '앎'을 의미하는 유사한 단어가 수없이 많지만 모두 '앎'의 개념을 벗어난 바 없거나 앎의 개념과 함께 한 내용들이다.

이 '앎'의 개념을 철학에서는 인식(認識)이라 하고, 이를 논구(論究)하려는 것이 인식론이다. 인식론상에서는 인식이 어떻게 이루어지느냐 하는 관점이 크게 두 가지로 나누어진다. 하나는 '인식은 경험에서 이루어진다'는 주장이고, 또 하나는 '인식은 이성(理性)에서 이루어진다'는 주장이다. 이 두 주장이 서로 맞서서 선험설과 경험설, 선천설과 후천설의 두 학파를 이루고 있다. 이 모두를 밀도 있게 규명하려는 사상이 불교의 유식론(唯識論)이다. 유식론은 과거 어디에서도 찾아볼 수 없는 특별한 이론으로 의식의 심층 영역까지 규명하고 있다. 그 대충을 소개해 보자.

불교에는 육경(六境), 육진(六塵), 육근(六根), 육식(六識)이라는 말이 있다.

먼저 육경이란 여섯 가지 환경 대상, 즉 경계(境界)를 말하는데 구체적으로 눈으로 볼 수 있는 안경(眼境), 귀로 들을 수 있는 이경(耳境), 코로 감지할 수 있는 비경(鼻境), 입과 혀로 감지할 수 있는 설경(舌境), 몸으로 감촉하여 알 수 있는 신경(身境), 의식으로 식별될 수 있는 의경(意境)이다.

이 각각의 육경에서 발로되는 것을 육진(六塵)이라 한다. 즉 색과 소리와 냄새와 맛과 촉감과 법이 그것이다. 그리고 이러한 것들이 우리 안으로 들어오는 관문인 눈과 귀와 코와 입ㆍ혀와 몸과 의식의 여섯 가지를 육근(六根)이라 한다.

그리하여 육경에서 발로된 육진이 육근 문을 통해서 우리 안으로 들어와 형성된 의식을 육식〔眼識, 耳識, 鼻識, 舌識, 身識, 意識〕이라 하고 이 육식을 통합 조정하는 주인공을 제7식(第七識)인 말나식(末那識)이라 하며, 말나식이 넘쳐서 형성된 제8식(第八識)인 아뢰야식(阿賴耶識)이 있고, 이 모두를 안고 있는 제9식(第九識)의 백정식(白淨識)이 있다. 좀 더 쉽게 설명하자면 제7식인 말나식은 기억의식저장탱크이고, 제8식인 아뢰야식은 잠재의식저장탱크이며, 제9식인 백정의식은 이 모두를 안고 있는 주체이다. 다시 말해서 제7식은 분별 마음이요, 제8식은 정신이요, 제9식은 성품자리로 보면 이해가 빠를 수 있다.

한마디로 육진이 육근 문을 통해 수없이 들고 나면서 식을 형성하고 업을 형성해 간다는 것이다. 참으로 놀라운 통찰이요 사실 그대로를 밝힌 것이다.

이러한 원리를 터득한다면 누구나 시급히 서둘러서 해야 할 일이 있다. 바로 무의식세계를 정화(淨化)하는 일이다. 왜냐하면 무의식세계에 저장된 내용은 무의식중에 결국 발로되기 때문이다.

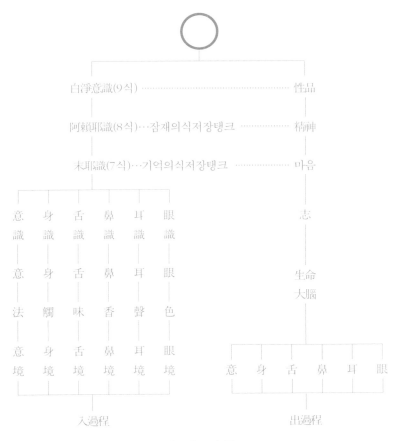

識形成 入出圖

탐·진·치가 저장되어 있으면 무의식중에 탐·진·치가 발로되고, 계·정·혜가 저장되어 있으면 무의식중에 계·정·혜가 발로된다. 번뇌가 저장되었으면 무의식중에 번뇌가 발로되고, 보리가 저장되었으면 무의식중에 보리가 발로된다. 발로로 그치는 것이 아니라 번뇌는 생함지옥(生陷地獄)을 장만하기 바쁘고, 보리는 극락세계 연화대를 장만하기 바쁘다.

　이런 사실을 그대로 투시한다면 어찌 무의식세계의 정화를 소홀히 하거나 지체할 수 있겠는가. 바쁘고, 바쁘고, 또 바쁠 뿐이다.

정(情)

　이러한 식(識)은 결국 정(情)을 불러일으킨다. 정이란 사물에 감촉되어 일어나는 마음으로 감정, 정서의 세계를 말한다. 육근·육식을 통해서 앎이 형성되고 그 앎을 토대로 하여 느낌이 생겨난다. 이것을 감상이라 하고 그러한 분위기에 젖는 것을 서정적이라고 한다.

　이러한 감정의 세계를 크게 일곱 가지[七情: 喜·怒·哀·懼·愛·惡·欲]로 분류한다. 즉 기쁘고, 노엽고, 슬프고, 두렵고, 사랑스럽고, 밉고, 하고 싶은 일곱 가지 마음이다.

　어찌 일곱 가지에 그치겠는가. 수없이 많을 뿐만 아니라 비슷한 듯하나 미묘한 차이의 정서까지 헤아린다면 우리가 알고 있는 언어로는 다 표현할 길이 없다.

　불교에서는 크게 구류중생심[胎·卵·濕·化·有色·無色·有想·無想·非有想非無想]의 아홉 가지로 분류했으나 실상은 무량무변(無量無邊: 한량없고 갓이 없음) 중생이라고 했다. 그리하여 우리가 사물과 감촉했을 때 일어나는 마음 수가 황하강의 모래알 수보다도 많다

고 한다. 이러한 마음을 표현하기 위해 만들어 낸 표의문자가 심
방(忄) 변을 쓰는 모든 한자들인데 그 얼마나 많은가. 그 글자로
만들어 낸 단어는 또 얼마나 많은가. 이 모두가 마음세계의 한 단
면을 드러내고자 하는 몸부림이다. 그러나 이 모든 것을 총동원
해도 마음세계의 실상 전부를 말할 수는 없다.

이와 같이 식(識), 즉 지(知)에 뿌리한 우리 마음의 정적(情的) 영
역이 2단계 맥락을 이루고 있다는 것을 밝혔다. 그러나 마음의
움직임은 이 단계에서 머물지 않고 바로 다음 단계로 진입하는데
그것이 '의(意)'의 세계이다.

의(意)

의라는 글자는 '뜻'이라는 말로 간단히 밝히고 있는데 지(知),
정(情)과 구별되는 독립된 의미로 '마음이 발동한 상태'를 뜻한
다. 원래 앎(知)을 가지고 사물과 감촉했을 때 생겨나는 느낌이
새로운 마음세계로 진입해 들어가는 것이다. 즉 느낌의 결과가
새로운 목적의식과 욕구, 소망, 소원을 형성하고 발로케 한다. 이
것이 '의'이다. 그러므로 의는 다분히 능동적이요 의도적이다.

예를 들면 괴로워하는 사람을 보고 앎(知)이 형성되고 '안 됐
다'는 정서적 느낌이 생기는 것은 정(情)이요, 돕고자 하는 마음

이 생기는 것은 의(意)이다.

합자어로 밝히면 지식(知識) · 정서(情緒) · 의지(意志)요, 식 · 정 · 의는 그것의 준말쯤으로 생각할 수 있다. 다시 말해서 '의'에서 발원 · 결심 · 분발 · 의심 · 추진 · 달성의 동력(動力)이 나와 만사를 감당해 가는 것이다.

그리하여 식에서 정이 나오고, 정에서 의가 나오고, 의는 행을 낳고, 행은 또 축적되는 식을 형성하고, 식은 또 정을 낳고, 정은 또 의를 낳고, 의는 또 행을 낳는 등 순환 반복하면서 무서운 업식을 형성한다.

형성된 업식은 강력한 힘으로 나를 사로잡고 좌지우지한다. 문제는 그 순환이 선순환이냐 악순환이냐에 따라서 선업(善業)과 악업(惡業)의 갈림길이 된다는 것이다.

선순환은 상생순환이요, 악순환은 상극순환으로 돌고 돌아 고락(苦樂), 영고(榮枯), 성패(成敗), 진강(進降) 등의 천태만상을 이룬다. 여기서 발원의지(發願意志)가 첫째도 둘째도 선(善)에 입각해야 한다는 대전제가 성립된다. 그렇지 않으면 악도의 윤회를 면할 수 없기 때문이다. 즉 선(善)의 대전제가 확고부동하면 선순환이 가동하여 무한 은(恩)을 생산해 내지만 만일 사사와 악이 개입되어 있으면 악순환이 가동하여 무한 해독을 생산해 자타간 큰 재앙을 불러일으킨다.

이 이치를 안다면 도를 닦지 않을 수 없고 대참회를 아니할 수 없다. 대참회를 하고 도를 닦는 수행이 절정에 이르면 안이나 밖이나 중간이나 그 어느 곳에도 죄상(罪相: 죄지을 수 있는 가능성 요소)을 찾아볼 수 없는 경지에 도달하게 되고 이 경지에 이르러서야 비로소 자기 자신에 대해 안심할 수 있다.

기타

이상으로 우리 마음이 진리에 뿌리하면서 성품, 식, 정, 의로 통하는 맥락을 대충 밝혔다. 그러나 어디까지나 변죽만 건드린 것뿐이요, 그 실지에 들어서면 참으로 언설로써 다 그려 내고 설명할 수 없는 무한세계가 있으므로 이를 일러서 삼천대천세계라 한다. 실은 삼천대천세계로도 오히려 표현이 부족한 무한세계이다.

다행히 예로부터 많은 성자와 선지식들이 이 마음세계를 여러 각도에서 조명하여 밝힌 바 있으므로 그중 참고 비중이 높은 것만 골라 첨부하고자 한다. 다만 삼천대천세계라는 말로도 다 표현할 수 없는 세계이기 때문에 마음세계를 보는 각도에 따라서 다양한 분류와 해석이 있을 수 있다. 또 이를 응용하는 방식도 다를 수 있다. 이러한 전제 하에서 마음세계를 이해할 필요가 있다.

동양철학에서는 우주의 생성원리를 음양오행(陰陽五行: 金木水火土)으로 풀이한다. 즉 음과 양의 순환에 따라 금 · 목 · 수 · 화 · 토의 다섯 가지 기운이 서로 얽히고설켜서 우주 현상을 주조해 낸다는 사상이다. 이 다섯 가지 기운이 상생으로 결합하면 새로운 생명력으로 살려내고 상극으로 결합되면 궤멸로 진행되어 결국 소멸된다는 이론이다.

이러한 원리가 동양의학이나 철학, 그리고 심성학에 이르기까지 그 근간을 이루고 있다. 그리하여 오상(五常), 즉 다섯 가지 떳떳한 인성을 밝히고 있는데 목 기운을 받아 인성(仁性)을 이루고, 화 기운을 받아 예성(禮性)을 이루고, 토 기운을 받아 신성(信性)을 이루고, 수 기운을 받아 지성(智性)을 이루고, 금 기운을 받아 의성(義性)을 이룬다 하였다. 이것이 오상의 인 · 예 · 신 · 지 · 의(仁 · 禮 · 信 · 智 · 義)이다.

이 오행과 연결을 더 넓힌 관계까지 다음 도표로 밝혀 보자.

五行	五方	五常	五臟	五音	五味	五色
木	東	仁	肝	角	酸	靑
火	南	禮	心	緻	苦	赤
土	中	信	脾	宮	甘	黃
水	北	智	腎	羽	鹹	黑
金	西	義	肺	商	辛	白

이와 같이 인간의 윤리적인 인성까지 우주의 오행원리와 맥락을 같이하고 있다는 주장이다.

또 유교에는 사단심(四端心)이라는 것이 있다. 측은한 마음은 인(仁)의 단서요, 부끄러운 마음은 의(義)의 단서요, 사양의 마음은 예(禮)의 단서요, 시비의 마음은 지(智)의 단서라 하여 사람은 누구나 본래부터 인·의·예·지의 마음이 있다고 보았다.

기독교에서는 우리의 양심을 하느님의 소리라 하여 양심을 따르는 것이 곧 하느님의 뜻을 따르는 것이라 했다. 그러한 논리로써 내 안에 하느님이 와 있음을 증명하고 있다. 따라서 양심과 관련된 모든 마음은 하나님의 뜻이요 마음이며, 모든 사악한 것에 근거한 마음은 사탄의 마음이라 하여 양심으로써 이를 극복해야 한다는 것이다.

불교에서는 우리의 마음을 크게 두 가지로 분류하고 있다. 하나는 번뇌의 마음이요, 또 하나는 보리의 마음이다. 번뇌는 탐·진·치 삼독과 상에 뿌리하여 나오는 마음이요, 보리는 불성에 뿌리하여 나오는 마음이다. 번뇌의 마음은 우리를 삼악도 윤회로 몰고 가고, 보리는 깨달음과 해탈로 인도한다.

그리하여 대표적인 십악(身三: 殺·盜·淫, 口四: 惡言·妄言·兩舌·綺語, 意三: 貪·瞋·恥)을 중심으로 한 108개의 번뇌로 분류하여 제시하고 그것의 퇴치를 위한 정진적공을 독려하고 있다. 보리의 마음은 계·정·혜 삼학이나 팔정도(八正道: 正見·正思·正惟·正語·正業·正命·正精進·正念·正定)나 육바라밀(六波羅密: 布施·持戒·

忍辱·精進·禪定·般若) 등의 마음이니 이 마음을 통해서 십악 백팔 번뇌를 극복해야 한다는 것이다.

뿐만 아니라 각 종교마다 우리 인격 속의 부정적인 요인들은 계문으로 설정하여 경계하도록 하고 있다. 기독교에 십계명이 있고, 불교에는 오계, 십계, 250계, 500계(사미계, 보살계, 비구니계, 비구계) 등이 있으며, 원불교에는 보통급 십계, 특신급 십계, 법마상전급 십계 등 총 삼십계가 있다. 이러한 계문에는 언어적인 것과 행위적인 것과 마음에 관한 것이 함께 하고 있으나 마음에 관한 것을 가장 근본적인 것으로 중시하며 경계하고 있다.

또한 각 종교마다 우리 인격 속에 자리한 긍정적 요인, 즉 긍정적인 마음들을 교리 속에 담아 신조화하고 있다. 구체적으로 기독교의 신·망·애(信·望·愛)나 천도교의 성·경·신(誠·敬·信)이나 유교의 삼강오륜(三綱: 忠·孝·烈, 五倫: 親·義·別·序·信)이나 오상(五常: 仁·義·禮·智·信) 등이 있다. 또한 불교에서는 신앙적으로 불·법·승 삼보전에 귀의하게 하고 수행적으로는 네 가지 큰 서원인 사홍서원(四弘誓願: 衆生無邊誓願度·煩惱無盡誓願斷·法門無量誓願學·佛道無上誓願成)으로 충만하게 한다. 이 모두는 우리 마음속 긍정적인 요인들을 극대화해 가기 위한 방법들이다.

또는 기독교는 박애(사랑)라 하고 유교는 인(仁: 어짊)이라 하고 불교는 자비(慈悲)라 하여 그 표현은 각기 다르나 실상 그 목표나 입각지점은 다 같은 것이다.

괴로워하는 사람을 보고 앎(知)이 형성되고
'안 됐다'는 정서적 느낌이 생기는 것은 정(情)이요,
돕고자 하는 마음이 생기는 것은 의(意)이다.

마음과 영·기·질(靈·氣·質)

앞에서 우리 마음 안에서 전개되는 면면들을 대충 밝혔다. 지금부터는 마음을 중심으로 한 주변 문제와의 관계를 살펴보기로 한다. 먼저 영·기·질과 마음의 관계를 밝혀 보자.

현상세계에 나타난 모든 물질들을 우리는 기체·액체·고체나 식물성·동물성·광물성 등으로 분류한다. 이것은 영·기·질 가운데 질의 세계를 분류하는 방법이다. 그러나 질은 영과 기를 떠나서 존재할 수 없다. 오히려 이 세상을 구성하는 삼대 요소가 바로 '영'과 '기'와 '질'이다. 이 세 가지는 서로 어떠한 관계인가? 또 동물과 식물과 광물과는 어떤 관계에 있는가?

영이란 소소영영(昭昭靈靈)하여 모든 식(識)을 머금고 있는〔含藏〕 주체요, 기(氣)란 모든 작용을 가능하게 하는 동력의 주체요, 질(質)이란 영과 기를 머금고 있는 바탕이다.

이 세 가지는 서로 떠나서는 존재하지 않는다. 오히려 이 모두의 합성체가 우주이다. 다만 부분적 개체에 따라 양상이 달라지고 작용이 달라질 뿐이요, 어느 것 하나도 영·기·질을 떠나 존재할 수 없다. 견해에 따라서는 우주는 영체(靈體)일 뿐이라는 관점도 있을 수 있고, 기체(氣體)일 뿐이라는 관점도 있을 수 있고, 이 우주는 바탕만 있을 뿐이라는 관점도 있을 수 있다. 이것은 영적 관점에서 보느냐 기적 관점에서 보느냐 질적 관점에서 보느냐에 따라 다를 뿐이다.

또는 어떠한 곳에는 영이 있다느니 없다느니, 기가 있다느니 없다느니 할 수 있다. 질은 직접 보고 부딪히는 문제이기 때문에 별 이론이 없으나 그 외에는 여러 가지 억측들이 나올 수 있는 것이다. 이에 대해 좀 더 깊이 규명해 보자.

여기서 '머금다'는 말의 뜻을 제대로 이해해야 한다. 솜뭉치가 강물에 빠지면 물이 솜을 머금는다. 이때는 물이 주인공이다. 물의 사정 따라 솜뭉치가 움직인다. 그러나 솜뭉치에 물이 적시어졌다고 하면 솜이 물을 머금은 것이다. 이때는 솜이 주인공이다. 솜의 사정 따라 물도 함께 할 수밖에 없다. 이에 견주어 상상해 보자.

동물은 영이 기와 질을 머금었고, 식물은 기운이 영과 질을 머금었고, 기타 무생물은 질이 영과 기를 머금고 있는 현상이다. 이와 같이 서로의 경향이 조금씩 다를 뿐, 그 어떠한 사물이든 영·기·질이 함께 한다. 하다못해 똥까지도 신령스러움과 기운이 함께 있다가 계기를 만나면 영·기·질 모두가 작용한다. 식물에 똥을 거름으로 주면 식물이 무성해지지 않는가. 이것은 똥에도 생동하는 기운이 있다는 증거이다. 어찌 똥뿐이랴. 이 세상에 존재하는 모든 사물이 그렇다.

일반 모든 사물이 그러한 가운데 사물의 개별적 특성을 함장(含藏)하고 있는 개령이 함께 한다. 또한 개령으로 분류되는 과정에서 모든 사물에는 존혼(存魂)이 있고, 생물은 거기에 생혼(生魂)이 하나 더 있고, 동물은 각혼(覺魂)이 하나 더 포함되어 있다.

이 영성을 존혼, 생혼, 각혼으로 구분해 본다. 동물을 비롯해서 이 세상의 모든 것들은 대령이 있고, 모든 사물에는 존혼(存魂)이 있고, 식물류는 생혼, 동물류는 각혼이 하나 더 있다는 사실의 발견은 영성을 이해하는 데 큰 도움이 될 수 있다.

사실 각혼이 있는 사람이나 동물도 각혼은 잠복하고 생혼만 남아 있을 때가 있다. 잠에 깊이 빠지거나 마취를 시켰을 때는 생혼만 남게 된다. 생혼만 있으면 아픔을 느끼지 못한다. 그래서 수술 환자는 마취 상태에서 온 몸을 절개해도 아픔을 느끼지 못하다가 각혼이 되살아난 후에야 아픔을 느낀다. 똑같은 동물이라도 고등 동물은 각혼의 비중이 높고, 하등동물은 각혼 비중은 낮은 반면 생혼 비중은 높다.

실은 고등동물인 사람도 높은 각혼으로 살아가는 사람과 낮은 각혼, 즉 높은 비중의 생혼으로 살아가는 근기가 따로 있다. 각혼의 극치에 이른 사람을 성인 또는 부처라고 한다. 따라서 생혼으로 기울수록 본능적이요, 각혼으로 기울수록 창의적이다. 생혼 이하는 수동적이지만 각혼은 능동적이어서 마음이라는 주체가 부상하여 온갖 사고나 행위를 통제한다.

뿐만 아니라 '영'은 '기'를 부려서 '질'을 변화시키고, '기'는 '영'의 부림 따라 '질'을 통해 묘유 작용을 일으키며, '질'은 '영'과 '기'를 끌어안고 있고, '영'은 또한 '기'를 부려서 '질'을 통제, 관리한다.

그리하여 "진여묘체(眞如妙體: 우리 본래 마음의 참 모습)는 법계(法界)에 충만(充滿)하고 반야대지(般若大智: 반야의 지혜)는 시방(十方)에 통철(洞徹)"하니 어느 사물(事物)이 그 묘리(妙理)에 계합되지 않으며, 또 어느 생령이 그 자음(慈蔭: 자비의 품안)에 들지 않겠는가. 그처럼 우주 만물은 영·기·질의 원리에서 한 치도 벗어날 수 없는 것이다.

우리 수행도 '영'적 대치법, '기'적 대치법, '질'적 대치법이 각각 있으므로 이를 잘 활용하여 병행하면 서로 시너지 효과가 생겨 사반공배(事半功倍)의 결과를 낳는다.

즉 내 영성이 맑아질 조치를 철저히 취해 주고, 영성이 머무는 곳에 영성이 오염될 분위기를 제거하고 영성이 맑아질 수 있는 환경을 조성한다. 그리고 영성이 접하는 대상을 가려서, 영성을 흐리게 할 경계나 대상을 멀리하는 대신에 영성을 맑게 할 환경이나 대상을 자주 만나 영향을 받는다.

'근묵자흑(近墨者黑)'이라는 말이 있듯이 우리 영성은 가까이 하는 것으로부터 영향을 받아 탁해지기도 하고 맑아지기도 한다. 탁해진 영은 독성이 있어서 가는 곳마다 자타가 해독을 입고, 맑은 영은 영으로서의 생명력이 가장 왕성할 뿐 아니라 가는 곳마다 은혜를 생산해 낸다.

이것은 마치 물이 맑아지면 물의 생명력이 왕성해지고, 생명력 왕성한 물이 가는 곳마다 무한 은혜를 생산해 내는 것과 같다. 반대로 오염된 물은 생명력을 잃을 뿐 아니라 독성까지 생겨서 가는 곳마다 해를 끼친다.

그리하여 깨끗한 '영'이 '기'를 부리고 '질'을 움직이느냐, 아니면 혼탁한 '영'이 '기'를 부려 '질'을 움직이느냐는 대단히 중요한 문제이다. 즉 죄를 짓느냐 복을 짓느냐의 갈림길인 것이다. 이에 우리는 영·기·질의 관리에 지혜와 정성을 기울이지 않을 수 없다.

이 세 가지 요소 중에서도 '영'이 그 중심에 있고, '영'의 작용이 바로 마음이다. 마음작용은 또다시 영성에 유입되어 저장되고 저장된 내용은 다시 마음으로 발로되는 식으로 끝없이 순환한다.

이 순환이 선순환이냐 악순환이냐 하는 문제가 바로 운명을 좌우한다. 즉 선순환은 정화(淨化)순환이요, 악순환은 오염순환이다. 선순환을 반복하면 영성은 더욱 맑아져서 그 생명력은 한량없이 왕성해지고, 악순환을 반복할수록 영성은 더욱 심각하게 오염되어 생명력을 잃고 독성만 무성하여 자타간의 피해로 작용한다.

이러한 원리에서 정신수양의 필요성이 도출된다. 이 원리를 알면 정신수양을 아니할 수 없다. 이것은 바로 자신의 미래 운명에 관한 문제이기 때문이다.

그러면 영은 우리 색신〔육신〕과 어떠한 관계가 있을까?

영은 색신과 어떻게 결합할까? 또 잉태했을 때 영혼이 탁태(托胎)하는 과정에는 어떠한 이치가 있는 것일까? 만약에 있다면 그것은 어떠한 원리원칙에 따라 전개되는가? 구체적으로 살펴보자.

영혼과 몸의 원리

대령(大靈)과 개령(個靈)

영에 대한 이야기를 시작하면서 먼저 대령과 개령의 관계부터 살펴보자.

만유(萬有)는 오직 마음뿐[唯心]이라는 불교의 유식(唯識)사상이나, 모든 우주 현상의 본질은 정신뿐이라는 유심론(唯心論)에서 말하는 것처럼 모든 현상 있는 세계의 이면(裏面)에는 공허한 실체로서의 영성(靈性)이 있다. 이 영성의 본질이 너무 신비하고 신령스럽고 영명(靈明)하여 허령불매(虛靈不昧: 비었으되 밝고 밝아서 어둡지 않음)하다고 한다. 지혜가 열린 사람은 손 위에 구슬 보이듯 하나 지혜가 어두우면 그 속에서 살면서도 전혀 보이지 않는 세계이다.

어떤 의미에서 보면 이 우주는 '영성(靈性)의 덩치'이다. 눈에 보이는 우주만유란 영성의 원리에 따라서 영성이 빚어낸 피조물(被造物)일 뿐이다. 영성의 속성은 '지극히 밝고', '지극히 정성하고', '지극히 공정하고', '순리자연하고', '광대무량하고', '영원불멸하고', '길흉이 없고', '일체 응용에 무념' 하다. 그뿐 아니라 한 치의 오차도 없고, 한 푼의 그르침도 없고, 한 티끌의 다름이 섞이지 않은 순수함 그대로의 덩치이다. 이 큰 덩치를 대령(大靈)이라 한다.

대령은 우주만유 속에 충만해 있다. 어느 한 공간, 한 사물에도 스미지 않은 곳이 없다. 우리 몸에 영성이 �?아 있는 것처럼 우주 전체에 �?아 있는 영성이 곧 대령이다.

대령은 그냥 있는 것이 아니라 앞서 이야기한 여덟 가지 영성, 즉 팔도(八道)를 가동하면서 우주 차원에선 생성 · 보존 · 파괴 · 소멸이라는 성주괴공(成住壞空)의 역사(役事)를 작동하고 있고, 만물 차원에선 생로병사의 역사를 작동하고 있다. 그 작동 방식은 참으로 일사불란하고 신비하기 이를 데 없다.

이러한 대령에서 개령이 파생되는 원리를 살펴보자.

앞서 영을 설명하면서 존혼 · 생혼 · 각혼에 대해 밝힌 바 있다. 존혼 · 생혼 · 각혼은 이 세상에 존재하는 모든 것이 함께 공유하고 있으면서 고체, 액체, 기체나 광물, 식물, 동물 등 각 개체에 따라 또 다른 특별한 혼 하나가 추가된다. 즉 모든 사물에는 존혼이 추가되고, 모든 생물에게는 생혼이 추가되고, 생물 중에서도 동물에게는 각혼이 추가된다. 동물 중에서도 사람에게는 또 다른 특성 하나가 더 추가되고 사람 중에서도 백인, 흑인, 황인에 따라 또 다른 특성 하나가 각각 추가되며 더 내려와 말단 개체에는 그에 따른 특성 하나가 더 추가되어, 결국 대령과 개령이 함께하면서 자기 자신을 지탱해 간다. (이는 아마 생물학상의 DNA와 관련이 있을 것이라 추측되지만 생물학에 대한 전문적 안목이 없으므로 더 이상의 설명을 거두고 화두로써 문제만 제기한다.)

원리적으로 설명하자면 외연(外延)이 넓어질수록 내포(內包)는 줄어들고, 외연이 줄어들수록 내포는 더 많아지며 따라서 내포가 많아질수록 외연은 줄어들고, 내포가 적어질수록 외연은 커지는 논리체계이다.

그러므로 개령이 대령을 떠나서 있을 수 없고, 대령 또한 개령을 져버린 대령일 수 없다. 대령은 개령과 함께 있고, 개령 또한 대령과 함께 있다. 모르는 사람은 개령과 대령을 분리된 것으로 알지만, 아는 사람은 대령 속의 개령이요, 개령과 함께 하는 대령임을 안다.

이와 같이 대령과 개령이 함께 하면서 풀 한 포기, 벌레 한 마리, 사물 하나하나까지 전부 관장한다.

다만 대령에는 대령에 따른 원리의 세계가 있고, 개령에는 개령에 따른 원리의 세계가 있다. 원리의 세계란 '사물의 근본이 되는 이치의 세계'를 말한다. 각각 그 이치에 따라 대령은 대령대로, 개령은 개령대로 작용하면서 우주와 삼라만상을 주조하고 변화시키고 있는 것이다.

개령에서 대령으로 진행되는 원리를 알면 만법귀일(萬法歸一: 만법은 하나로 돌아감)의 소식을 안 것이요, 반대로 대령에서 개령으로 진행되는 원리를 알면 일귀하처(一歸何處: 하나는 어디로 가는가)의 소식을 안 것이다. 이 원리를 좀 더 구체적으로 살펴보자.

총섭원리(總攝原理)와 분담원리(分擔原理)

이 세상에는 진리적(眞理的) 원리가 있고 모든 현상세계는 그 원리에 의해 주조(鑄造)된다. 즉 풀 한 포기, 벌레 한 마리까지 이러한 진리적 원리에 의해 나타나고 사라진다. 그 무엇도 진리적 원리에서 벗어나지 않는다. 우리 사람 역시 진리적 원리를 벗어난 오고 감(生死)이란 있을 수 없다는 것은 너무도 분명한 사실이다. 아무 질서 없이, 원리원칙 없이 나타났다 사라지는 것이 아니다. 일사불란한 원리 안에서의 오고 감이다. 현상세계에서 전개되는 상황은 어떠한 원리적 곡절에 따라 나타난 결과일 뿐이다. 겉으로 표출된 모습은 마지막 현상일 뿐이요 그 이면에서 원리적 작업이 수없이 진행되어 빚어진 것이다.

이러한 원리에는 형이상학적(形而上學的) 원리와 형이하학적(形而下學的) 원리가 있으며, 총섭원리(總攝原理: 모두에게 적용되는 원리)와 분담원리(分擔原理: 어느 한 부분에만 적용되는 원리)가 있다.

이 모든 원리가 서로 물고 물리면서 우주 전체와 사물 하나하나까지 관장하고 있는 것이다.

그래서 법어에서는 "큰 원상이 돌매 천만 작은 원상이 따라 도나니 이는 마치 원동기가 돌매 천만 작은 기계 바퀴가 따라 도는 것 같나니라" 하였다.

이러한 원리에 맞추어 응용하는 것을 '순리다', '합리다' 라고 하고 이러한 원리에 역행하는 것을 '역리다', '불합리다' 라고 한다. 순리적, 합리적으로 대처하면 지혜롭다 할 뿐만 아니라 결국 목적하는 결과를 내지만, 역리나 불합리로 대처하면 어리석다 할 뿐만 아니라 목적하는 바도 이룩하지 못하는 반목적적 결과를 초래한다.

우리 인류는 형이하학의 원리를 응용하여 과학발전을 이룩해 왔고, 형이상학의 원리를 응용하여 철학이나 종교를 발전시켜 왔다.

총섭원리는 보편성과 근원성의 형성 원리이며, 분담원리는 개체성과 특수성의 형성 원리가 된다. 이러한 원리 안에서 전체와 개체가 서로 유기적 관계를 유지하면서 우주와 만상은 신비롭게 운행하며 지탱해 간다. 한 사물, 한 모습도 이러한 원리 밖에서는 존립이 불가능한 것이다.

그렇다면 인간의 '태어남'과 '죽음'에 적용되는 원리는 무엇이며 또 그 원리는 태중 인간에게는 어떻게 적용될까? 생사(生死)에 관계된 진리적 원리와 태중 인간에 대한 올바른 이해의 바탕 위에서라야 태교의 의미도 바로 정립될 수 있을 것이다.

우리 인간은 잉태로 비롯하여 출생하고, 출생하여 삶을 영위하다가 죽어간다. 그리하여 잉태 · 출생으로부터 죽음에 이르는 과정은 우리가 직접 겪거나, 살면서 수없이 진행 과정을 보기 때문에 모두 알고 있으나 '죽음'과 그 후의 잉태 · 출생과정은 일반적으로 깊이 알지 못한다. 그러나 우리 인간의 지능이 미치지 못하는 영역일 뿐 거기에 적용되는 진리적 원리마저 없는 것은 아니다.

진리적 사실은 인간의 '앎'이나 '모름'과는 아무 관계가 없으며 언제나 낭연독존(朗然獨尊)하고 있다. 오늘날 인간의 지능이 발달했다고는 하나 우리가 알고 있는 양(量)보다 모르고 있는 양이 오히려 무진무궁하다. 이 대우주의 바다에서 한 줌 알고 있는 반딧불을 가지고 대단한 것으로 착각하는 오만불손한 모습은 어리석기 그지없는 것이다.

거듭 말하지만 죽음·잉태·출생으로 이어지는 진리적 원리는 분명히 존재한다. 그렇다면 어떠한 원리에 의해서 그 과정이 진행되는지 우리는 알아야 한다. 이 문제를 해결하기 위하여 먼저 다음과 같은 의문을 제기한다.

1. 영혼과 육체의 관계는 어떠한 것인가? 즉 죽음과 동시에 함께 하는 것인가, 아니면 분리되는 것인가?
2. 죽음과 잉태는 단절된 것인가, 이어지는 것인가? 즉 잉태·탄생·삶·죽음·잉태로의 윤회인가, 아닌가?
3. 잉태·탄생·삶·죽음은 각각 그 다음 과정에 영향을 주는가, 아닌가?

이러한 의문을 해결하는 과정에서 태교의 원리적 근거도 자연스럽게 해명될 것이다.

영혼과 육체

영혼의 문제는 인류의 역사 속에서 많은 논란이 되어 왔다.

영혼 존재에 대한 긍정, 부정은 물론 그 존재 양상에 대한 입장도 역사적 흐름과 문화적 견해, 그리고 각자의 지견에 따라 달리 설명되어 왔다.

이러한 모든 입장들은 근세 과학의 발달에 따른 사상적 흐름에 맞추어 크게 두 방향으로 정리되었다. 즉 유물론적 입장과 그에 반대하는 입장이다. 유물론적 입장〔과학자 입장〕에서는 영혼의 독자적 존재 자체를 부정한다. 영성적(靈性的) 속성까지도 물질의 속성으로 간주한다.

그리하여 구(舊) 소련에서는 영적 작용을 레이저 광선의 작용일 것이라 가정하고 국고에서 막대한 지원을 해가며 과학적 실험을 통해서 입증해 내려고 했으나 실패하고 말았다. 불가능했을 뿐 아니라 오히려 구 소련에서 심령치료법까지 개발하고 있었다고 하니, 진리적 사실은 그 누구도 어찌할 수 없음을 증명한 셈이다.

한편, 오늘날 미국에서는 많은 과학자들이 영혼의 문제를 연구하여 발표하고 있으며 학회가 결성되어 연구 결과를 공식적으로 인증하기에 이르렀다. 버지니아 주립대학의 스티븐슨 박사팀이 수년간 연구한 결과물이 과학진보협회의 공인을 받았고, 전후생의 관계를 연구한 사례집 『전생을 기억하는 아이들』이란 책자는 우리나라에서도 번역 출간되었다.

뿐만 아니라 '케이시'라는 목병 환자는 기억퇴행 최면을 통해서 수백 명의 전생을 투시하여 토로한 내용을 속기하고 직접 현장 확인을 함으로써 생사에 적용되는 원리까지 추출해 냈다. 그것을 종합 정리하여 발간한 책이 『윤회의 비밀』로 우리나라에도 번역 출간되었다.

이 외에도 고토 벤의 『사후세계死後世界』가 있고, 랄프 왈도 에머슨의 인과법칙을 규명한 출판물도 쏟아져 나오고 있다. 전 시카고대학 정신의학부의 E. 퀴블러로스 교수는 "나는 기독교인이었다"라고 밝히면서 육체를 떠난 생명을 단죄하는 신(神)은 없더라고 한결같이 증언했다. 그러면서 "죽음이란 육체라는 허물을 벗는 과정에 불과하다. 이 진리를 '나는 믿는다'가 아니라 (조사와 연구를 통해서) 나는 알고 있다. 믿느냐 안 믿느냐의 문제가 아니라 100퍼센트 확실한 것을 나는 알고 있다"라고 하였다.

이처럼 영혼 존재에 대하여 가장 부정적 입장에 있었던 과학계가 오히려 적극 긍정하는 입장으로 바뀌었다.

또 다른 입장은 처음부터 영혼 존재를 긍정하는 각 종교가의 주장이다. 그러나 영혼 존재에 대한 구체적 관점은 동서양, 고대와 현대, 그리고 종교 간의 주장이 각각 다르다. 이 모든 입장에 대한 구체적 언급은 생략하고, 영혼 문제를 가장 상세하게 밝힌 불교의 입장만을 부연하고자 한다.

일찍이 석가모니불처럼 영혼 문제를 속속들이 밝힌 성자나 종교는 없었다. 불교야말로 영혼의 신비를 완전히 규명한 종교이다. 그러나 세상 인지가 이를 이해하지 못하여 불교에 대한 오해가 있어 왔다. 오늘날 타종교 인구가 아무리 많고, 불교에 대한 부정적 시각이 존재한다 할지라도 진리적 사실이 달라질 수는 없다. 과학의 발달에 따라 불교의 원리는 오히려 긍정적으로 입증되어 가고 있지 않은가. 원시종교의 교리는 과학의 발달과 더불어 한낱 신화나 동화로 전락하였으나, 불교의 교리는 오히려 과학이 이를 증명하며 거리를 좁혀 가고 있다.

지금도 자기가 아는 것 외에는 모두 부정해 버리는, 자기 자신에 대한 과신적 착각자들이나 유물론자들은 불교 교리에 대한 이해 없이 맹목적으로 부정부터 하는 경우가 많다. 그러나 불교의 교리는 그렇게 간단하고 얄팍한 것이 아니다.

일찍이 원불교 교조 소태산 대종사는 진리를 온통 깨달아 불경을 접한 후에 "불법은 천하의 큰 도라 참된 성품의 원리를 밝히고 생사의 큰일을 해결하며 인과의 이치를 드러내고 수행의 길을 갖추어서 능히 모든 교법에 뛰어난 바 있나니라"라고 하였다. 이러한 불교에서 영혼의 진리를 규명하여 생사 문제를 해결하도록 한 것은 실로 경이로운 일이다.

이에 불교에서 말하는 영혼의 문제를 규명하고 이와 연결하여 태교에 대한 기본 문제까지 밝혀 보고자 한다.

불교에서는 육체와 영혼을 분리해서 설명한다. 육체는 사대인지·수·화·풍(地·水·火·風)의 집합으로 이루어져서 생겨났다가 죽음과 동시에 다시 흩어져 지·수·화·풍으로 돌아가지만 우리의 영혼은 지은 바 업보에 따라 새로운 삶을 받게 된다. 즉 과거·현재·미래를 통하여 삼세(三世)로 윤회한다. 그리하여 죽음과 동시에 육체와 영혼은 분리되지만 수도를 많이 하여 영혼 자유의 힘을 얻은 사람은 영혼과 육체의 분리·결합을 자유롭게 한다.

일찍이 초조 달마대사가 육체와 영혼을 분리·결합한 사례가 있으며 우리나라에서도 조선시대의 진묵스님이 육체와 영혼을 분리한 사례가 있다. 따라서 육체는 물거품이나 그림자와 같은 현상이며, 주체적 자아의 본질은 영혼이다.

주체적 자아의 실상인 영혼의 입장에서 보면 생은 사의 근본이요 사는 생의 근본이다(生者死之根死者生之根). 그러므로 "잘 나야 잘 살고, 잘 살아야 잘 죽고, 잘 죽어야 다시 잘 날 수 있다"(『대종경 천도품』 1장)라고 한 법어는 생사에 대한 진리의 집약적 표현이라 할 수 있다.

예를 들어 설명하자면, 식물이 싹 틔워 나올 때의 모습 여하가 성장 모습 여하를 좌우한다. 즉 처음부터 탐스럽게 틔워 나온 싹은 성장 역시 탐스럽게 진행된다. 반대로 처음 틔워 나온 싹부터 가냘프게 출발한 것은 성장 역시 가냘프고 더디다. 다시 자라는 모습이 활발하고 왕성한 식물은 결실 또한 완실하게 맺는다. 성장과정에서 영양도 적당하고 수분과 일조량도 적당하고 벌레의 피해도 없이 잘 자란 식물만이 완실한 열매를 맺는 것이다.

반대로 성장과정에서 영양 부족과 일조량 부족 그리고 벌레들의 시달림을 받으며 자란 식물은 완실한 열매를 맺을 수 없다. 그러나 정상적 성장을 통해서 자라난 완실한 열매를 씨앗으로 파종하면 다시 건실한 싹이 틔워 나온다. 반대로 비정상적 성장을 통해 자라난 부실한 열매를 씨앗으로 파종하게 되면 다시 틔워 나오는 싹 또한 약하기 이를 데 없다. 즉 씨앗 → 발아 → 성장 → 결실[씨앗] → 발아로 이어지는 순환 과정에서 현재의 상태는 반드시 그 다음 과정에 영향을 주게 되어 있다.

이는 잘 나야 잘 살고, 잘 살아야 잘 죽고, 잘 죽어야 다시 잘 날 수 있다는 원리가 생체에 적용, 전개되는 한 단면이다.

그리하여 우리가 죽음을 맞으면 육체 속에 함께 있던 피 등의 수질성은 물기운[水質]으로, 뼈 등 지질성은 흙기운[地質]으로, 온기 등 화질성은 불기운[火質]으로, 호흡내용인 풍질성은 바람기운[風質]으로 각각 돌아가게 되지만 영혼은 평소 삶의 모습 그대로 영혼 속에 투영, 응집되었다가 그에 상응한 인연 따라 다시 새로운 몸을 받게 되며, 이것을 우리는 잉태니 탄생이니 하는 모습으로 바라보게 된다.

따라서 사람도 잘 살아야 죽음의 결실을 잘 맺을 수 있고, 죽음의 결실을 잘 맺은 영혼이라야 모든 요건을 갖춘 완실한 수생(受生)을 할 수 있으며, 완실한 수생을 하여 탄생된 영혼(靈魂)과 심신(心身)이라야 내외로 건강한 삶을 보장받을 수 있다.

이와 같이 어느 한 과정에서 문제가 생기면 그것은 다음 과정의 문제를 유발하는 씨앗[因子]이 되기 때문에 어느 과정을 막론하고 결점인자(缺點因子)는 개선시켜 나가야 한다.

우리는 이 작업을 일러서 '수도'라 하고 '마음공부'라 한다. 또는 잉태로부터 태교와 각종 교육, 그리고 탄생 의례로부터 사후의 각종 의례에 이르기까지 진행되는 절차도 바로 영성(靈性) 원리에 맞추어 결점인자의 축소, 장점인자의 신장을 위한 조처의 일환이다.

이처럼 우리의 삶이란 '영성생활＋육신생활(靈性生活＋肉身生活)'이 될 때 비로소 이루어지는 것이다. 뿐만 아니라 영적요인은 육신생활에 영향을 미치고 육신생활의 모습은 다시 영적요인에 영향을 주어서 서로 깊은 연계 속에서 끝없는 생을 빚어 간다. 다만 영은 주가 되고 육은 종이 되며 영은 근본이 되고 육은 끝이 될 뿐이다.〔主從·本末〕따라서 평소 영성(靈性) 관리를 어떻게 하느냐 하는 문제는 우리의 삶과 밀접한 관계가 있다.

영식(靈識)의 입태경로(入胎經路)

영성의 원초적 바탕은 성품이다. 이 성품의 본질은 어떠한 물리적·관념적 개념의 개입조차 불가능한 '공허(空虛)'이다. 이러한 영성에 외부 육경(六境: 眼境·耳境·鼻境·舌境·身境·意境)의 영향과 육근(六根: 眼·耳·鼻·舌·身·意)동작의 반복에 따라 형성되는 것이 잠복성(潛伏性)이다.

이것을 업(業)이라 한다. 불교적으로 풀이한다면 육경의 영향과 육근동작의 반복에 따라서 육식(六識: 眼識·耳識·鼻識·舌識·身識·意識)이 형성되고, 이 육식의 강도에 따라서 다시 제7식(第7識)이 형성되고 제7식의 강도에 따라서 제8식(第8識)이 형성된다.

제7식인 말나식(末那識)은 기억의식저장탱크요, 제8식인 아뢰야식(阿賴耶識)은 잠재의식저장탱크이다. 기억의식은 육체 소속이고, 잠재의식은 영성 소속이다. 육체의 소속인 기억의식은 육체의 사멸(死滅)과 함께 소멸되지만 영성의 소속인 잠재의식은 육체의 사멸 후에도 소멸되지 않는다. 오히려 영성 속에 잠재(潛在)해 있다가 다음 생(生)을 받게 되는 과정에서 결정적인 역할을 하며 무의식적인 작용을 유감없이 구사한다.

그리하여 영혼과 영성 속에 잠재한 내용이 다음 생을 받는 인자(因子)가 된다. 그 인자는 평소 생활태도나 수행 정도에 따라 결점인자 혹은 장점인자일 수 있다. 이 결점인자나 장점인자는 외부 환경적 토양을 만나게 되면 발아·성장·발화·결실을 맺게 된다. 좋은 조건이면 더욱 촉진되고 나쁜 조건이면 위축된다. 다만 결점인자의 좋은 조건과 장점인자의 좋은 조건은 같을 수가 없다. 오히려 정반대이다. 장점인자의 좋은 조건은 결점인자에게는 나쁜 조건이요, 결점인자의 좋은 조건은 장점인자에게는 나쁜 조건이다.

뿐만 아니라 이 세상 모든 것들은 같은 속성끼리 만나고 합하려는 속성이 있다. 질성(質性)은 물론이고 기성(氣性)은 더욱 그러하며 영성(靈性)은 더더욱 그러하다. 그러므로 영혼이 갈 곳을 찾아 영계를 방황하다가 영성 속에 저장된 내용물과 같은 환경을 만나면 쏜살같이 찾아든다. 이것이 소위 영혼과 육신의 결합이요, 새 생명 배태(胚胎)이다.

이러한 원리에서 볼 때 태교는 절대적으로 필요불가결한 것이다. 새 영혼을 맞을 준비부터가 태교의 출발이다. 탐·진·치의 영을 맞아들일 것인가, 자비와 지혜와 보시의 영을 맞아들일 것인가. 탐·진·치가 충만한 가정환경에는 탐·진·치로 충만한 영식이 찾아오고, 자비·지혜·보시가 충만한 가정에는 자비·지혜·보시로 충만한 영식이 찾아들기 마련이다. 어쩌다가 예외적인 돌연변이 현상도 있기는 하지만 대체로 이와 같이 전개되는 것이 원칙이다.

그러므로 태교는 평소에 미리 하고 있어야 한다. 탁영된 후에도 그 영성 속에 간직된 장점인자의 속성에 맞추어 여러 가지 조치를 취해 주어야 한다. 이것이 태교이다.

결점인자가 힘을 타느냐 장점인자가 힘을 타느냐는 대단히 중요한 문제이다. 잡초가 힘을 타면 곡식이 무성할 수 없고, 곡식이 무성하면 잡초가 버틸 길이 없다. 그런 이유에서 '가꿈'이 필요하듯 태교는 영식(靈識)을 바르게 가꾸는 것이다. 영식 중의 장점인자를 잘 가꾸면 태교는 성공한 것이다.

태교 중에는 마음을 바르게 가지라, 말을 삼가라, 행실을 바르게 가지라, 몸가짐 또한 흐트러짐 없게 하고, 감정 하나까지도 함부로 내지 말라는 이유가 여기에 있다.

특히 태아는 모든 것을 어머니를 통해서 받는다. 영양공급은 물론이요 산소도 어머니의 호흡을 통해서 공급받을 뿐 아니라 춥고 덥고 서늘하고 다스운 것〔寒·暑·凉·溫〕에 대한 감각이나 정서적 느낌〔喜·怒·哀·懼·愛·惡·欲〕, 원리적 깨침이나 반복동작으로 인한 익힘〔習作〕에 이르기까지 모두 어머니를 통해서 받는다.

그리하여 태모와 태아 사이에는 세 가지 주고받는 통신회로가 있다고 한다. 즉 심리적 통신회로와 생리적 통신회로와 행동적 통신회로가 그것이다. 이 세 가지 통신회로를 통해서 태모의 몸과 마음가짐이 바로 태아에게 전달되어 태아의 성장이나 교육적 결과를 빚어 간다.

그러므로 태모의 심신(心身) 두 방면으로 나툰 일거일동이나 외부로부터 겪은 일은 태아에게 매우 중요한 교육으로 작용한다.

마침 이 글을 쓰고 있는데 한 교도가 인사차 왔다. 태어난 지 몇 달 되지 않은 아이를 데리고 중요한 말을 일러 주고 간다. 아이를 임신하면서부터 낳을 때까지 새벽 4시에 일어나 태아를 위한 기도를 매일같이 드렸더니 아이가 태어나서 지금까지 새벽 4시면 꼭 깨어난다는 것이다.

이는 태아가 아침에 깨어 일어나는 것까지도 엄마의 행동에 영향을 받는다는 것을 증명하는 좋은 본보기이다.

진리적 사실은 인간의 '앎'이나 '모름'과는
아무 관계가 없으며 언제나 냉연독존하고 있다.
오늘날 인간의 지능이 발달했다고는 하나
우리가 알고 있는 양보다 오히려 모르고 있는 양이 무궁무진하다.

마음과 인과

　지금까지 마음과 영혼과 몸의 관계를 대충 설명하였다. 이제 마음과 인과의 관계를 살펴보자.

　이 세상 어떠한 것도 작용이 있으면 원인이 만들어지고 그 원인은 반드시 결과를 낳고, 그 결과는 다시 새로운 원인을 낳는다. 형이상이든 형이하이든 이 원칙에서 벗어남이 없다.

　이 세상 어떠한 현상도 그것은 마지막으로 나타난 결과일 뿐이며, 그 현상이 나타나기까지 무한한 원인이 작용한 결과이다. 현실의 모든 변화는 원인과 결과의 순환작용이 빚어내면서 때로는 태산교악과 같은 결과를 생산해 내기도 하고 때로는 태산붕괴와 같은 결과를 만들어 내기도 한다.

　좋은 결과는 좋은 원인에서, 나쁜 결과는 나쁜 원인에서 나온다는 것이 철칙이다. 원인과 결과의 순환반복이 상생으로 돌면 좋은 결과요, 반대로 상극으로 돌면 나쁜 결과를 빚는 것은 조금도 틀림이 없다 했다.

　석가모니불이 이러한 인과의 이치에 따라 몸과 말과 뜻으로 지어 죄 받고 복 받는 내역을 밝힌 경이 있는데 『죄복보응경罪福報應

經』이요, 『업보차별경業報差別經』이요, 『현자오복덕경賢者五福德經』
이다.

"내가 중생들이 죄 받는 일을 다 말하자면 마음이 아파서 못 다
하겠다" 하고 또 "정신 · 육신 · 물질로 남에게 은혜를 많이 베푼
다면 모든 하늘이 극진히 대접할 것이요, 일만 악이 다 물러갈 것
이며, 뭇 마군이가 다 소멸되어 감히 당할 자가 없으리라" 하였
다. 또 "내가 도안(道眼)으로 무수겁전(無數劫前)으로부터 지금 몸
을 받기까지 죄 받고 복 받는 것을 봄이 손바닥 가운데 있는 유리
구슬을 보는 것 같아서 내외가 투명해서 털끝만큼도 의심이 없도
다" 하여 인과의 이치를 들여다보는 심경을 술회하였다.

다시 인과 이치의 속성을 대충 밝혀 보자.

길흉화복과 흥망성쇠와 이해득실(利害得失)과 고락영고(苦樂榮
枯)와 성공실패와 죄부죄(罪不罪)와 복불복(福不福) 등이 모두 인과
의 이치를 떠나서는 한 톨도 이루어질 수 없다. 따라서 주는 자가
받는 자가 되고 받는 자가 주는 자가 된다. 시(是)에서 이(利)가 오
고 비(非)에서 해(害)가 온다.

무엇인가 하는 자의 몫은 있으나 아무것도 하지 않는 이의 몫
은 없다.

부지런히 준비하는 자에게는 기회를 주고, 아무 준비도 하지
않는 자에게는 아무 기회도 주지 않는다.

주었는데 함부로 하면 다시 빼앗으며, 상생과 겸손에는 복이

있게 했고 상극과 오만에는 재앙이 오게 했다.

통째로 바치면 통째로 주는 이치가 있고, 독점(獨占)하면 독한(獨恨)이 뒤따르게 하는 이치가 있다.

좋은 일을 하면 자타간 좋은 일(極樂)이 이루어지게 했고, 나쁜 일을 하면 자타간 나쁜 일(罪苦)이 이루어지게 했다.

그러므로 인과의 이치에 맞추어 현실 문제를 해결해 가고, 미래를 대비하고 설계하고 조치해 가는 것이 가장 지혜로운 일이다. 행여 요행수에 기대어 바란다면 이는 참으로 어리석은 마음이며 결국엔 크게 낭패를 보게 될 것이다. 평지조산(平地造山)의 성공도 태산붕괴(太山崩壞)의 실패도 모두가 인과의 이치에서 한 치도 벗어남이 없기 때문이다.

이러한 인과의 결과가 어마어마한 것일지라도 그 원초적 씨앗의 핵은 결국 마음이다. 마음속에 자리하고 있는 주인공이 기(氣)를 동원하여 우리의 육근동작을 일으켜서 무엇인가 원인을 만들고 그 원인이 한도에 이르면 결과를 맺게 된다.

그러므로 마음속에 내장하고 있는 무엇인가는 참으로 해탄(해로운 폭탄)이 될 수도 있고, 은탄(은혜로운 폭탄)이 될 수도 있다. 이것이 제대로 보이면 견성했다 할 수 있다. 바꾸어 말하면 우리 마음속에 내장하고 있는 것은 긍정적 요인일 수도 있고, 부정적 요인일 수도 있는 것이다.

이에 우리는 마음공부(수도)를 통해서 부정적 요인을 청산하고 긍정적 요인을 무한신장시키려는 것이다. 부정적 요인과 긍정적 요인은 앞으로 번뇌와 보리의 장에서 좀 더 구체적으로 밝히겠지만, 부정 요인이 모든 불행의 씨앗이 되고 긍정 요인은 모든 복락의 씨앗이 된다는 것만큼은 깊이 새겨야 한다.

흔히 행운을 밖에서 찾거나 구하는 모습을 본다. 또 불운이 밖에서 오는 것으로 알고 액막이 행사를 하거나 또는 사주나 관상에서 찾기도 하고, 묘터나 일진에서 찾기도 한다. 그러나 이 모든 것은 허망한 일이다. 인과의 이치를 외면한 그 어떠한 것도 이치가 아니다.

'성어중(誠於中)이면 형어외(形於外)'라는 말이 있다. 중심에 정성이 있으면 밖으로 형상화된다는 뜻이다. 즉 마음속에 있는 것은 결국 표정으로 말로 행동으로 나타난다는 말이다.

그뿐만이 아니다. 우리 사람이 지니고 있는 건강이나 지혜나 재물이나 지식이나 명예나 지위나 권리나 인연이나 기타 모든 소유도 마음 됨됨대로 쓰인다. 마음 됨됨이 바르면 바르게 쓰일 것이요, 마음 됨됨이 그르면 그르게 쓰일 것이다. 마음 됨됨이 어질고 덕스러우면 어질고 덕스럽게 쓰일 것이요, 마음 됨됨이 거칠고 박덕하면 거칠고 박덕하게 쓰일 것이다.

쓰이고 난 뒤에는 반드시 그에 상응하는 결과가 따르기 마련이다. 그 결과는 다시 새로운 인(因)으로 작용하여 행위를 유도하고, 그 행위의 반복동작이 결국엔 업을 형성하고 그 업이 다시 자기 자신을 좌지우지한다.

더 정확하게 표현한다면 나라는 주체는 업의 노예로 전락한다. 업의 하수인이 되어 오금을 펴지 못한다. 그리하여 온갖 잡역이나 악역도 서슴없이 맞게 된다. 그러는 사이에 업의 쇠사슬은 점점 더 가혹하게 조여 오고 결국 끝없는 윤회의 사슬에서 벗어날 기약이 없게 되는 것이다.

여기서 업(業: 카르마)의 실체를 좀 더 정확하고 깊이 있게 이해할 필요가 있다. 뒤에 상세히 밝히겠지만 이 모든 중심에 마음이 있고 그 마음은 끝없이 원인과 결과를 궁굴려 가고 있다는 점을 깊이 새기고, 궁극적으로 마음관리가 얼마나 중요한 것인가를 다지고 또 다져야 한다.

마음과 업(業)과 윤회(輪廻)

마음속에 있는 대로 행동하고, 그 행동을 반복하면서 업이 형성되고, 형성된 업은 윤회의 동력으로 작용한다.

실은 그것이 무엇이건 뭉치면 큰 힘을 발휘한다. 아무 힘이 없는 먼지 하나하나가 모여 지구의 덩치를 만들었다. 그 결과 이 지구가 지니고 있는 인력이 얼마인가. 이 세상 모든 것이 온통 지구에 매달려도 끄떡없이 버티고 있다. 오히려 모두 다 싸안고 그들을 살리고 있지 않은가. 이와 같이 하찮은 것도 뭉치면 큰힘을 발휘할 수 있다. 아무 힘없는 화장지도 말아서 뭉쳐 놓으면 끊기 어려운 것과 마찬가지다. 형상 있는 것만 그러한 것이 아니다. 형상 없는 공기도 뭉쳐 놓으면 폭탄과 같은 위력을 발휘한다.

우리 마음도 마찬가지다. 어떠한 마음이건 뭉쳐 놓으면 상상을 초월하는 힘을 발휘한다. 좋은 마음으로 뭉치면 좋은 힘이 솟고, 나쁜 마음으로 뭉치면 나쁜 힘이 형성된다.

우리는 한 생각 원망심이 뭉쳐 큰 재앙으로 작용하는 것을 흔히 본다. 때에 따라서는 원망으로 뭉친 한 사람의 마음이 정권을 붕괴시키기도 하고, 나라를 망하게 하는 경우도 있다. 그러므로 나라건 단체건 기관이건 어떠한 자리의 지도자라도 좋은 마음으로 뭉치게 할지언정 나쁜 마음으로 뭉치게 하는 일은 짓지 않아야 참으로 지혜로운 지도자요, 구성원들도 희망을 가질 수 있다.

이때 뭉쳐서 형성된 '응어리', 이것이 업이다. 눈에 보이는 것은 아니지만 무서운 힘을 지닌다. 그 힘은 '원력(願力)'이 될 수도 있고, '원력(怨力)'이 될 수도 있으며, 수련의 연력(鍊力)이 될 수도 있다. 연력 중에서도 정력(定力), 혜력(慧力), 계력(戒力)이 될 수도 있다. 또는 선업이 될 수도 있고 악업이 될 수도 있다. 선업은 선도윤회의 힘을 발휘하고 악업은 악도윤회의 힘을 발휘하면서 천태만상(千態萬像)의 운명을 빚어 간다.

여기서 '힘(Power)'에 대하여 깊이 생각해 볼 필요가 있다. 우주만유의 본원을 '힘'으로 보는 견해도 있을 만큼 힘에는 심오한 이치의 세계가 있다. 동양에서는 그 힘을 음양이기와 오행의 기운[五氣: 金·木·水·火·土] 등으로 분류하여 모든 생성원리를 풀어 간다. 이러한 이치에 근거하여 각각의 약재가 품고 있는 약성(藥性)을 찾아 임상에 응용하는 것을 응병용약(應病用藥)이라 한다.

그러므로 물리적인 것이든, 심리적인 것이든, 또는 행위적인 것이든 간에 뭉쳐 놓으면 어떠한 힘이라도 형성되어 잠복하게 된다. 심지어 방앗간 기둥 위에 앉은 먼지[樑上塵]도, 가마솥 밑에 붙은 검정[釜底墨]까지도 무서운 약력을 지니고 있다.

이와 같이 '업'이란 몸[身]과 입[口]과 뜻[意]으로 형성한 뭉치이며, 이 뭉치는 반복 동작을 통해서 더 크게 어리게 되고, 더 큰 힘을 응집한다. 멀쩡하던 쇠도 자석으로 한 방향을 따라 계속 문지르면 자석철이 되어 쇠를 끌어들이는 힘이 생기는 것이다.

우리는 흔히 술에 중독되었다, 마약에 중독되었다, 노름에 중독되었다 하는데 중독은 반복 동작이 빚은 업이다. 업이 형성되고 나면 그 업이 우리를 강력히 지배한다. 그리하여 업의 노예로 전락하고, 업은 우리를 노복같이 부려 쓴다. 내 주체는 자유도 주권도 없다. 그들이 하라는 대로 할 뿐이다. 그 업의 성격에 따라서 선업은 선도윤회, 악업은 악도윤회로 들어서게 된다.

여기서 우리는 최초의 원죄를 범하지 않아야 한다는 절체절명의 과제를 인식해야 한다. 원죄라는 것은 최초의 출발에서 빗나갔다는 뜻으로 첫 단추를 잘못 끼우면 줄줄이 잘못 끼워지고, 반면에 첫 단추를 잘 끼우면 줄줄이 바로 끼워진다는 것이다.

그러므로 이 최초가 가장 중요한데 최초의 결정권자는 바로 무의식세계에 잠복해 있는 주인공이다. 앞서 식(識) 이야기를 하면서 언급한 바와 같이 제7식이나 제8식에 저장된 내용이 밖으로 발로되면 그것이 주인공이 되어 모든 행위를 구사하고 구사한 내용이 다시 새로운 업을 형성하며, 이 업은 다시 7식이나 8식에 저장되었다가 기틀 따라 발로된다. 이것을 일러서 윤회라 한다.

그러므로 7식과 8식에 보리가 저장되었느냐, 번뇌가 저장되었느냐 하는 것이 그 주인공의 운명을 좌우한다. 이에 7식, 8식에서 발로되는 그 순간을 잘 다스려야 한다. 비록 잘못된 저장물〔번뇌〕의 발로라도 크게 분발하는 원력(願力)을 불러일으켜서 선순환으로 괘도 수정을 하면 그 미래에는 어둠이 걷히고 밝음이 열린다. 이것이 악도윤회를 벗어나는 길이다.

이와 같은 괘도 수정은 어려울 것 같으나 지혜가 열리면 훤히 보이는 세계요, 또 우리 생령들이 끝없이 겪으면서 반복하는 일이다. 우리와 동떨어져 있는 것이 아니다.

우리의 마음은 행위를 낳고, 그 행위는 몸과 입과 뜻으로 업을 형성하고, 그 업은 윤회를 낳아 나를 사로잡고 또다시 같은 행위와 업을 반복하게 한다. 그러므로 윤회의 한 중심에서 모든 것을 좌우하는 마음 관리의 중요성을 십분 이해해야 한다.

마음과 진급(進級)과 강급(降級)

우리 사회에는 여러 가지 계급제도가 있다. 공무원 세계에도 9급에서 시작하여 1급까지의 계급제도가 있고 군 사회에도 병급을 시작으로 사관급, 위관급, 영관급, 장성급 등의 계급이 있다. 이러한 행정질서뿐만 아니라 전문분야의 능력도 급과 단 등으로 구분하고 실력에 따라 몇 급 혹은 몇 단이라고 평가하여 자격을 부여한다. 그리하여 올라가면 진급(進級)이라 하고 내려가면 강급(降級)이라 한다. 또 영전이라 하고 좌천이라고도 한다.

대개 사람들은 위로 올라가기를 좋아하고 내려가는 것을 싫어한다. 그런데 올라가고 내려가는 중심에는 마음이 있다. 결코 마음이 빠지고 되는 일이 아니다. 처세실력이 되었든 전문분야 실력이 되었든 기타 어떠한 실력이든 간에 그 중심에는 마음의 작용이 있다.

다시 말하면 마음이 개입해서 진급도 시키고 강급도 시킨다. 이러한 현실적인 문제도 그렇지마는 '정신실력'은 더욱 그렇다.

일찍이 각 종교가에서는 도덕적 성숙도를 단계별로 제시했다. 유교에서는 앎의 단계를 생이지지(生而知之), 학이지지(學而知之),

곤이지지(困而知之) 등으로 구분하고, 행위에 대해서는 낙이행지(樂而行之), 안이행지(安而行之), 면강이행지(勉强而行之) 등으로 구분한다. 불교에는 성문·연각·보살·부처나 수다원·사다함·아나함·아라한 등의 사과(四果)가 있다.

원불교에는 보통급·특신급·법마상전급·법강항마위·출가위·대각여래위 등의 위급이 있고 그 기준은 마음실력의 정도를 철저하고 엄격하게 적용하고 있다. 마음이 없이는 이러한 위계질서도 있을 수 없다.

그래서 종교가에서는 보다 높은 마음실력의 세계에 들기 위해 생사를 걸고 정진적공하며 피나는 노력을 기울이는 것이다. 진급, 진급의 길로 나서는 사람은 보람과 기쁨이 한량없이 충만한 생활을 하게 되고, 강급, 강급의 길로 들어서는 사람은 이를 제일 안타까워하고 큰 불행으로 여긴다. 그뿐만 아니라 현실적으로도 진급의 길을 열어 가는 사람 앞에는 영광의 길, 복락의 길이 열리고, 강급의 길을 열어 가는 사람 앞에는 치욕의 길, 고통의 길이 열리기 마련이다.

이 양극의 상황전개 중심에도 역시 마음이 있다. 마음을 잘 쓰면 진급의 길이 열리고 잘못 쓰면 강급의 길이 열린다. 원불교 『대종경』, 「인과품」 24에서는 진급하는 마음과 강급하는 마음에 대해서 다음과 같이 밝히고 있다.

진급기에 있는 사람은 그 심성이 온유하고 선량하여 여러 사람에게 해를 끼치지 아니하고, 대하는 사람마다 잘 화(和)하며, 늘 하심(下心)하기를 주장하여 남을 높이고, 배우기를 좋아하며, 특히 진리를 믿고 수행(修行)에 노력하며, 남 잘 되는 것을 좋아하며, 무슨 방면으로든지 약한 이를 북돋아 준다. 반면에 강급기에 있는 사람은 그 심성이 사나워서 여러 사람에게 이(利)를 주지 못하고 대하는 사람마다 잘 충돌하며, 자만심이 강하여 남 멸시하기를 좋아하고, 배우기를 싫어하며, 특히 인과의 진리를 믿지 아니하고 수행이 없으며, 남 잘되는 것을 못 보아서 무슨 방면으로든지 자기보다 나은 이를 깎아내리려 한다.

이와 같이 온 생령이 진급을 소망하고 강급을 싫어하지만 그 해법은 역시 마음에서 찾아야 한다.

마음은 행위를 낳고,
그 행위는 몸과 입과 뜻으로 업을 형성하고,
그 업은 윤회를 낳아 나를 사로잡고
또다시 같은 행위와 업을 반복하게 한다.

마음과 수제치평

[修身齊家治國平天下]

유교의 경서 중 사서(四書)의 첫 번째인 『대학大學』은 대인지학 (大人之學)이라 하여 장차 수신 · 제가 · 치국 · 평천하의 뜻을 펼칠 사람들이 배워야 할 책이라는 뜻이다.

이 책의 전체 맥락은 삼(三)강령 팔(八)조목으로 되어 있는데, 삼강령은 '맑은 덕을 밝히는 것[明明德], 백성을 새롭게 하는 것[新 民], 지극한 선에 그치게 하는 것[止於至善]'이다. 팔조목은 '사물 을 궁구하는 것[格物], 앎에 이르는 것[致知], 뜻을 성실하게 하는 것[誠意], 마음을 바루는 것[正心], 몸을 닦는 것[修身], 가정을 다스 리는 것[齊家], 나라를 다스리는 것[治國], 천하를 평정하는 것[平天 下]'이라 했다.

삼강령 팔조목 모두 결국은 치국 · 평천하를 하기 위함인데 그 에 앞서 먼저 마음을 잘 다스려서 실천하도록 하였다.

뿐만 아니라 10장의 '치국 · 평천하' 장에서 밝히기를 "밑에 있 는 신하의 마음 됨됨이 오직 한결같을 뿐 비록 다른 재주는 없을 지라도 그 마음이 아름다워서 모두 다 싸안는 용납성이 있고 다 른 사람의 재주 있음을 자기 재주같이 좋아하고 다른 사람의 어질고 거룩함을 그 마음 가운데 진실로 좋아하기를 입으로만이 아니라 진실로 다 포용하는 이 사람은 능히 자손과 백성의 안보를 이루는 이로움이 있게 할 것이나 만일 다른 사람의 재주 있는 것을 시기하여 미워하고 남의 어질고 거룩함을 부정하고 거슬러서 소통하지 않으며 포용성까지 없다면 이 사람은 능히 자손이나 백성의 안보도 지키지 못하여 장차 위태롭게 할 것이다" 하였다.

이것은 마음씀씀의 인격 됨됨이 나라를 지키기도 하고 무너뜨리기도 한다는 말이다. 이와 같이 수신을 비롯해서 제가 · 치국 · 평천하의 경륜을 실현하는 일까지도 이 마음씀씀에 따라서 달라진다는 것을 분명히 하고 있다.

그리하여 가정이 망하려면 먼저 그 가족들의 마음이 붕괴된다. 나라가 망하려고 해도 먼저 그 국민과 지도자들의 마음이 붕괴된다. 마음이 붕괴되면 그 어떠한 집단도 버틸 수 없다.

마음, 마음들이 붕괴되는 현상들을 깊이 살펴보면 불신으로 붕괴되고, 탐욕으로 붕괴되고, 나태로 붕괴되고, 오만으로 붕괴되고, 어리석음으로 붕괴된다. 진실이 붕괴되고, 믿음이 붕괴되고, 합리지혜가 붕괴되고, 정성심이 붕괴되고, 단합심이 붕괴된다. 마음이 붕괴되고는 그 어떤 현실문제도 해결하거나 성공할 수 없고, 기존의 것까지 지키지 못하여 끝내는 다 놓치거나 붕괴되고 만다. 반대로 마음이 살아나는 날 가정 · 사회 · 국가 · 세계가 살아나 위대한 역사가 비롯된다.

참으로 마음은 위대한 존재이다. 이 마음을 가지고 못할 일이 없다. 세상 그 어떠한 일이라도 다 해낼 수 있는 것이 마음이다. 다만 이 마음을 어떻게 잘 밝혀서 잘 가꾸고 잘 활용할 것인가 하는 문제만 남아 있을 뿐이다.

이러한 사실이 너무도 분명한데도 현실은 마음에 대해서 찾고 밝히고 가꾸고 잘 활용하려는 의식이 형성되어 있지 않다. 오히려 현대문물의 저 모퉁이 변방에 밀려서 방치되어 있는 모습이다. 과연 이 마음을 저 한편 구석에 방치해 두어도 되는 것인가 화두로 던져 본다.

마음과 건강

마음과 건강은 어떠한 관계가 있을까? 건강이란 과연 색신[육신]의 문제일 뿐일까? 일단 건강을 잃고 나면 그때부터는 철저히 마음의 몫이다. 마음이 건강을 위해서 배려하지 않으면 치료행위란 불가능하기 때문이다. 치료를 위해서는 마땅히 지켜야 할 사항도 있고, 철저히 금해야 할 사항도 있다. 이 모두는 마음의 배려가 절대적으로 요청되며, 마음이 작용하지 않고 되는 일이 아니다. 약물치료, 도구치료, 음악치료, 운동치료를 비롯해 그 어떠한 치료법이든 마음이 동원되어야 가능하다.

이와 같이 일단 발병 이후부터는 마음의 몫이라는 것은 누구나 인정할 수 있으나 그 이전에 마음은 건강에 어떠한 영향을 미치는가? 앞서 영 · 기 · 질(靈 · 氣 · 質)에 대해 약간 설명한 바와 같이 영은 기와 질의 근본이 되어서 기와 질에 영향을 미치기도 하지만, 기 또한 영과 질에, 질 또한 기와 영에 영향을 미친다. 서로 영향을 미치며 파란만장한 생을 영위해 가는 것이다. 건강의 문제도 영 · 기 · 질 세 가지가 함께 해야 한다.

오늘날 '신경성'이라는 이름이 붙은 병들이 모두 마음과 관련이 있다. 신경이 쇠약해지면 수면에 이상이 생기고 더 깊어지면 정신에 이상까지 생겨서 정상적 사람 구실을 못하는 경우도 있다. 물론 그 원인은 육신에서 오는 경우도 있으나 어떤 원인이든 결국 마음의 병적 현상으로 나타난다. 그뿐만 아니라 육체의 병명 앞에 신경성이라는 단어가 붙기도 한다. 즉 신경성 위염, 신경성 장염 등등의 의학용어가 수없이 많다. 이 경우에 치병(治病)의 전제조건은 마음을 편안하게 가지는 것이다. 마음이 불안하고는 치료가 안 되거나 더딜 수밖에 없다.

동양의학상 병론에서는 발병의 원인을 외인(外因: 風寒暑濕), 내인(內因)으로 구분하는데 그 내인 가운데 하나로 드는 것이 칠정(七情: 喜·怒·憂·思·悲·恐·驚)이다. 과도한 칠정의 발로는 결국 내장을 상하게 하여 병이 된다는 뜻이다.

그 대충을 설명해 보자.

먼저 기쁨〔喜〕은 심장의 정지(情志) 활동으로 과도(過度)하면 마음기운이 소모되어 심신〔마음과 신경〕이 불안해지고 허파〔肺〕에 영향을 준다 했다.

성냄〔怒〕은 간장의 정지 활동으로 과도하면 기가 위로 올라가 혈액을 상하게 하고 음혈을 소모시켜 간에 화기를 성하게 한다고 했다.

근심〔憂〕은 폐와 밀접한 관련이 있고 폐는 기를 다스리기 때문에 근심이 지나치면 폐기가 막혀 가슴이 답답하거나 한숨을 쉬는 증세가 있을 수 있다.

생각[思]은 지례[脾]의 정지 반영으로 정신집중이나 사려(思慮)가 과도하면 비장(脾臟)을 상하게 한다고 했다.

슬픔[悲]은 허파[肺]의 정지 반영으로 비애가 과도하면 오장기능이 손상되고 삼초(三焦: 上中下) 기능에 상해를 입어 병이 된다 했다.

두려움[恐]은 신장의 정지 반영으로 공포 감정인데 과도하면 신장 기능에 손상을 입히고 공포불안을 초래한다 했다.

놀람[驚]은 갑자기 외부 사물의 자극을 받아 신기(神氣)가 혼란하여 감정불안을 일으킨다.

이와 같이 한의학상의 기병(氣病)이란 모두 마음에서 오는 병들이다. 그러므로 마음과 건강은 서로 밀접한 관계가 있다. 더욱이 영양학적 관심이나 건강관리 및 운동에 대한 관심, 기타 모든 의학적 관심이나 상식 여부가 건강에 미치는 영향을 다 통산한다면 마음이야말로 건강관리의 중심에 있다는 것을 알 수 있다.

그뿐이 아니다. 암과 같은 절망의 상황에서도 결코 좌절하지 않고 버티며 극복해 낸 사례가 있는가 하면 멀쩡한 상태에서도 스스로의 처지를 비관하여 저주로 몰고 가다가 건강이나 생을 망치는 경우도 많이 있다. 그러므로 마음이야말로 건강의 지킴이가 되어야 한다. 더 정확히 이야기한다면 건강이란 마음건강을 전제로 한 건강임을 깊이 깨달아야 한다.

그런데 마음 자체가 병이 들어 큰 곤욕을 치르고, 사회적인 큰 문제로 대두되고 있는 현상이 오늘날 우리 모두의 큰 고민거리이다. 원불교 교조 소태산 대종사는 오늘날의 마음병들을 진단하여 다음과 같이 밝힌 바 있다.

> 지금 세상은 밖으로 문명의 도수가 한층 나아갈수록 안으로 병맥의 근원이 깊어져서 이것을 이대로 놓아두다가는 장차 구하지 못할 위경에 빠지게 될지라 세도(世道)에 관심을 가진 사람들로 하여금 깊은 근심을 금하지 못하게 하는 바. (또 그 병은) 돈의 병, 원망의 병, 의뢰의 병, 배울 줄 모르는 병, 가르칠 줄 모르는 병, 공익심 없는 병 (등이며 이를 치료하기 위해서는) 도학을 장려하여 분수에 편안한 도와, 근본적 은혜를 발견하는 도와, 자력생활 하는 도와, 배우는 도와, 가르치는 도와, 공익생활하는 도를 가르쳐서 사람, 사람으로 하여금 안으로 자기를 반성하여 각자의 병든 마음을 치료하게 하여야 한다.
>
> (『대종경』「교의품」34)

위와 같이 근간이 되는 병 몇 가지를 밝혔으나 우리 마음, 마음들 속에 나고 있는 병이 어찌 이것뿐이랴. 육신의 병이 수없이 많은 것과 같이 마음병도 수없이 많고 가지가지이다. 오히려 육신의 병보다 더 많다고 해야 맞다.

이러한 마음병들은 결국 육신의 병, 사회적 병으로 이어져서 우리의 삶 자체를 괴롭히고 생명까지 위협한다. 그러므로 건강이란 마음건강의 전제 아래 보장받을 수 있다는 것을 깊이 새겨야 한다.

한의학상의 기병(氣病)이란 모두 마음에서 오는 병들이다.

더욱이 건강에 대한 관심이나 상식 여부까지 통산한다면

마음관리야말로 건강관리의 중심이다.

번뇌와 보리

　지금까지 우리 마음과 관련된 영역을 몇 가지만 들었으나 실은 인간사, 문명사 전 영역에 걸쳐서 관계하거나 관련되지 않는 곳이 없다.

　오히려 그 모든 것의 중심에 마음이 있으면서 중추적인 역할을 하고 있다. 이쯤 되면 일체가 다 마음으로 짓는 바〔一切唯心造〕라고 하는 말이 깊이 다가와야 한다. 이 이치를 깨닫는다면 비로소 견성의 맛을 본 것이다.

　이러한 마음세계를 좀 더 깊고 넓게 들여다보자면 천심만심(千心萬心)으로 그 끝을 볼 수가 없다. 이른바 황하에 있는 모래알 수만큼 많다. 오히려 그보다도 더 많다 할 수 있다.

　이와 같이 많은 마음들은 다음 두 가지로 정리할 수 있다. 하나는 긍정적인 마음군이고, 다른 하나는 부정적인 마음군이다. 긍정적인 마음군은 '보리'라 하고 부정적인 마음군은 '번뇌'라 한다. 또 다른 표현으로 보리는 '법(法)'이라 하고 번뇌는 '마(魔)'라 한다.

```
진리 ┬─ 성품 ──── 道心 ─ 菩提 ─ 法
      └─ 색신 ──── 人心 ─ 煩惱 ─ 魔
```

위의 도표와 같이 성품에 뿌리한 도심(道心), 보리(菩提), 법(法) 등의 긍정적인 마음군이 있고, 색신[육신]에 뿌리한 인심(人心), 번뇌(煩惱), 마(魔) 등의 부정적인 마음군이 있다. 이에 따라 인격적 요소와 비인격적 요소가 혼재(混在)하는 것이 우리 마음세계의 모습이다.

여기서 우리는 그 혼재된 마음을 방치해 둘 것이냐, 아니면 관리하여 정리해 갈 것이냐 하는 문제에 봉착한다. 어떻게 할 것인가?

답을 해보라. 어서 답을 해보라.

이 이야기는 뒤에 다시 하기로 하고, 우선 마음세계의 한 맥락을 이루지만 우리가 바라지 않는 부정적인 마음들을 살펴보자. 모든 종교들이 각각 나름대로 언급하고 있으나 가장 심층적으로 해부하고 있는 불교를 먼저 거론해 본다.

불교에서는 보리[지혜]에 대칭되는 말로 번뇌라는 것이 있는데 그 번뇌의 종류를 108개라 하여 108번뇌라 한다. 108번뇌를 계산해 보면 먼저 육근인 눈으로 보고, 귀로 듣고, 코로 맡고, 입으로 감지하고, 몸으로 감촉하고, 뜻으로 궁리하여 생긴 번뇌가 기본이 되고, 여기에 '괴로움, 즐거움, 괴로움도 즐거움도 없는' 삼수(三受)가 곱해진다. 그렇게 나온 18번뇌에 다시 '탐욕과 탐욕 없음'의 두 가지가 곱해지고 그렇게 나온 36번뇌에 다시 '과거의 것, 현재의 것, 미래의 것' 등 삼세의 세 가지가 곱해져서 108가지의 번뇌가 형성된다. 이 108번뇌를 정리한다는 의미로 108염주를 돌리며 염불하도록 한다.

이러한 번뇌로 형성된 중생세계가 있는데 그것을 아홉 가지로 분류하여 구류중생이라 한다.

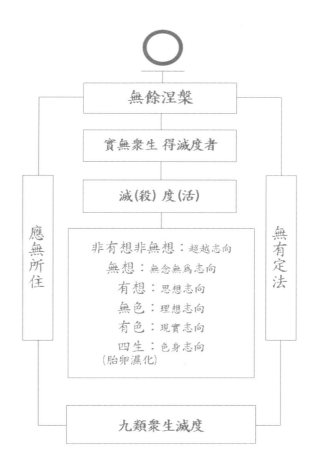

구류중생은 구체적으로 태중생(胎衆生), 난중생(卵衆生), 습중생(濕衆生), 화중생(化衆生), 유색중생(有色衆生), 무색중생(無色衆生), 유상중생(有想衆生), 무상중생(無想衆生), 유상도 무상도 아닌 중생〔非有想非無想衆生〕이다. 앞의 사중생(태중생, 난중생, 습중생, 화중생)은 생물학적 본능, 즉 생혼(生魂)으로 살아가는 중생이요, 유색중생은 시비이해의 현실을 중시하는 중생이요, 무색중생은 이상세계 추구를 중시하는 중생이다. 유상중생은 배우고 가르치는 교종의 입장을 중시하는 중생이요, 무상중생은 불립문자 직지인심(不入文字 直指人心)의 선종 입장을 중시하는 중생이다. 무상도 유상도 아닌 중생은 이 두 가지에 걸리지 않으려는 중생세계를 일컫는다.

앞의 사중생은 생태중생 세계를 이름이요, 뒤의 오중생은 상념(想念) 중생으로서 이를 합하면 구류중생이 된다. 이렇게 아홉 가지라고 하지만 편의상 대별한 것일 뿐 실상은 무량무변중생이라 해야 맞다.

이러한 번뇌와 중생세계의 중심에는 탐·진·치(貪·瞋·痴) 삼독과 아상·인상·중생상·수자상(我相·人相·衆生相·壽者相)의 사상(四相)이 있어서 각종 번뇌를 일으키고 중생심을 형성해 간다. 그리하여 우리의 마음인격 속에 부정적인 요소를 계속 분출하여 하나의 마음군을 형성하면서 나와 남, 주변까지 끝없이 괴롭힌다.

이러한 마음군을 휘하에 거느리고 총지휘하는 주인공이 마왕파순(魔王巴旬)으로 끝없이 긍정적인 마음군을 공략하는데 그 전법도 다양할 뿐 아니라 기상천외한 방법까지 거침없이 동원하여 우리 마음을 아주 어려운 곤경 속으로 몰아 부친다. 이 번뇌가 바로 마왕파순의 용병(傭兵)이요 마약(痲藥)이다.

마군이의 구체적 속성을 살펴보자.

1. 마군이는 수도자의 앞길에 끝없는 게릴라전을 펴고, 마약과 같이 수도자의 정신을 혼미(昏迷)하게 마비시킨다.
2. 마군이는 정복하면 모두 아군이 되나 그렇지 못하면 모두 적군이 된다.
3. 마군이는 강한 자에게는 약해지고 약한 자에게는 강군이 된다.
4. 마군이는 좋아하고 집착하는 곳으로 유혹·유인하여 승기(勝機)를 노리고, 싫어하고 미워하는 곳에서 더 기승을 부린다.
5. 마군이는 허점을 찾아 파고들고 완벽한 곳에서는 퇴각한다.
6. 마군이는 순경(順境)으로 유혹하여 녹아 사라지게 하고, 역경(逆境)으로 괴롭혀서 자포자기로 주저앉게 한다.
7. 마군이는 위장술의 명수지만 알아차리면 퇴각하고 알아차리지 못하면 더욱 뭉개고 버티며 기승을 부린다.
8. 마군이는 담박(淡泊)하고 공명정대한 곳을 싫어하며, 오처(惡處)와 사사(邪私)한 곳을 좋아한다.

깨달으면 번뇌도 보리가 되나 그렇지 못하면 번뇌는 마군이 되고 우리 육근마저 그 용병이 된다.

마군의 용병이 된 육근동작(六根動作)의 모든 책임은 결국 자기 자신에게 돌아간다.

따라서 마군이에게 휘둘리지 않는 것이 지혜요 미래의 행운이다.

이에 마군이를 항복시키느냐 항복당하느냐 하는 것은 우리 공부인들의 일대사(一大事) 절체절명의 과제이다.

마군이는 우리를 절대 극락으로 인도하지 않는다. 오히려 극락으로 가는 길을 끝없이 막으며 가지가지로 유혹하고 괴롭혀서 지옥으로, 악도로 인도한다.

그러므로 우리는 마군이의 실체를 정확하게 파악해야 한다. 그가 숨어서 장난할 수 없도록 철저히 감시해야 한다.

수사 용어 중에 '요시찰 대상'이란 것이 있다. 범법, 범죄의 위험이 있을 때 집중 감시할 필요가 있는 대상이라는 뜻이다. 마군이야 말로 촌각도 방임할 대상이 아니다. 철저히 주시해야 할 대상이다. 그 어디에도 숨을 수 없도록 철저히 감시만 해도 마군이는 힘을 발휘하지 못한다. 이것이 번뇌의 실체요 실상이요 속성이다.

다음으로 보리〔지혜〕를 살펴보자. 보리란 우리 인격체 속에 긍정 요인이 되는 마음의 총체를 말한다. 다른 인격성 개념과 대응되는 단순 지혜가 아니다. 긍정적이고 도덕적이고 인격적인 개념들을 총망라한 개념이 '보리'이다.

다시 말하면 보리는 번뇌의 반대 개념이다. 번뇌가 버려야 할 것이라면 보리는 간직해야 할 것이요, 번뇌는 많을수록 해가 되지만 보리는 많을수록 행운이며, 번뇌는 우리를 파탄으로 끌고 가지만 보리는 우리를 영광으로 인도하는 역할을 한다.

그래서 역대 성자들은 우리들로 하여금 번뇌에 휘둘리는 것을 경계하셨고 마땅히 간직해야 할 윤리규범이나 이념을 정립하여 우리들로 하여금 터득, 실천하도록 독려하셨다.

기독교의 신·망·애(信·望·愛), 천도교의 성·경·신(誠·敬·信), 유교의 삼강〔忠·孝·烈〕오륜〔親·義·序·信·別〕과 오상(五常: 仁·義·禮·智·信), 불교의 팔정도〔正見·正思·正語·正業·正命·正精進·正念·正定〕와 육바라밀〔布施·忍辱·持戒·精進·禪定·智慧〕등이 그것이다.

이와 같은 주요 핵심항목 외에도 팔만대장경이나 오거시서 등이 모두 보리를 생산해 내기 위한 가르침들이다. 우리를 악도에서 구원하여 낙원으로 인도하고자 하는 뜨거운 자비와 지혜가 응집된 주옥같은 말씀들이다.

그 가르침의 법어들이 우리 마음속에서 용해되면 보리의 권속들이 모여들어 한 군단을 이루고, 그 결과 마군이 무리들은 언감생심 발을 붙이지 못한다. 그리하여 불보살 세계가 휘황찬란하게 펼쳐진다.

2부

수련의 원리

1장
—
마음은
어떠한 대상인가

마음 창고의 살림이 풍족하게 갖추어져 있으면

그 삶이 풍족할 것이요

마음 창고의 살림이 간고(艱苦)하면

그 삶 또한 간고할 수밖에 없다.

앞서 우리 마음속에 간직하고 있는 내용과 밖으로 관계되어 있는 모든 것을 바탕으로 볼 때 마음이란 과연 어떻게 해야 할 대상인가? 그저 되는 대로 방치해도 되는 대상인가, 아니면 철저히 관리해야 할 대상인가? 관리해야 한다면 어떠한 방향으로, 어떠한 원칙과 방법으로 할 것인가? 이것이 해결해야 할 중요한 과제이다.

자동차 하나를 사용하려 해도 거기에는 많은 공부와 익힘이 필요하다. 어찌 자동차뿐이랴. 이 세상 우리가 쓰는 사물마다 관련해서 알아야 할 것들이 있기 마련이다. 단 한 가지도 이러한 전제를 외면할 수 없다. 이러한 원칙과 전제에 확실하고 철저하게 대비하는 사람은 슬기로운 사람이요, 이러한 대비를 소홀히 하는 사람은 어리석고 고단한 삶을 면할 수 없다.

하물며 만사만사(萬事萬史)의 중심에 있는, 일분일각도 떠나서는 살 수 없는 이 마음을, 그것도 제 일차적으로 끝없이 써야 하는 이 마음을 외면하고 방치해도 될 것인가? 심각하게 고민해 보아야 할 일이다. 이에 대해 과거의 많은 성인과 철인들이 수없이 문제제기를 했으나 정작 현실은 얄팍한 표피적 상황에만 깊이 빠질 뿐 근본 대책은 아예 거들떠보지 않거나 설령 관심이 있다 해도 극히 지엽적이고 미미한 수준에서 벗어나지 못하고 있다.

이에 '우리 마음은 어떠한 대상인가' 하는 문제를 제기하고 그 대충의 방향이라도 밝혀 보고자 한다. 물론 이 문제가 몇 마디 말로 해결될 수는 없지만 일단 관심 방향을 설정하여 제시함으로써 앞으로의 희망이 되기를 기대한다.

찾아야 할 대상

　우리는 현실 속에서 마음을 잊고 살고, 잃고 살고, 빼앗기고 사는 경험들을 하게 된다. 그리하여 일을 낭패시키거나 큰 고초를 겪기도 한다. 이것은 모두 마음을 잊었거나, 잃었거나, 빼앗기고 살기 때문에 벌어지는 일이다.

　민족사 속에서 빼앗긴 경험이 많은 우리 한민족은 그 아픔을 잘 안다. 더욱이 일제 36년 동안 주권을 빼앗겨 겪었던 처절한 아픔은 도저히 지울 수 없으며 한민족의 가슴마다 응어리로 남아 있다. 빼앗은 자들은 그 아픔을 모른다. 그저 좀 아팠으려니 정도로 치부해 버린다. 그러나 그 아픔을 당한 측은 그렇지 않다. 깊은 상처로 남는다.

　빼앗김의 대가는 그토록 혹독한 것이다. 그러므로 빼앗긴 것이 있다면 반드시 되찾아야 한다. 우리는 해방을 맞아 잃었던 주권을 되찾았고, 그 결과 불과 몇 십 년 사이에 세계 10대 경제대국으로 발전하면서 내 나라, 내 땅에서 우리 아이들이 마음대로 웃고 울고 뛰놀면서 구김 없이 자라고 있다. 얼마나 자랑스럽고 행복한 모습인가. 백범 선생께서는 내 나라, 내 민족에게는 뺨을 맞아도 행복하다고 하지 않았던가.

빼앗긴 것을 찾기만 해도 그 후의 문제를 풀어 갈 수 있는 자유와 인권과 기회가 다 부여된다.

그런데 이상하게도 이러한 현실 소재에 대한 잊음이나 잃음이나 빼앗김은 쉽게 알아차리기도 하고, 되찾으려는 노력을 기울이기도 하는데 유독 자기 마음을 잊고, 잃고, 빼앗기고 살면서도 그 모습은 알아차리지 못한다. 다시 찾으려고 하는 사람도 거의 없다. 오히려 마음, 마음들을 다 도둑맞고 사는 상황이다. 마음이란 과연 누구의 것인가. 우리의 것 아닌가. 각자의 것 아닌가. 그럼에도 외부경계에 온통 마음을 빼앗기고 살고 있지 않은가. 이것을 베이컨(F. Bacon)은 극장우상이라 했던가.

욕심 경계에 빼앗기고 기쁜 경계에 빼앗기고 괴로운 경계에 빼앗기고, 예쁜 경계와 미운 경계, 순경과 역경, 기타 모든 경계에 빼앗겨 내 주권은 오금을 펴지 못하고 있다. 이것이 우리 사바세계의 모습이요, 생령들의 처절한 윤회의 삶의 모습이다.

그 대표적인 예로 현대를 살아가는 우리 심혼(心魂)들이 돈의 노예로 전락한 모습을 보자. 돈이 도둑질하라고 하면 한다. 돈이 부정부패를 저지르라고 하면 한다. 돈이 남을 험담하라고 하면 한다. 돈이 옳다고 해라 하면 나쁜 것도 옳다고 한다. 돈이 그르다고 해라 하면 옳은 것도 그르다고 한다. 드디어는 살인하라 하면 살인도 서슴지 않는 현실까지 왔다. 그 실상을 다 입에 담고 필(筆)에 담아낼 수도 없다.

이와 같이 우리 마음들은 돈의 노예로 전락하고 우리 고유의 주권은 기를 펴지 못하는 상황으로 주저앉아 있다. 그렇게 주권을 송두리째 빼앗기고도 알아차리지 못한다. 그저 돈의 명령에 따라 "예", "예" 할 뿐이다. 그리고 그 대가로 주어지는 사탕발림의 쾌락에 빠져 마취된 상태다. 원래 식민주의자들은 다 빼앗고는 빼앗긴 자들에게 사탕발림의 배려를 한다. 그러한 사탕발림에 빠져 있다면 그것은 무지이며, 그 상황을 벗어나기란 아주 어려워진다. 혹자는 조금 과한 묘사로 치부할지 모르나 오늘의 현실을 깊이 들여다보면 결코 과장이 아니다. 오히려 이보다 더한 모습도 있다.

다른 모든 것은 잃고 빼앗겼다 해도 내 소유의 일부에 지나지 않는다. 그러나 마음은 그렇지 않다. 마음을 잃거나 빼앗기는 것은 모든 것을 잃거나 빼앗기는 것이다. 또 근본적인 것을 잃거나 빼앗기는 것이다. 다른 것을 잃거나 빼앗기는 것은 그것에 국한되지만 마음의 경우엔 여타 모든 것도 함께 잃거나 빼앗긴 것이므로 그 차원이 다르다. 그 피해 영역도 비교가 되지 않는다. 이 모습이 보이지 않는다면 참으로 불행의 윤회에서 벗어날 기약이 없다.

이제 '잊고, 잃고, 빼앗긴' 마음을 다시 찾아야 한다.

이 마음을 찾고 나면 할 일이 많은데, 빼앗기고 나면 아무것도 할 수 없다. 오히려 빼앗은 자의 노예로 전락하여 그 꼭두각시놀음으로 살아야 하니 이 얼마나 억울한 일인가. 마음을 찾고 나면 대기대용(大機大用)의 경륜을 종횡으로 무궁하게 펼쳐 갈 수 있다.

지켜야 할 대상

　사실 마음은 빼앗기기 전에 잘 지켜야 한다. 또 빼앗기고 다시 찾은 후에도 잘 지켜야 한다. 현실 금품만 도둑질해 가려고 하는 것이 아니라 우리 마음도 빼앗아 가려고 호시탐탐 노리는 것이 있다. 바로 오욕(五慾)이다. 오욕이란 식욕·색욕·재욕·명예욕·수면유일욕(食·色·財·名·睡眠遊逸)을 말한다. 오욕이라고 말은 하지만, 실상은 오욕을 둘러싼 권속들이 수없이 많다.

　그들은 모두 우리의 마음을 노리고 있다. 이 많은 권속의 중심에는 탐욕이라는 것이 있어 그들을 진두지휘하고 있으며, 또 그 배후에 아상(我相)이 군림하며 모두를 거느리고 있다. 이들을 대적하여 지켜 낸다는 것은 참으로 신경을 곤두세워야 가능한 일이다. 현실적으로도 지키는 열 사람이 한 사람의 도둑을 막기 어렵다는 말이 있다. 현실의 도둑은 실물이라도 있고 요사이는 CCTV 까지도 있지만 마음 도둑은 실물도 없다. 이를 촬영하는 CCTV도 없다. 감쪽같이 다가와서 번개같이 빼앗아 간다.

　우리 마음속에는 무궁한 이치와 무궁한 보물과 무궁한 조화가 갖추어져 있어서 잘 지키기만 하면 그 살림이 무궁무진하고 여유작작하고 풍요가 넘친다. 도둑은 그럴수록 더 노리고 기승을 부린다.

이를 지키기 위해서는 지키려는 '주체' 와 '지혜' 와 '용기' 가 있어야 한다. 이 세 가지가 부실하면 도저히 막아 내고 지켜 낼 길이 없다. 사실 빼앗겼다가 다시 찾는 것은 더욱 힘든 일이요, 오히려 빼앗기기 전에 잘 지키는 것이 현명한 일이며 더 수월한 길이다. 따로 찾으려는 수고를 하지 않아도 되기 때문이다.

건강도 건강할 때 지키고, 국가도 평온할 때 잘 지키고, 밭도 잡초가 어리거나 없을 때 잘 가꾸는 것이 가장 수월하고 지혜로운 방법이다.

이와 같이 잃거나 빼앗기지 않고 잘 지켜 내기만 하면 이 영보도국(靈寶道局)에 갊아 있는 모든 것이 나의 소유가 되어서 아무리 써도 다함이 없고, 쓰면 쓸수록 한량없는 은혜를 생산해 내서 자타간에 큰 복조가 된다.

밝혀야 할 대상

마음세계는 밝게 밝혀야 할 대상이다. 현실 공간들도 어둠이 짙게 깔려 있을 때는 빛을 밝혀야 그 공간을 어떠한 형태로든 활용할 수 있고 마음대로 다니면서 필요에 따라 그에 상응한 조치를 해가면서 지혜롭고 은혜로운 삶을 열어 갈 수 있듯이, 마음세계에도 이와 똑같은 원리가 적용된다.

현실의 공간을 밝히기 위해 빛이 필요하듯이 마음세계의 공간을 밝히려면 지혜가 필요하다. 현실 공간에서는 빛을 밝혀야 지형·구조물·내용물 등을 훤히 보면서 위험을 피하고 주어진 상황에 적절히 대처하며 필요를 발견하고 은혜를 생산하는 경륜과 경영을 실현해 갈 수 있다. 이와 똑같은 원리가 우리 마음세계에서는 더욱 절실하다.

지혜의 등불을 밝혀야 마음세계의 구석구석을 비추어 알 수 있고 나아가 현실세계까지도 구석구석 비추어 파악된 내용에 따라 적절히 조치해 가면서 원만한 삶을 영위할 수 있다.

마음세계에 지혜가 솟음은 하늘에 해가 솟음과 같고, 마음세계에 지혜가 침몰하고 어리석음이 짙게 깔림은 하늘에 해가 사라지고 어둠이 짙게 깔림과 같다.

그런데 해가 사라진 것은 누구나 쉽게 알아내어 어두운 밤에 대한 조치를 취하지만 우리 마음에서 지혜가 사라진 것은 알아차리지 못하여 대낮으로 알고 천방지축으로 우왕좌왕하다가 빠지고, 부딪히고, 찔리고, 찢기는 좌충우돌의 상황에 깊이 빠진다.

해의 빛이란 형이하의 밝음만 담당하지만, 지혜의 빛이란 형이상의 밝음까지 담당하여 대소유무와 시비이해와 인과응보와 본말주종(本末主從)과 체·상·용(體·相·用)과 근원에서 지류말단에 이르기까지 비추지 않는 곳이 없다.

그 빛은 제각각이다. 일 촉짜리 빛이 있고, 십 촉짜리 빛이 있고, 백 촉짜리 빛이 있고, 태양과 같은 빛이 있다. 지혜의 빛도 마찬가지다. 반딧불 같은 빛도 있고, 호롱불 같은 빛도 있고, 남폿불 같은 빛도 있고, 전깃불 같은 빛도 있고, 태양 같은 빛도 있다. 그리하여 그 빛의 정도에 따라서 겨우 자기 앞길만 비추기도 하고, 보다 많은 사람의 앞길까지 비추기도 하고, 온 세상 모든 사람과 생령들의 앞길까지 비추기도 한다. 그 빛이 없으면 자기 앞길도 감당하지 못하나 그 빛이 있으면 온 세상과 전 생령들의 앞길도 능히 감당하고 책임질 수 있다.

또 빛을 보는 눈도 각각이다. 휘황찬란한 태양빛 속에서도 보지 못하는 맹인이 있는가 하면, 그 빛으로 온갖 일을 다 할 수 있는 사람도 있다. 눈의 시력도 다 각각이어서 색맹의 눈도 있고, 원시안도 있고, 근시안도 있다. 우리 마음세계도 그 빛을 보는 심안이 다르다. 심안도 영안(靈眼), 천안(天眼), 도안(道眼), 법안(法眼), 불안(佛眼) 등 여러 눈이 있어서 사람마다 각각 다른 근기를 이룬다.

이를 다 설명하는 번거로움을 멈추고 이 모든 뜻을 담은 말로 매듭하자면, 우리 마음세계에 지혜의 빛을 밝히고 그 빛을 따라 보는 모든 눈도 갖추어서 앞으로 영생을 살아가는 데 유감이 없도록 각심할 일이다. 그런 의미에서 마음세계는 밝혀야 할 대상이다.

지키는 열 사람이 한 사람의 도둑을 막기 어렵다는 말이 있다.

현실의 도둑은 실물이라도 있지만 마음도둑은 실물도 없다.

감쪽같이 다가와서 번개같이 빼앗아 간다.

바루어야 할 대상

앞서 우리 마음도 모습이 있다고 했다.

한 사람의 얼굴도 똑같은 모습이 없듯이 우리 마음도 다 각각이다. 각각일 뿐만 아니라 현실경계에 시달리고 안으로 마군이들에게 시달리느라 일그러져 있고, 그 일그러진 정도도 심한 경우와 가벼운 경우가 있다. 일그러진 영역도 다 각각이어서 많이 일그러진 부분도 있고, 좀 가벼운 부분도 있다.

이것을 우리는 장점, 단점이라 한다. 이러한 골은 깊기도 하고 얕기도 하여 천태만상을 이루며, 그 모습의 총체를 일러서 '사람 됨됨'이라 한다.

그리하여 사람 됨됨이 좋으면 좋은 사람, 사람 됨됨이 안 좋으면 안 좋은 사람, 사람 됨됨이 원만하면 원만한 사람, 사람 됨됨이 편벽하면 편벽된 사람, 사람 됨됨이 탐욕스러우면 탐욕스러운 사람, 사람 됨됨이 겸손하면 겸손한 사람, 사람 됨됨이 오만하면 오만한 사람, 사람 됨됨이 법도가 있으면 법도 있는 사람, 사람 됨됨이 법도가 없으면 법도 없는 사람, 사람 됨됨이 예절이 있으면 예절 있는 사람, 사람 됨됨이 예절 없으면 예절 없는 사람이라고 인물평을 한다. 이외에도 수없이 많다.

이와 같은 사람 됨됨은 그것으로 끝나는 것이 아니라 그에 따라 본인 앞날의 운명을 만들어 가고 더 나아가 자기가 소속한 집단의 운명을 만들어 간다. 그리하여 인격적 하자(瑕疵)가 현실 속에서는 함정을 만들기도 하고 태산을 만들기도 하고 때로는 태풍을 일으키기도 한다.

그러므로 우리 마음 내부에 있는 것들을 일일이 점검하여 잘못된 것들을 찾아 모두 바루어야 한다. 그렇지 않으면 장차 큰 재앙이나 풍파를 불러올 수도 있고, 현실을 파탄과 불행으로 몰고 갈 수도 있다. 운전자의 조그마한 '부주의'가 수십 명 승객의 생명을 앗아가는 것과 마찬가지다.

이처럼 우리 내부에 잘못되어 있는 것은 불발탄과 같다. 어느 때인가 계기를 만나면 폭발할 가능성이 있기 때문에 참으로 심각한 문제이다. 한때 요행수로 넘겼다고 해서 앞으로 무사하기를 바라거나 무사할 것이라는 견해를 갖는 것은 크게 잘못된 일이다.

그 사례를 다 열거할 수는 없으나 오늘날 소위 매스컴에 발표되는 인재(人災)마다 현실적으로 잘못한 점이 문제가 됐다고 하지만 실상은 이미 마음속에서 원인이 작용하고 있었던 것이다. 물론 그 지엽도 다스려 수습해야 하지만 보다 근본적 원인을 찾아 다스리는 것이 참으로 현명한 일이다.

그것이 바로 잘못되어 있는 마음세계를 바루는 일이다. 그런데 이상한 일이다. 이러한 본말관계의 사실이 분명함에도 불구하고 근본적 대책에 대한 관심은 아예 없거나 미약하기 이를 데 없다. 어찌 된 일인가.

마음세계를 바루는 것은 이 세상에서 가장 근본을 다스리는 일이며 이는 곧 천하를 평정하는 일이다. 마음세계를 완전하게 바루어 놓으면 온 세상이 평정됨과 동시에 세상의 모든 인재는 거의 사라질 수도 있다. 이에 마음은 철저히 바루어야 할 대상이다.

길들여야 할 대상

우리 사람세계의 위대한 점은 바로 양육과 보육과 교육이 있고, 훈련이 있다는 것이다. 사람이 갓 태어났을 때는 동물과 별 다를 바 없다. 때에 따라서는 동물보다 더 무자력하고 더 못한 점도 있다. 또 본능적 양육 차원에서는 인간과 동물이 다름이 없다.

그러나 우리 인간은 양육의 과정을 거쳐서 보육과 교육의 과정까지 나아간다. 더 나아가 훈련이나 수련의 과정도 있다. 이것이 우리 인간의 위대함이다. '교육'은 '길들임'이다. 우리는 교육을 통해서 놀랍게 발전된 모습으로 길들여지는 것이다. 이따금 개나 코끼리나 말이나 물개 등을 길들여 관광 상품화하는 것을 본다. 이처럼 동물들도 길들임 따라 놀랍게 변한다.

하물며 만물의 영장이라 할 만큼 고등동물인 사람의 마음을 잘 길들여 놓으면 과연 그 결과는 어떠할 것인가. 또한 마음이란 '길들임' 따라서 그 무엇으로도 변할 수 있는 가능성을 풍부하게 내포하고 있다는 것은 의심의 여지가 없다.

원시사회에서는 우리 인간이 '동물적, 생물학적 삶'을 벗어나지 못했다. 그 후 많은 역사와 더불어서 문화적으로 길들여져 왔기에 오늘날 찬란한 문화 문명의 생활을 영위할 수 있게 됐다.

이러한 사실은 의심의 여지가 없으나 문제는 어떻게 길들이느냐이다. 어떤 형태로든 길들여지면 그것은 습관이 되고 인격이 된다. 우리는 살면서 담배습관, 음주습관, 마약습관, 도박습관 등 잘못 길들여진 나쁜 습관 때문에 큰 곤욕을 치르기도 한다. 그뿐이 아니다. 잘못된 체위습관, 잘못된 식사습관, 잘못된 생활습관 등 그 영역은 실로 광범위하다.

개인 차원뿐만 아니라 집단의 잘못된 관행도 마찬가지다. 불합리하고 비효율적인 관행들에 찌들어 있으면 이는 사회 발전의 역기능으로 작용한다. 저개발국가마다 깊이 살펴보면 아무런 합리적, 사실적 근거도 없는 허무맹랑한 관행들에 찌들어 사회 발전의 중요 소재들을 소진시키는 것을 보게 된다.

이것들은 모두 미신스럽고 사사스러운 것들이다. 우리나라도 한때 그러한 모습이 많이 있었다. 각종 귀신을 섬기는 관행, 명당 관행, 당산나무 관행 등 이루 다 말할 수 없이 많았다.

이와 같이 개인이든 집단이든 간에 세월에 따라 '길들여짐'이 있다. 그 길들여짐이 좋은 것일 수도 있고, 나쁜 것일 수도 있고, 아무 의미 없는 것일 수도 있다. 좋은 것이라면 우리에게 유익한 것이요, 의미 없는 것이거나 나쁜 것이라면 해독이 있을 것이다. 집단에서는 좋은 관행은 미풍양속이라 하고 잘못된 관행은 나쁜 풍기(風氣)라 한다.

이 모두는 결국 우리 마음의 길들임으로 이루어진 것들이다. 그러므로 우리 마음은 잘 길들여야 할 대상이다. 제멋대로 길들여지도록 방치해 둘 대상이 아니다. 길들이되 지혜롭게 길들이고, 법도 있게 길들이고, 합리적으로 길들이고, 도로써 길들이고, 생산성·효율성 있게 길들이고, 법문으로 길들이다가 드디어는 성품의 체성과 혼연일체가 되도록 길들여 가야 한다.

이와 같이 잘 길들이고 나면 불성(佛聖)들과 더불어 파수공행(把手共行)할 수 있어서 걸음걸음이 삼계를 초월하고, 하는 일마다 은혜의 꽃이 피어서 본인과 세상의 상서로움이 될 것이다. 그러므로 우리 마음은 철저히 길들여야 할 대상이지 결코 방치할 대상이 아니다.

가꾸어야 할 대상

　사람이 세상을 살아가면서 가꾸어야 할 것들이 너무도 많다. 가꿈을 안다는 것은 사람만의 특권인지도 모른다. 동물들의 세계에서는 가꾸는 모습을 찾아보기 어렵지만, 사람들의 삶에서는 가꾸는 모습이 하나의 문화로 되어 있다.

　오늘날의 찬란한 언어예술, 표정예술, 음향예술, 조형예술……이 모두가 가꿈의 산물이다. 거기에다 전답(田畓) 등 생산을 위한 가꿈까지 합한다면 실로 우리 인간의 삶은 가꿈의 삶이라 할 수 있다.

　그러한 가꿈의 영역은 우리 생활 구석구석에 미치지 않는 곳이 없다. 신체의 가꿈에서 출발하여 집안과 주변 환경과 자연 환경에 이르기까지 가꾸며 살려는 것이 사람들의 욕구요, 그 욕구가 오늘의 문화 문명을 탄생시켰다. 화장술도 패션도 디자인도 조경술도 모두 가꿈의 산물이다. 따라서 이 세상 모든 것이 가꾸면 좋아지고 방치하면 묵거나 안 좋아진다는 것쯤은 누구나 안다.

　그런데 우리 사람이 가꿀 줄 모르거나 신경 쓰지 않는 영역이 있다. 바로 '마음세계의 가꿈'이다. 마음을 가꾸려고 하는 의식이 거의 없다. 그리하여 우리 마음들은 찌그러지고 더럽혀지고 추한 몰골이 되어 가도 보이지 않는다. 마음밭이 묵어져서 온갖 잡초와 가시덤불들이 찌들어 있어도 가꾸려 하지 않는다. 오히려 보이지도 않아 나 몰라라 한다. 유독 우리 마음만큼은 가꾸지 않아도 되는 것인가. 아니다. 오히려 '마음'은 다른 모든 것에 앞서 가꾸어야 할 대상이요, 더 큰 비중으로 가꾸어야 할 대상이다.

'마음 가꿈'이 모든 가꿈의 중심에 있고 '마음 가꿈'이 있고서야 다른 모든 가꿈이 의미가 있다. 생각해 보자. 겉으로 화장은 화려하게 해놓고 그 속마음은 추하고 악하기 이를 데 없다면 화려한 화장이 무슨 의미가 있는가. 다른 모든 것도 마찬가지다. 악취가 진동하는 똥을 비단으로 싸놓은들 무슨 의미가 있겠는가.

전답을 잘 가꾸면 가을에 풍성한 수확까지 보장해 주듯이 우리의 마음밭을 잘 가꾸면 무궁한 보물과 보리와 경륜과 대기대용의 조화역량까지 나와서 실로 그 소득을 말로 다 표현할 수 없을 정도다. 그뿐인가. 마음을 잘 가꾸면 마음이 예쁘고 거룩함까지 함께 하게 되며, 이로 인한 유익함의 파장은 공간적으로나 시간적으로나 그 끝이 보이지 않게 된다.

그럼에도 우리의 마음을 가꾸려 하지 않는 것이 현실이다. 이 어찌된 일인가. 이것이 만물의 영장이라는 우리 사람의 한계란 말인가.

더 이상한 것은 내 마음을 가꾸지 않아 추한 모습을 다른 사람들은 훤히 보는데 자기 스스로는 보지 못한다는 점이다. 몸에 똥이 묻었는데 그냥 둘 리 없다. 닦고 씻고 바꾸고, 그러고도 또 냄새를 맡아 보고 행여 남아 있지 않은가 하고 신경을 곤두세운다. 그런 악취가 몸에서 풍기면 창피하고 부끄럽게 생각한다.

　그러나 마음속에서 표출되는 추함이나 악취는 창피한 줄 모르고, 부끄러운 줄 모른다. 주변 사람은 다 감지하고 있는데도 정작 본인은 느끼지 못한다. 느끼기만 해도 희망이 있는 것이다. 그러므로 우리 마음을 그대로 방치해 둘 수 없는 것이다. 철저히 가꾸어야 한다. 가꾸고 나면 한량없이 좋은 그것을 왜 외면하고 방치한단 말인가.

마음세계를 바루는 것은

이 세상에서 가장 근본을 다스리는 일이며

이는 곧 천하를 평정하는 일이다.

채워야 할 대상

　우리 마음은 공허(空虛)한 실상이다. 공허하다는 말은 텅 비었다는 것이요, 실상이란 실체라는 의미로 무엇이든 받아들인 것을 담을 수 있다는 뜻이다. 텅 비어 있기 때문에 무엇이든 받아들일 수 있는 것이다. 실로 우리 마음은 이 세상 무엇이라도 받아 담을 수 있는 한없이 큰 용기(容器)이다. 이 용기는 그 크기의 끝이 보이지 않기 때문에 물리적 공간 개념으로는 도저히 이해할 수 없는 세계이다. 아무리 크다 할지라도 무엇인가 가득 채워져 있으면 더 이상 다른 것을 담을 수 없지만, 일단 비어 있어서 아무리 넣고 넣고 또 넣어도 더 들어갈 수 있는 빈 공간은 남아 있는 것이 마음세계이다.

　그러므로 이 빈 공간에 끝없이 채워 넣어야 할 숙제가 있을 뿐이다. 채워 넣되 참으로 필요한 것만을 골라 넣어야 한다. 채워 넣어야 하는 숙제라고 해서 어중이떠중이 잡다하거나 독성 있는 것까지 가리지 않고 넣으려고 하는 것은 크게 잘못된 생각이다. 금은보화같이 꼭 필요한 값진 것만 채워 나가기도 바쁜데 언제 온갖 쓰레기까지 모아서 쌓아 둘 필요와 여유가 있단 말인가.

우리의 창고를 상상해 보자. 살림관리를 엉망으로 하는 사람의 창고를 들여다보면 차마 보아줄 수가 없다. 온갖 잡다한 것들이 하나 가득 무질서하게 뒹굴고 있어서 쓰레기장인지 창고인지 분간할 수 없다.

반면에 참으로 살림을 잘하는 사람의 창고를 들여다보면 꼭 필요한 것만 있을 뿐 아니라 창고 안에 소장하고 있는 모든 물건이 각각 위치를 정하고 질서 있게 배열되어 있다. 필요한 모든 것들이 빠짐없이 갖추어져 있어서 어느 때든 찾아가 구하면 구하는 것마다 얻을 수 있다. 그것도 아주 쉽게 얻을 수 있다. 이 크고 비어 있는 마음 창고에 무엇을 채워야 할 것인가. 날이면 날마다 잡다한 쓰레기가 뒹굴게 할 것인가. 아니면 금은보화가 그득그득 담겨 있게 할 것인가.

살림꾼은 현실 창고 안의 상황을 점검하여 파악한 후 후속조치를 어떻게 할 것인가 하는 과제를 찾아 대처해 갈 줄 안다. 잡다한 것은 정리하고, 있어야 할 것은 필요한 대로 정리하고, 없는 것은 갖추고 부족한 것은 채워서 어느 때나 필요대로 조달하고 수급해 쓸 수 있게 장만한다.

마음 창고도 마찬가지다. 마음 창고의 살림이 풍족하게 갖추어져 있으면 그 삶이 풍족할 것이요 마음 창고의 살림이 간고(艱苦)하면 그 삶 또한 간고할 수밖에 없다. 불보살들의 마음 창고에는 진귀한 보물을 비롯해 우리 살림살이에 꼭 필요한 모든 것들이 다 갖추어져 있어서 그 속을 다 들여다볼 수도 없을 만큼 풍성하다. 그래서 써도 써도 다함이 없고 모든 일체 생령들을 다 먹여 살리고도 남는다.

다시 말하면 우리의 마음 창고에 들어 있는 모든 번뇌와 삶의 찌꺼기들은 말끔히 청산하고 보리의 살림거리가 무진장으로 갊아 있게 하는 숙제만 있을 뿐이다.

그리하여 우리의 마음 창고 속에 수신(修身)을 하고 가정을 다스리고 국가를 다스리고 세상을 상대로 펼쳐 갈 모든 대기대용의 지혜와 경륜들을 무진장 저장해서 언제 어디서든 필요한 대로 조달해 주고 쓰이는 대로 수급해 주는 무진장의 보고로 만들어 가야 할 것이다.

뭉쳐야 할 대상

 앞서 업을 설명하면서 무엇이든 뭉치면 큰힘을 발휘한다고 했다. 업이란 잡념이 뭉쳐 형성된 것이기 때문에 참으로 앞길을 불행하게 만드는 원인이 된다. 여기서 이야기하고자 하는 것은 흩어진 마음을 정기(正氣)로 뭉쳐 하나의 큰 단을 형성하면 은(恩)을 생산하는 원동력이 된다는 점이다.

 이 세상 모든 것은 부숴 놓으면 무력해지고, 하찮은 것이라도 뭉쳐 놓으면 상상을 초월하는 힘을 발휘하는 것이 이치이다. 정신세계도 마찬가지다. 병리학 용어 가운데 정신분열증이란 말이 있다. 정신분열증은 뇌신경의 문제에서 비롯되는 경우도 있지만, 어떤 것이 되었든지 우리의 마음을 분열시켰다가 수습하지 못하는 병이니 이는 반드시 신경쇠약으로 이어진다. 분열하고서 쇠약해지지 않을 수 없다.

 가정도 가권도 분열하면 약해지고 불행해진다. 단체나 기관들도 구성원들이 분열하면 쇠잔해진다. 국가도 국민들이 분열하면 쇠약해지고 불행해진다. 심하면 망하기도 한다. 이에 누구나 단합해야 한다는 생각은 없지 않으나 이따금 역사 속에서 지도자가 옳지 못한 방식으로 단합을 꾀하는 일이 종종 있다. 단합이란 합리와 명분과 대의에 입각했을 때 의미가 있는 것이요 이에 어긋난 단합이란 오히려 더 큰 불행을 낳는다. 지혜로운 지도자나 지혜로운 구성원들이라면 상황이 거기까지 가기 전에 미리 손을 쓰고 조치를 취한다.

그러나 지혜가 어둡고 어리석은 지도자는 상황이 만신창이가 되고 돌이킬 수 없는 지경까지 버티다가 결국엔 철퇴를 맞기도 한다. 이처럼 현실 속에서 뭉치느냐 흩어 버리느냐 하는 문제는 역사를 바꾸는 힘으로까지 작용한다.

오늘날 정당제가 민주주의 정치제도이기는 하나 지나치게 정당에 집착하면 국민단합을 저해하는 요인이 될 수 있다. 국론 분열, 국민 분열, 계층간 분열, 지역간 분열들을 조장하여 국가를 망하게 할 수도 있다. 분열만 하고 통합 기능을 발휘하지 못하면 결국 쇠망하고 만다. 통합 기능이 절실히 요청되는 이때 오직 합리와 명분과 대의만이 통합 기능을 발휘할 수 있다.

이러한 점을 고려하지 않고 무조건 누구 편에 서서 처신하려는 것은 분열의식이요, 합리와 명분과 대의의 편에 서는 것은 통합의식이다. 분열은 쇠망의 근본이요, 통합의 힘은 발전의 원동력이다.

현실 속에서 뭉치느냐 흩어 버리느냐 하는 문제도 사실은 마음세계에서 뭉치느냐 흩어 버리느냐가 먼저이다. 마음, 마음들이 뭉쳤는데 현실이 흩어질 수 없고 마음, 마음들이 흩어졌는데 현실이 뭉칠 수는 없는 것이다.

그러므로 마음이란 어떠한 형태로든지 뭉쳐야 할 대상이다. 갈기갈기 흩어진 마음을 하나로 뭉쳐 하나의 큰 단을 이루어야 한다. 여기에서 비롯되는 힘은 무서운 위력을 발휘한다.

사실은 우리 마음 안에서도 어진 마음을 뭉쳐 태산을 이룰 수 있고, 의로운 마음을 뭉쳐 태산을 이룰 수도 있고, 기타 예절 있는 마음, 지혜로운 마음, 믿음의 마음, 덕스러운 마음이나 그 어떠한 마음으로도 뭉쳐서 태산을 이룰 수 있는 것이다.

더 나아가 이 우주의 진리와 내가 맞통하는 법신이 태초의 기운으로 뭉쳐서 하나의 단을 이루면 사마악취(邪魔惡趣)가 스스로 소멸되는 위력이 있다고 했다. 어찌 사마악취의 소멸 위력만 있겠는가. 이 뭉친 위력이면 원하는 대로 이루고, 하는 대로 이루고, 필요한 대로 이루어 가는 힘을 발휘할 것이다.

뿐만 아니라 어진 마음으로 뭉치어 충만해 있으면 어질지 못한 기운이나 마군이가 범접하지 못한다. 의로운 마음으로 뭉치어 충만해 있으면 의롭지 못한 기운이나 마군이가 범접하지 못한다. 예절바른 마음으로 뭉치어 충만해 있으면 방자한 기운이나 마군이가 범접하지 못한다. 지혜로운 마음으로 뭉치어 충만해 있으면 어리석은 기운이나 마군이가 범접을 못한다. 믿음의 마음으로 뭉치어 충만해 있으면 불신의 기운이나 마군이가 범접을 못한다. 덕스러운 마음으로 뭉치어 충만해 있으면 각박한 기운이나 마군이가 범접을 못한다. 진실의 마음으로 뭉치어 충만해 있으면 거짓 기운이나 마군이가 범접을 못한다. 기타 어떠한 좋은 마음으로라도 뭉치어 있으면 사사(私邪)가 범접을 못한다. 이를 '사불범정(邪不犯正)'이라 한다.

이것은 마치 방안에 모기향을 피워서 그 향기가 가득하면 모기가 들어오지 못하는 것과 같아서 정기가 뭉쳐 있으면 사사로움이 침범하지 못한다.

침범하지 못할 뿐만 아니라 그 좋은 기운으로 초능력의 힘을 발휘하여 새로운 세계를 열어 가면서 이 땅에 무한 은(恩)을 생산해 낸다. 나아가 이 뭉친 마음은 모든 동력의 원천이 되고 그 뭉치가 크면 큰 지혜가, 작으면 작은 지혜가 솟아난다. 특히 의두(疑頭)로 뭉친 마음은 결정적으로 깨달음의 원천이 된다.

이에 대산종사(원불교 3대 종법사)가 밝혀준 뭉쳐서 충만시켜야 할 십대정기(十大正氣)의 법문을 소개하여 독자들의 이해에 좋은 지침이 되게 하고자 한다.

수도자가 큰 공부, 큰일을 하려면 큰 기운을 받아야 하는데 그 기운이 열 가지가 있다.

첫째는 원기(元氣)이니 태화원기(太和元氣)를 뭉치어 하나의 큰 단

(丹)을 이루면 사마악취(邪魔惡趣)가 스스로 소멸될 것이요,

둘째는 정기(正氣)이니 공명정대(公明正大)한 바른 기운을 뭉치어 충만시켜 놓으면 사사(私邪)가 침범하지 못할 것이요,

셋째는 정일지기(精一之氣)이니 오직 정밀(精密)하고 오직 한결같은〔一如〕 기운을 뭉치어 충만시켜 놓으면 한결같이 그 중심을 잃지 않을 것이요,

넷째는 호연지기(浩然之氣)이니 막힘이 없는 광활한 기운을 뭉치어 충만시켜 놓으면 옹색하여 답답했던 마음이 확 트여 통쾌함을 이룰 것이요,

다섯째는 도기(道氣)이니 정법정도(正法正道)의 도기를 뭉치어 충만시켜 놓으면 대도대덕의 앞길에 미혹이 끼어들 수 없을 것이요,

여섯째는 중기(中氣)이니 치우치고 기움과 과(過)하고 불급(不及)함이 없는 중기로 뭉치어 충만되어 있으면 철주(鐵柱)의 중심(中心)이 되어 흔들림이 끼어들 수 없을 것이요,

일곱째는 영기(靈氣)이니 소소영영(昭昭靈靈)한 신령스러운 기운으로 뭉치어 충만되어 있으면 전도몽상(顚倒夢想)의 현혹(眩惑)이 끼어들 수 없을 것이요,

여덟째는 진기(眞氣)이니 일호의 거짓이 없는 진실의 기운으로 뭉치어 충만시켜 놓으면 일체의 위장과장(僞裝誇張)이 끼어들 수 없을 것이요,

아홉째는 지기(至氣)이니 구천에 사무치는 지극한 기운으로 뭉치어 충만해 있으면 엉성하여 누수(漏水)되는 현상이 끼어들 수 없을

것이요,

열째는 대원기(大圓氣)이니 이 모든 기운들이 원만구족하게 뭉치어 충만해 있으면 대도대덕을 갖추어 오직 원만구족함을 이룰 것이다.

이는 모두 우리 마음들이 뭉치고 뭉쳐서 그에 따라 기운들이 형성된 현상이므로 사려 깊은 사람이라면 마음 뭉치기를 기어코 나서서 해내야 한다.

이 크고 비어 있는 마음창고에 무엇을 채워야 할 것인가.

날이면 날마다 잡다한 쓰레기가 뒹굴게 할 것인가.

아니면 금은보화가 그득그득 담겨 있게 할 것인가.

맑혀야 할 대상

　일찍이 많은 도학가들은 우리 마음을 맑히기 위해 가지가지의 노력을 기울여 왔다. 무엇 때문에 우리의 마음을 맑히려고 그렇게 노력해 왔을까? 우리 마음이 과연 혼탁해 있단 말인가. 탁해진 것을 맑힌다는 말은 원래 '물'에 제일 많이 쓰인다. 물에 오염물질이 많이 섞여 있으면 탁한 물이라 하고 그 탁한 물을 정화(淨化)시키는 것을 맑힌다고 한다.

　물의 본래 모습은 오염되지 않은 맑은 모습이다. 지하 깊숙한 곳에서 퍼 올린 물이야말로 어떤 것도 섞이지 않은 깨끗한 물이요 맑디맑은 물이다. 그러나 그 물을 지상에 퍼 올린 후 많이 사용하거나 여러 과정을 거치는 동안 각종 오염물질이 섞여 탁해진다. 그렇게 되면 물의 본래 '생명력'을 잃을 뿐만 아니라 '독성'까지 함유하게 되어 그 물이 가는 곳마다 주변 환경에 피해를 준다. 심하면 살육제로도 작용한다. 물의 오염현상은 산업사회에서 더욱 심각하다. 그러므로 오염된 물은 반드시 정화과정을 거쳐서 맑혀 사용한다. 식수의 경우에는 완벽한 정화가 더욱 필수적인 문제이다.

이러한 물의 원리가 우리 마음에도 마찬가지로 적용된다. 우리의 원래 본성마음은 그 무엇에도 오염되지 않은 깨끗한 모습 그대로였다. 그러나 그 마음이 이 사바세계에 나와 여러 가지 활동을 하는 가운데 여러 가지 모습으로 오염되고 있다. 오염될수록 우리 마음은 더욱 혼탁해지며 혼탁해질수록 오염도는 더 가중되어서 본래 마음의 생명력은 퇴색되고 무력해진다. 무력해질 뿐만 아니라 여러 가지 독성까지 겸하게 되어 가는 곳마다 피해를 준다. 오염된 물이 풀, 나무, 어류, 동물과 사람에게까지 가는 곳마다 피해를 주는 것과 마찬가지다. 오염된 마음도 가정에 가면 가정에 피해를 주고, 사회에 가면 사회에 피해를 주고, 국가에 가면 국가에 피해를 주고, 세상에 나가서는 세상에 피해를 준다. 실로 피해를 입히는 영역이 너무도 넓어서 다 이야기할 수도 없다.

그런데 이상한 것은 물의 오염에 대해서는 관심이 많을 뿐만 아니라 그 측정 기구까지 개발하여 계속 점검하고 있으나 마음의 오염에 대해서는 사람들이 관심이 없는 것이다. 오히려 그 심각도가 한계상황에 와 있어도 감지하지 못한다. 또는 물의 오염은 미리 막으려고도 하고 맑히려는 노력을 기울이기도 하나 마음의 오염에는 아무런 조치도 취하지 않는다. 그저 속수무책(束手無策)이다.

요사이 여러 조직에서 청렴도를 측정하는 기준을 마련했다 하지만 극히 결과주의적이며 마음 내면의 문제는 아예 거론조차 되지 않는다. 그리고 그 피해 때문에 처절한 아픔들을 겪고 있다.

그러면 무엇이 들어서 우리 마음세계를 오염시키는가? 물을 오염시키는 소재가 있듯이 마음을 오염시키는 소재도 있다. 그 소재가 수없이 많지만 가장 독성이 강하고 원초적인 것을 골라 보자면 탐·진·치 삼독이요, 오욕〔食·色·財·名·安逸慾〕이요, 착심(着心)이요, 상(相)에 걸린 마음 등이다. 더 확산해 보자면 모든 번뇌들이 우리 마음을 혼탁하게 하는 소재들이다. 이러한 것들이 마음속에 찌들어 있는 한 마음세계는 맑아질 수 없으며 그 피해도 이루 형언할 수 없다. 그러므로 우리 마음을 정화해야 한다는 것은 오늘날 온 세상이 안고 있는 문제요, 전 생령의 절실한 과제이다.

더 중요한 것은 우리 내부의 마음상태는 바로 현실 상태로 이어진다는 사실이다. 마음세계가 혼탁하면 현실세계 또한 혼탁해지고 마음세계가 맑아지면 현실세계도 맑아진다. 마음세계가 혼미해지면 현실세계도 혼미해진다. 마음세계가 밝아지면 현실세계도 밝아진다.

그런데 이 세상은 현실의 부정부패에 대한 지탄은 빗발치면서도 우리 내면의 부정부패에 대해서는 관심이 없다. 밖으로 부정부패 현상이 발생하면 당사자들을 구속하여 법정에 세우기 바쁘면서도 그 부정부패의 원인인 마음세계를 바루려는 노력은 아주 미약하다. 이것을 일러서 본말을 다스릴 줄 모른다고 한다. 무엇이든 근본에 힘을 쓰면 끝은 절로 따라오는 것이 세상 이치인데 어찌 이 이치를 그토록 외면하는 것일까.

정부조직은 물론 일반 기관 및 단체들의 조직 체계에도 정신지도를 전담하는 기구는 없다. 소위 문화를 담당하는 부서는 있으나 그것도 예술 분야에 대한 업무일 뿐 정신 분야의 마음세계를 담당하는 부서는 없다. 특히 이 물신(物神) 왕조의 사회에서 그것은 결함이며 그에 대한 보완이 절실히 요청된다.

우리 사회가 심하게 혼탁해지면서부터 유권무죄(有權無罪)·무권유죄(無權有罪)나 유전무죄(有錢無罪)·무전유죄(無錢有罪)라는 말이 흘러 다니고 있다. 즉 권력이 있으면 죄가 없고, 권력이 없으면 죄가 있다거나 돈 있으면 죄가 없고 돈 없으면 죄가 있다는 말이다. 이는 그만큼 우리 사회의 혼탁 정도가 심하다는 것이요 우리 마음세계의 오염도가 높다는 증거이다.

우리 생체는 오염이 심각하면 결국 생명을 잃고 만다. 국가와 사회도 오염도가 심각하면 결국 무너진다. 이럴 때는 오염되지 않은 새 생명을 탄생시켜야 소생할 수 있다. 그것이 생명의 이치요 세상의 이치다.

그러므로 우리 마음은 맑혀야 할 대상이다. 마음세계 구석구석을 맑혀야 한다. 그리하여 마음의 생명력을 부활시켜야 한다.

국가와 사회도 오염도가 심각하면 결국 무너진다.
이럴 때는 오염되지 않은 새 생명을 탄생시켜야 소생할 수 있다.

비워야 할 대상

　우리 마음은 철저히 비워야 할 대상이다. 현실세계의 공간도 비워 놓으면 무엇이든 더 수용할 수 있지만 가득 차 있으면 더 이상 채울 수 없다. 우리 마음도 이 세상 모든 것을 다 수용하고 소화할 수 있어야 하는데 채워진 상태에서는 그렇게 할 수 없다.

　앞서 얘기했듯이 우리의 본래 마음은 공허(空虛)한 실상이다. 그런데 온갖 현실경계들과 부딪히며 실랑이를 벌이는 사이 먼지와 찌꺼기가 발생하여 마음 공간에 어지럽게 널려 있다. 이것을 깨끗하게 제거하여 텅 빈 본래 모습을 되찾아야 한다.

　뿐만 아니라 우리 마음은 영상 필름이며, 현실은 피사체(被寫體)이다. 그리하여 대하는 피사체마다 마음영상에 촬영되어 계속 쌓이고 있으니 그 복잡함이 오죽하겠는가. 더욱이 마음은 무정물이 아니다. 촬영된 영상물을 그대로 놔두기만 하는 마음이 아닌 것이다. 피사체와 영상물을 소재로 온갖 새로운 세계를 상상해 내는 놀라운 존재이다.

　이처럼 우리 마음세계는 항상 온갖 것들이 범람하고 있어서 복잡다단하기 이를 데 없다. 그 모든 것을 마음속에 끌어안고 살다가 머리가 터질 것 같은 아픔을 당하기도 한다. 더욱이 현대는 첨단화되어 있는 각종 문화 문명의 산물들이 실로 홍수 봇물 터지듯 쏟아지는 시대다. 이 모두를 우리 마음이 끌어안고 살아야 하는 실정이니 그 얼마나 복잡할 것인가. 여기서 마음세계의 비움을 주장하는 명제가 강도 높게 부각되는 것이다.

마음은 비우고 비우고 또 비워야 한다. 잡다한 것들을 털고 털고 또 털어서 더 이상 털 것도 비울 것도 없는 데까지 계속 털고 비워야 한다. 그리하여 어떠한 현실경계도 한때 스쳐가는 뜬구름이요 과객일 뿐, 내 마음속에 자리하고 버티는 존재로 남아 있지 않아야 한다. 이때의 그 고요하고 편안하고 여유만만함을 어찌 다 말로 표현하겠는가.

뿐만 아니라 정당한 일을 도모하고자 하거든 사심을 비워야 한다. 어떤 큰 원을 세우고 이루고자 하거든 사소한 욕심 마음들을 비워야 한다. 또 그에 방해되는 마음들은 더욱 비워야 한다. 큰일을 도모하려 할 때에도 작은 것에 집착하는 마음은 비워야 한다. 어떠한 일심을 추구할 때에도 번뇌를 비워야 한다. 어떠한 이념이라도 절정의 경지에 들고자 하거든 모든 잡념을 비워야 한다. 더욱이 수행상 절정의 경지는 비우고 비우고 또 비워서 더 비울 곳이 없는 데 이르러야 진성이 나타나는 것이다.

그리하여 탐·진·치(貪·瞋·痴) 삼독심을 비우고 식·색·

재·명·안(食·色·財·名·安)의 오욕의 마음을 비워야 하고 구류중생심(九類衆生心)도 비워야 하고, 자존감[我相]·소유욕[人相]·열등감[衆生相]·우월감[壽者相] 등 사상(四相)의 마음도 비우고, 사상을 비웠다는 마음, 즉 법상(法相)도 비우고, 법상도 비웠다[非法相]는 마음도 비워서 더 비울 것이 없는 경지에 이르러야 저 허공과 하나가 된다. 그 어느 것에도 집착하는 일체 마음을 다 놓아버려야 한다. 놓고 놓고 또 놓아서 머리카락 하나도 더 놓을 것이 없는 데 이르러야 대해탈과 자유자재가 가능해진다.

그 비어 있음이 허공과 합산이 되면 현실경계가 아무리 폭풍우처럼 밀려와도 그것은 그것이요, 허공은 허공 그대로이다. 한때 먹구름이 일 수는 있어도 그것이 허공을 어떻게 하지는 못한다. 허공은 다시 허공으로 돌아가 허공 그대로 존재할 뿐이다.

과거 선지식들은 이 공부의 정도를 다음 네 단계로 묘사했다.

첫째는 목인(木印)으로, 경계가 와서 내 마음에 지울 수 없을 정도로 각인(刻印)되어서 마음속에 심어진 인상을 도저히 지우지 못하는 수준이요,

둘째는 이인(泥印)으로, 경계가 와서 마음속에 심어지긴 하나 진흙에 각인된 것과 같아서 어느 정도 시간이 지나면 차츰 정리되거나 사라져 버리는 수준이요,

셋째는 수인(水印)으로, 경계에 부딪히는 순간 각인되었으나 즉시

사라지는 수준이요.

넷째는 공인(空印)으로, 허공에 도장 찍는 것과 같아서 경계가 와
도 온 바가 없고, 가도 간 바가 없으며, 있어도 있는 바가 없고, 없
어도 없는 바가 없는 절정의 경지이다.

이 공인 자리가 입정처(入定處)요, 대적광전(大寂光殿)이요, 지혜
광명의 원천이요, 만유의 본원이요, 유무초월의 자리요, 무등등
(無等等)의 자리요, 만법으로 더불어 짝할 수 없는 자리[不與萬法爲
侶者]이다.

이 자리는 오온(五蘊: 色·受·想·行·識)도 없고, 십팔계(十八界:
六根+六境+六識)도 없고, 사제법(四諦法: 苦·集·滅·道)도 없고, 십
이인연법(十二因緣法: 無明·行· 識·名色·六入·觸·受·愛·取·有·
生·老死)도 없고, 깨달아 알았다는 것도 없고, 터득했다는 것도 없
어서 일체가 다 쉬어 있는 그대로이다. 그때엔 오로지 목마르면
물 마시고 배고프면 밥 먹고 졸리면 잠자는 순수성만 남게 된다.

이로써 나가대정(那迦大定)·무정무동(無靜無動)·동정일여(動靜
一如)의 자리에 들게 됨이라 반야심경의 도리에 계합된 모습이다.

이 자리는 모든 상대심이 끊어진 자리이며, 시시비비 논쟁이
쉬어 버린 경지이다. 이것을 무쟁삼매(無諍三昧)라 한다.

상대심에 대해서 좀 더 생각해 보자.

상대심이 심하면 어떤 형태로든 편 가르기를 좋아한다. 편 가

르기를 그치지 않으면 결국은 분열이요, 분열은 결국 패망의 길로 이어진다. 어리석은 사람은 죽자사자 편 가르기를 하면서 무슨 천하대사라도 하는 것으로 착각한다. 그리하여 자기가 속한 단체나 집단이나 공동체에 무한 피해를 입히고 스스로는 무한 죄업을 장만한다.

반면 무쟁삼매에 든 지혜로운 사람은 천만 시비 풍파를 잠재우고 녹여 내며 스스로 안아 용해시켜서 하나 만들기에 바쁘다. 오직 안으로 하나 만들고〔진아실현眞我實現〕, 밖으로 하나 만들어 갈 뿐이다〔대아실현大我實現〕.

따라서 광명수량(光明壽量)과 대기대용(大機大用)이 무진무궁하여 한 사물도 그 묘리(妙理)의 품에 안기지 않는 바 없고, 한 생령도 그 그늘〔慈蔭〕을 벗어날 수 없다.

2장
—

마음을
단련하는 수행

이 세상 모든 일 가운데 역리로 되는 일은 단 한 가지도 없다.

이치에 맞는 실오라기만한 한 가닥이라도 있어야 이루어갈 수 있는 것이다.

지금까지 마음의 원리를 대충 밝히면서 이 마음을 어떻게 해야 할 것인가 화두(話頭)를 던졌다. 마음의 원리가 어찌 지금까지 설명한 내용뿐이겠는가. 그저 언저리 변죽만 건드렸을 뿐이다. 오히려 마음세계는 "크고 많기로는 밖이 없을 만큼 한량없이 많고, 작고 적기로는 안을 찾을 수 없을 만큼 미세하다(大抱無外 細入無內)"고 하였다.

그러므로 마음이 안고 있는 전부를 설명한다는 것은 불가능할 뿐만 아니라 이 세상에 있는 모든 것을 동원해 설명해도 부족한 세계이다.

그러나 태평양 물을 다 마셔야 그 맛을 아는 것이 아니라 바다 어느 모퉁이 한 모금만 마셔도 알 수 있는 것과 같이 변죽만 두드렸어도 지혜로운 사람은 알아차릴 것이다.

아니, 알아차린 것이 문제가 아니라 진정 알았다면 '이 마음을 어떻게 할 것인가' 하는 화두가 떠올라야 한다. 그저 막연히 떠오른 정도가 아니라 이 화두가 크게 부각되어서 도저히 놓지 못하는 정도로 사로잡혀야 그 실지에 가까이 간 것이다. 그때 드디어 해답을 얻을 수도 있고 그 해답을 강력하게 이끌어 낼 수도 있을 것이다.

지금부터 이 문제에 대한 답을 찾아보자.

그 답은 원불교 경전 속에 거의 완벽하게 준비되어 있으므로 그 부분을 소개하면서 확실한 해답을 제시하고자 한다.

한 가지 염려되는 것이 있다. 특정 종교의 것이라 하면 무조건

거부부터 하는 심리를 나는 잘 안다. 그러나 누구의 것이 되었든지 자신의 심각한 고민을 해결할 묘방이 있다면 찾아 쓰는 것이 옳은가, 아니면 무조건 거부하고 내 상처의 고통을 계속 끌어안고 살아야 옳은가. 어느 쪽이 현명한 선택인가. 성자들은 미친 사람들이 실없이 내뱉는 말 속에서도 가르침을 받는다 하지 않았던가.

원불교에서는 과거 모든 종교 성자들의 가르침을 직접 손에 쥐어 줄 듯 제시하며 가르치고 단련하게 한다. 참고하여 실천하는 자마다 큰 소득을 얻게 되고 드디어는 깨달음을 얻을 것이다.

수행이란 어떤 방법으로든 그 원리를 터득하고 그에 맞추어 궁행실천을 해야 한다. 궁행실천을 반복하여 드디어 인격으로까지 자리매김이 되게 해야 한다. 설령 원리는 어느 정도 터득했다고 해도 궁행실천의 후속 조치가 없다면 이것을 일러서 "줄기나 가지와 꽃은 좋은 나무에 열매가 없는 것과 같다" 하였다.

원리의 터득은 평소 집에서 할 수 있어도 그 원리대로 익히는 데는 자력의 동원과 타력의 도움이 필요하다. 따라서 스승 찾아, 도반 따라, 수도 도량을 찾아 동참할 때 훈증과 다듬음을 함께 해서 쉽게 익힘을 이뤄 낼 수 있다. 상하좌우가 함께 하는 가운데 서로서로 훈련, 스스로 훈련이 되어 모난 데는 정을 맞고 패인 데는 메워져서 솔성이 빠르게 골라져 간다.

그래서 혼자 하는 공부보다 대중 속에서 함께 하는 공부가 훨씬 더 빠르다고 한 것이다. 함께 할 때에 깨달음의 다양한 계기,

변화의 다양한 계기, 원숙해 갈 다양한 계기를 접할 수 있기 때문이다. 좋은 계기에서 자극을 받고, 계기에서 계시를 받고, 계기에서 서원과 다짐을 계속 충전해 갈 수 있다. 그러한 계기는 일부러 노력해서라도 장만해야 하는데 이것은 함께 하는 가운데 더 풍성해지기도 하고 더 다양해지기도 한다.

　그리하여 마음을 단련하는 수행의 길에 직접 나서야 한다.
　지금부터 그 길을 밝히겠다.

합리와 수행

수행에 착수하기 전에 그 전제로서 기초를 확실히 다져 둬야 할 것이 있다. 그것은 바로 합리성의 문제이다.

합리란 이치에 맞는 것으로 순리(順理)라 하고, 불합리란 이치에 역행하는 것으로 역리(逆理)라 한다. 역리적인 것은 아무리 노력해도 되지 않을 일이요 순리란 노력하면 되는 일이다. 지혜란 바로 합리를 추구하는 능력을 말한다.

지혜가 있으면 될 일만 골라하고 지혜가 어두우면 안 될 일만 골라한다. 따라서 지혜가 있으면 어떠한 일을 맡더라도 감당해 내서 성공시키지만 지혜가 어두우면 하찮은 일도 감당하지 못할 뿐 아니라 결국 실패하고 만다.

좀 더 쉽게 이해하자면 쌀을 삶아 밥을 만들려는 것은 합리이고, 모래를 삶아 밥을 만들려는 것은 불합리이다. 유리로 거울을 만들려는 것은 합리이고 기왓장을 갈아 거울을 만들려는 것은 불합리이다.

이에 불합리한 수행법에 집착하는 수행자들을 깨우치기 위해 기왓장을 갈았던 선지식도 있었다.

이 세상 모든 일 가운데 역리로 되는 일은 단 한 가지도 없다. 이치에 맞는 실오라기만한 한 가닥이라도 있어야 이루어 갈 수 있는 것이다.

수행 역시 이러한 원칙에서 예외일 수 없고 이러한 전제를 결코 외면할 수 없다. 다시 말하면 수행은 철저히 합리 수행, 순리 수행, 진리성에 근거한 수행이라야 한다. 이러한 진리적 원리에 근거하지 않은 무조건 수행, 일방적 수행 등은 결국 허망한 결과만 남기거나 또는 결과가 없거나 큰 위험에 빠지거나 잘해도 편수가 되어 끝내 조각 인격으로 굳어지고 만다.

수행이란 자성 본원에의 회귀(回歸)이며 진리실상에의 합일(合一)이다. 자성이란 영성 생명력의 핵이요, 진리실상이란 무한 위력의 총체이다. 그리하여 영성의 생명력을 찾아 왕성하게 하고 진리의 무한 위력을 체득하고자 하는 것이 수행이다.

이 영성에 깃아 있는 원리나 진리실상 자체가 안고 있는 이치의 원칙은 아예 고려하지 않은 채 막연한 고행 수행, 인욕 수행, 정진 수행만으로 치닫는 것은 지혜로운 수행법이 아니다. 이러한 수행 방식을 경계하기 위해서 "기와를 갈아 거울을 만든다"느니 "돌로 풀을 눌러 놓는 것 같다〔如石壓草〕" 등의 말이 나오게 된 것이다.

그러므로 진리적 원리에 따라 수행해야 함은 더 말할 나위가 없다. 진리의 속성 속에는 무한한 다양성이 함께 하지만 이 모두를 종합하여 두 가지 맥락으로 이야기할 수 있다. 바로 '체(體)'와 '용(用)'이다. 즉 체성의 속성과 작용의 속성이다. 이 체성의 속성을 진공(眞空: 모든 것들이 비어 있는 상태)이라 하고 작용의 속성을 묘유(妙有: 기기묘묘한 모든 것이 다 갖추어져 있는 상태)라 한다.

그러므로 진리실상의 체성인 '진공으로 체를 삼고' 그 작용인 '묘유로 용을 삼는' 수행 체계를 따라야 한다. 이것을 좀 더 쉽게 함축적으로 표현하자면 우리의 마음속에 텅 비우고 없애야 할 수행 방향과 모두 갖추어 있게 해야 할 수행 방향의 두 가지 맥락이다. 이 두 가지 핵이 빠진 수행은 자칫 헛다리만 붙들고 고군분투하는 어리석음이 될 수 있고 결국 허송세월만 하거나 정력만 낭비하는 결과를 빚는다.

이러한 정신을 담아 육근동작[눈·귀·코·입·몸·뜻의 사용]에 응용할 기준으로 정리하면, 원만구족 지공무사(圓滿具足 至公無私: 지극히 공변되어 사사가 없는 것)하게 나투어 쓰라는 것이다.

수행상 육근동작의 기준은 원만구족과 지공무사에 두어야 한다. 수행자가 아무리 특별한 공부를 하여 특별한 능력을 갖추었다 하더라도 그 솔성이나 육근동작이 원만구족이나 지공무사에 미치지 못한다면 잘못된 수행길에 들어선 것이다.

이것은 수행의 본의가 아니다. 참으로 경계해야 한다.

수행이란 몸과 마음을 원만하게 지키고, 일과 이치를 원만하게 알고, 몸과 마음을 원만하게 사용하는 것이다. 여기에 수행의 진정한 의미가 있으며 그렇게 될 때 일에도 걸림이 없고 이치에도 걸림 없는 통달의 세계, 해탈의 세계, 자유자재의 세계에 들 수 있고 삼계육도를 임의로 거래할 수 있는 실력이 생긴다. 그러므로 몸과 마음을 원만구족하고 지공무사하게 쓰고 있는지 늘 점검해야 한다.

이따금 이러한 원칙과 정법정도를 벗어난 수행자들이 혼란을 일으키기도 한다. 특별한 독공으로 반딧불처럼 나타난 빛이 있으면 대단한 경지라도 되는 양 착각하거나, 또는 빙의가 되어 예견하는 현상이 나타나면 무슨 영통이라도 한 것처럼 주시하고 현혹되는 일들이 더러 있다. 이 모두는 정신력이 약한 자들이 보이는 일시적 현상이요 이것으로 인해 오히려 큰 죄악에 빠질 위험도 있다. 자기 정신을 스스로 통제하지 못하고 어떠한 환상에 깊이 말려들어 몰두할 때 나타나는 현상이며, 더욱이 빙의는 내 주체가 약한 틈을 타고 객체가 끼어들어 점령한 상태이다. 이 모두가 주체적 정신의 부실에서 오는 현상이며, 무서운 정신력을 전제로 하고 그 정신력을 더욱 신장시키는 수행과는 거리가 멀다. 오히려 방해가 될 뿐이다. 때에 따라서는 안으로 삼독 오욕은 조복받지 못한 채 그러한 현상〔신통, 묘술, 영문 열림〕이 나타나면 그것을 자기 욕심을 충족시키는 일에 이용하게 되어 참으로 무서운 죄악을 저지를 수도 있다.

한 가지 더 현혹될 수 있는 것을 밝혀 보자.

예언이나 다른 사람의 마음을 읽어 아는 일이 더러 있다. 이 또한 대소유무나 인과보응의 이치를 통달하여 아는 것이 아니라면 잘못된 수행의 결과이다. 즉 정신 건강의 부실에서 나타난 현상인 것이다. 이 세상의 모든 현상은 그 현상이 나타나기 전에 먼저 기운이 움직이거나 기운이 먼저 와서 그 준비를 한다. 즉 비가 오려면 비올 기운이 먼저 온다. 비는 마지막에 나타나는 현상일 뿐이다. 몸의 신경 건강이 안 좋은 사람은 멀쩡한 날에 날궂이 한다고 한다. 비올 기운을 먼저 느끼는 것이다. 그러나 신경 건강이 좋은 사람은 날씨의 영향을 받지 않는다. 풍한서습에 영향을 받지 않는 사람은 건강이 좋은 사람이다. 정신 건강이 약한 사람일수록 새로운 기운에 감각적으로 예민해서 나타나는 현상이 있을 뿐이다.

이것이 수행에서 착각하고 빠지기 쉬운 함정이다. 본인 스스로도 경계해야 하고 주변에서도 이에 현혹되어서는 안 된다.

수행에는 가장 합리적인 정법정도의 원형이정이 있을 뿐이므로 이 원형이정의 정도를 밟아 가야 한다.

지혜가 있으면 어떠한 일을 맡더라도 감당해 내서 성공시키지만

지혜가 어두우면 하찮은 일도 감당하지 못할 뿐 아니라

결국 실패하고 만다.

마음수련의 가능성

수련이란 무엇인가? 여러 가지로 밝혀 놓은 사전적 뜻이 있기는 하지만 나는 이를 '익힘'이라는 말로 대신하고자 한다.

우리 사람은 이 세상에서 여러 가지 소재들을 활용하면서 살아간다. 활용하지 않고는 삶과 생존 자체가 불가능하다. 그 소재들은 시간적·공간적인 것일 수도 있고 저 많은 사물들일 수도 있다. 그것들을 사용하기에 앞서 제대로 사용할 수 있는 '익힘'의 과정을 거쳐야 한다. '철저한 익힘'이 이루어지면 사용하는 소재들은 모두 은을 생산하고 자타 모두에게 복으로 작용하지만 '익힘'이 부실하면 자타간 재앙으로 작용할 수도 있다. 그러므로 우리의 미래를 생각하고 우리가 사용할 소재들을 생각한다면 결코 '익힘'을 외면하거나 소홀히 할 수 없다.

오늘날 자동차라는 문명기기가 나왔다. 자동차를 활용하는 것과 하지 않는 것은 참으로 큰 차이를 낳는다. 자동차를 사용함으로써 시간과 공간의 개념이 달라진다. 능률면에서는 비교도 되지 않는다. 자동차가 있음으로써 우리 사람은 몇 백 년을 더 사는 결과를 낳는다.

 이 엄청난 결과를 보장하는 자동차를 익히지 않고 사용할 수 있는가. 그 원리나 구조도 익혀 알아야 하고 운전기술도 감각적으로 익혀야 한다. 완전히 익힌 후에 비로소 자동차를 마음대로 활용할 수 있다. 만일 익힌 상태가 부실하면 결국 사고를 일으켜 자타간 큰 피해를 주고 큰 곤욕을 치른다. 그러므로 운전법을 익히되 철저히 해야 하고 사용할 때 온갖 주의를 기울이는 단련이 절대적으로 필요하다. 그리하여 운전의 달인 경지에 도달하여야 안심하고 운전을 맡길 수 있고, 그 차를 탈 수도 있으며, 자동차를 마음대로 활용하여 삶을 풍요롭고 유익하게 만들 수 있는 것이다.

 어찌 자동차뿐이겠는가. 이 세상 사물 하나하나가 다 그러한 원리원칙에서 벗어날 수 없다. 그러니 익힌다는 것이 우리 인생에서 얼마나 중요한가. 익히며 사는 삶과 익히지 않는 삶은 그 차원이 달라진다.

 그중에서도 가장 근본적인 익힘의 대상이 바로 '마음'이다. 이 세상 모든 소재들은 쓰일 곳이 있는가 하면 쓰이지 못할 곳도 있고, 쓰일 때도 있으나 쓰이지 못할 때도 있다. 그러나 이 마음만큼은 한때도 쓰지 않을 수 없고 당하는 대로 모두 쓰이며 사실은 밖의 다른 소재들을 쓸 경우도 먼저 마음을 사용하고서야 가능하므로 '마음'이야말로 모든 쓰임의 중심에 있다.

 그런 마음을 아무 익힘 없이 쓴다는 것은 참으로 위험천만한 일이다. 운전연습 없이 자동차 핸들을 잡은 것과 무엇이 다르랴.

또한 마음의 원리는 자동차 원리의 세계와는 비교도 되지 않을 만큼 복잡다단하고 기기묘묘하다. 이처럼 복잡다단하고 기기묘묘한 것일수록 그에 대한 앎과 익힘이 더 철저해야 하고, 끝없이 써야 할 것이라면 가장 우선적이고 더 큰 비중으로 충분히 터득하고 익혀야 하지 않겠는가. 이것이 마음공부요 마음수련이다.

뿐만 아니라 이 마음에는 무한한 가능성이 존재한다. 비록 형상이 없어서 더위잡기는 어려우나, 분명히 있으면서 관계하지 않는 곳이 없고〔無所不關〕, 알지 못하는 것이 없고〔無所不知〕, 능하지 않은 것이 없고〔無所不能〕, 하지 않는 것이 없어서〔無所不爲〕 일체가 다 마음으로 짓는 바〔一切唯心造〕라 했다.

그리하여 극락을 부수어 지옥을 만들기도 하고 지옥을 부수어 극락을 만들기도 하며 우리의 길흉화복 운명과 이 땅에 흥망성쇠(興亡盛衰)의 역사도 빚어 간다. 앞서 언급한 바와 같이 자연사를 제외한 인류사 모두는 이 마음이 이끌어 간다.

이 마음 운전 사용법을 잘 익혀서 대처해 가게 하는 것이 바로 마음공부 수련의 의미이다.

수련 있으면 진급과 은혜이나
수련 없으면 강급과 해독이다

마음과 경계

　경계란 원래 나와 상관없이 스스로의 속성 따라 기능하는 것이다. 그런데 그것을 접하는 주체들은 자기 안에 품고 있는 내용이나 주장에 따라 천태만상으로 달리 수용하여 스스로 각종 희로애락이나 행·불행을 장만해 간다. 이 모두는 경계를 다루는 솜씨 수준의 문제요 경계를 요리하는 공부 정도의 문제이다. 다시 말하면 경계란 우리 마음과 상관없이 스스로 존립하면서 각각의 고유 기능을 하고 있을 뿐이다. 그 경계들이 결국 우리의 마음이 활용하는 소재가 되는데 때에 따라서는 우리들을 집어삼키는 소재가 되기도 한다.

　구체적으로 살펴보면 안경·이경·비경·설경·신경·의경〔眼·耳·鼻·舌·身·意〕의 육경(六境)은 우리를 점령하려는 마군이가 침입하는 여섯 관문이요, 순경·역경·공경(順境, 逆境, 空境: 마음이 게을러진 경계)의 삼경(三境)은 마군이가 통과하는 세 가지 통로로서 국방상의 육로·해로·공로와 같다.

　편의상 육경·삼경으로 경계를 정리했지만 어찌 이뿐일까. 벌리면 천만경계요 무수경계이다. 당장 색의 경계, 재물의 경계, 명예의 경계, 수면 유일(睡眠 遊逸)의 경계 등 그 낱낱을 다 열거할 수 없을 정도로 많기도 하고 양상도 다양하다.

어떠한 경계이든 우리가 승복시키면 소재로 활용할 수 있는 아군이 되지만, 정복당하면 주권을 빼앗기고 우리는 마군이의 노예로 전락한다.

또 다른 의미에서 경계는 선용하면 '은(恩)'이 되어〔상생相生〕계·정·혜가 생산되고, 진급이 되고, 강함과 인내심과 역량과 경륜이 생산되나 반대로 악용하면 '해(害)'가 되어〔상극相剋〕탐·진·치 삼독이 나오고, 강급이 되고, 나약해지고, 자포자기에 빠지기도 한다.

공부심으로 보면 '경계마다 공부거리요 순간마다 공부찬스'다. 또한 경계란 공부할 자산이요, 터전이요, 수련장이요, 무진장의 보고이다.

경계를 다루는 실력이 있으면 태풍경계도 미풍이 되고 사자 같은 경계도 미충(微蟲)이 되나, 경계를 다루는 실력이 없으면 미풍경계도 태풍이 되고 미충경계도 사자 같은 무서운 경계로 받아들여 충격을 받고 오금을 펴지 못한다.

요컨대 마음실력의 문제인 것이다. 여기에 더해 유의해야 할 것이 있다. 과거로부터 오늘에 이르기까지 많은 수도자들이 모든 인연과 의무와 도리와 책임까지도 마장경계라 단정하고 이를 피해 심산궁곡에 들어가는 것을 능사로 아는 경우가 많이 있어 왔다. 과연 그것이 현명한 판단인가 확실히 짚고 넘어가야 한다. 물론 한때 피경하여 독공의 기간을 가질 수는 있지만 어디까지나 '경계가 공부거리'라는 전제 아래 수긍할 수 있으며, 무조건 경계는 공부에 방해가 된다는 견해로 그렇게 하는 것은 반드시 재고해야 할 문제이다.

육식(六識)이 육진(六塵) 중에 출입하되 물들지도 섞이지도 않아야 참 공부실력이거늘 육진경계를 피해 도망만 다니는 나약한 모습으로 어찌 공부인이라 할 수 있겠는가. 오히려 육진경계와 정면대결하면서 승기를 노리는 것이 더 강한 공부인이요, 경계 속에서 단련해야 한다는 뜻을 알아 대처해 가는 공부인이다.

수련이란 어디까지나 일상 속에서의 단련이다. 수련에는 심성 단련과 기질 단련의 두 가지가 있으나 경계 속에서의 공부라야 이 두 마리 토끼를 함께 잡을 수 있다. 수도자에게 경계란 수영을 하고자 하는 사람이 물을 만난 것이요, 운전을 배우고자 하는 사람이 차를 몰고 길거리에 나가 연습하는 것과 같다. 수영을 하려는 사람이 물을 만나지 못한다면 어찌 수영을 할 수 있으며, 운전을 배우고자 하는 사람이 차와 길거리를 피하고 어찌 운전을 배울 수 있겠는가.

옛 말씀에 "한 일을 지내 보지 아니하면 한 지혜가 자라지 않는다(不經一事不長一智)"는 것이 있다. 그만큼 현실경계 속에서 얻는 지혜가 많다는 뜻이다.

일본에서 성공한 한 기업인의 회고담에 있는 말을 소개하자면 그는 어려서 부모를 잃었고, 초등학교를 중퇴했으며, 건강이 매우 좋지 않은 불운아였는데 그것이 오히려 자신을 성공시켜 준 저력이었다고 한다. 일찍 부모를 잃었기에 일찍 철이 들었고, 초등학교 중퇴의 실력이었기에 늘 부족함을 느껴 평생 공부하며 살았고, 매우 건강이 나빴기에 늘 건강에 주의하며 살았다. 그래서 성공할 수 있었다는 것이다.

경계란 이러한 것이다. 참으로 많은 것을 배울 수 있는 소재요, 단련할 수 있는 장이요, 무한한 것을 얻을 수 있는 보고이다.

문제는 마음이다. 이 마음이 경계에 대해 어떠한 견해를 가지고 대처하며 어떻게 주물러 요리할 것이냐 하는 것은 오직 공부인의 몫이다.

그러므로 공부인에게 경계가 있음은 공부거리를 얻은 행운이요, 미래의 희망이 밝아 옴이다. 기쁘게 맞이하고 오직 감사로 보답할 일이다.

수도자에게 경계란

수영을 하고자 하는 사람이 물을 만난 것이요,

운전을 배우고자 하는 사람이

차를 몰고 길거리에 나가 연습하는 것과 같다.

마음공부의 소재

경계와 시간

 수도를 하는 데 필수적인 소재가 있다. 밖으로는 경계와 시간이요, 안으로는 몸과 마음이다. 나는 평소 좌우명처럼 간직하는 경어가 있다. 그것은 '경계마다 공부거리, 순간마다 공부찬스'요, '한 생각 나툴 때 정녕(正侫)을 대조하고, 한 행동 나툴 때 필불필(必不必)을 대조하라'는 것이다.

 오는 경계마다 한 경계도 놓치지 않고 보다 효율적인 공부거리로 활용하려는 자세가 참 공부인의 모습이다. 공부거리인 경계가 올 때마다 그저 적당히 넘겨 버리고 새로운 공부거리를 찾아 헤맨다면 이 얼마나 어리석은 일이요 안타까운 일이며 아깝기 그지없는 일이겠는가. 경계를 놓고 참 공부거리가 따로 어디에 있겠는가. 그것은 아무리 찾아나서도 허망한 일이요 이뤄질 수 없는 일이다. 이에 참 공부인이라면 아예 생각을 바꾸어야 한다.

 시간도 마찬가지이다. 그때그때 순간순간이 유일무이한 공부찬스이다. 시간이야말로 한 번 지나치면 그 시간은 다시 오지 않는다. 영원히 놓치고 만다. 그런데 사람들은 착각하고 산다. 일년이나 주야가 주기적으로 반복되므로 지나간 시간이 다시 찾아오는 것으로 안다. 그러나 앞으로 찾아오는 봄·여름·가을·겨울은 지나간 봄·여름·가을·겨울이 아니요 새로운 봄·여름·가을·겨울일 뿐이다. 오늘의 낮과 밤은 어제의 낮과 밤이 아니다. 새로운 낮과 밤이다. 너무도 분명한 사실이다. 순간순간이 다마찬가지다.

그런데도 이 순간은 적당히 넘기고 다가오는 그 언젠가의 순간에 공부하겠다는 생각은 크게 잘못된 것이다. 그야말로 천재일우의 찬스를 놓치는 셈이다. 이 찬스를 놓친 것은 바로 영원을 잃음이다. 참으로 시간을 소중히 알아야 한다. 금쪽같이 알아야 한다.

서양 격언에서도 "시간은 곧 돈이다" 했고, "일촌광음(一寸光陰)을 천금같이 알라" 하지 않았던가. 수행뿐만 아니라 시간을 무료히 낭비하고 되는 일은 이 세상에 단 한 가지도 없다. 그만큼 시간이라는 소재는 소중한 것이다. 다른 소재들 중엔 잃었다가 다시 찾을 수 있는 것이 더러 있으나 시간만큼은 한 번 놓치면 영원히 찾을 수 없는 소재이기에 더욱 값진 것이다. 이 세상 그 무엇으로도 보상받을 수 없다. 그러니 우리는 시간에 대한 인식을 다시 해야 한다.

그래서 나는 '경계마다 공부거리, 순간마다 공부찬스'라 새겨 놓고 늘 스스로를 깨우쳐 왔던 것이다.

이러한 견해가 철저하지 못하면 시간과 경계에 대해 아까운 줄을 모른다. 그리하여 안 보아도 될 것을 굳이 보다가 시간, 정력, 경제를 낭비하고, 안 들어도 될 것을 굳이 듣다가 시간, 정력, 경제를 낭비하고, 그렇게 중요하지도 않은 일을 굳이 하다가 시간, 정력, 경제 모두를 낭비하고, 그저 무료히 지내면서 시간의 낭비를 일삼고, 많고 많은 세월과 정력을 공연히 남의 시비로 소모하는 경우도 있다. 이는 남의 밭 잡초 시비하다가 정작 자기 것은 묵정밭을 만드는 결과를 낳는다. 거기다 주색잡기로 허송세월까지 한다면 얼마나 한심한 일인가. 참으로 억울한 일이요 큰 손해를 봄이다.

시간이라는 소재를 가장 소중히 알고 순간순간을 금쪽같이 활용하는 사람은 하는 대로 성공할 것이요, 아니면 아무것도 이루지 못할 것이다.

몸과 마음

이상으로 공부의 소재 중 밖으로의 소재인 시간과 경계에 대해서 대충 설명했다. 다음은 마음공부의 소재 가운데 안으로의 소재인 마음과 몸에 대해서 살펴보자.

마음이란 앞에서도 이야기한 바와 같이 원초적 주인공이기 때문에 마음이 작용하지 않고서 되는 일이 없다. 일찍이 "마음 밖에 부처가 없고, 성품 밖에 법이 없다[心外無佛 性外無法]" 했다. 마음이 곧 부처요 성품이 곧 법일진대 마음과 성품은 바로 성불의 소재요 수행의 직접적 소재이다. 더욱이 성품과 마음은 한 맥락이라는 점에서 더욱 그러하다.

그 생각, 생각을 어떻게 관리하느냐가 대단히 중요하다. 온갖 잡념이 일어나는 대로 끌어안고 살면서 수도한다는 것은 어불성설(語不成說)이다. 그래서 예부터 극념작성(克念作聖), 즉 잡된 생각을 극복하여 성(聖)을 만든다는 말이 있는 것이다.

이것은 한 생각 나툴 때 정념이냐 망념이냐를 대조하라는 뜻이다. 정념의 한 생각 한 생각이 뭉치어 사상(思想)을 이루고, 사상이 뭉치어 인격을 이루며, 그 인격의 거룩함은 결국 성자 불보살을 만든다.

때로는 최초의 한 생각이 결정적으로 운명을 좌우하는 경우도 있다. 어떠한 계기를 만나 일어난 강력한 분발 하나가 모든 생각들을 다 지배하여 운명을 바꾸어 놓기도 한다.

그런 점에서 마음은 우리 공부의 일차적 소재이므로 마음관리에 신경을 곤두세워야 한다.

다음 소재는 몸이다. 몸은 마음과 함께 중요한 공부상의 내적 소재이다. 몸이란 마음과 분리되어 있지도 않을 뿐 아니라 마음의 부림에 따라 움직여 주고 거들어 주는 주인공이다.

다만 이 색신이 가지고 있는 본능이 독특하여 마음의 본의와는 전혀 다른 모습으로 치달으려는 속성이 있기 때문에 아주 경계(警戒)해야 한다. 다시 말하면 색신은 한마디로 철부지이다. 못된 송아지처럼 이리 뛰고 저리 뛰며 뉘 집 곡식을 망가뜨릴지 모르는 대상이다. 그리하여 색신이 종종 마음을 크게 당황하게 만들기도 하고, 괴롭히기도 하며, 아주 곤혹스럽게도 하고, 때에 따라서는 우리 마음을 아주 어려운 궁지로 몰아넣기도 한다.

비록 이러한 육신이지만 마음은 육신이 작용하지 않고는 아무것도 이룰 수 없다. 마음만 가지고는 안 된다. 육신을 통해서만 마음은 어떠한 일이라도 이룰 수 있는 것이다. 그런 점에서 육신은 마음의 입장에서 보면 짓궂은 동반자라고나 할까. 아무튼 이 육신은 끝없이 마음에 부담을 주면서도 없어선 안 될 존재이니 우리 마음은 육신에 맞춰 주기도 하고 부려 쓰기도 하며 달래기도 하고 가혹하게도 하면서 지혜롭게 잘 다루어야 한다.

어떤 의미에서는 이 몸이 있기 때문에 성불을 도모할 수 있고, 정진적공도 할 수 있고, 큰일도 할 수 있다. 오히려 마음은 몸을 통해서 모든 일을 할 수 있고 대기대용의 경륜도 실현할 수 있는 것이다.

'극기복례(克己復禮)'라는 말이 있다. 즉 몸을 극복하여 예도 법도(禮道 法度) 있는 모습을 회복한다는 의미다. 색신의 철부지를 극복하지 못하면 아무것도 이룰 수 없다. 우리 몸이란 극복하고 나면 충신이 될 수 있으나 극복하지 못하면 탕아가 되거나 때에 따라서는 반역자가 될 수도 있다. 요컨대 어떻게 극복하느냐가 문제이다. 사실은 이 극복의 역사가 성불의 여정이다.

이에 육신은 성불 선상에서 저 마음과 함께 반드시 필요한 소재요 마음공부의 소재이다. 우리가 마음과 몸이라는 소재를 가졌다는 것은 참으로 신기한 일이며, 천금 같은 보화를 가졌음이다. 이제는 이 소중한 소재를 잘 활용하여 마음공부의 실효를, 수행효율의 극대화를 실현해 갈 일만 남아 있는 것이다.

그리하여 밖으로 시간과 경계가 있고, 안으로 마음과 몸이 있는 한 우리는 어떠한 것이라도 다 이뤄 갈 수 있다.

경전과 법문

수행에 나선 사람으로서 빼놓을 수 없는 것이 경전 공부이다. 여기서 경전이란 과거나 현재 모든 도학가의 핵심 경전을 말한다. 경전 속에는 진리와 자비가 가득 담겨 있다. 만약 진리와 자비에 반하는 내용이 들어 있다면 그것은 경전이라 할 수 없다.

경전에는 고해로부터 구원의 말씀, 어둠으로부터 구원의 말씀, 진리를 천명한 말씀, 수행길로 안내하는 말씀, 자비실현의 말씀들이 가득 담겨 있다. 경전 속에 담겨 있는 말씀과 선지식들의 모든 법문은 길들이기 전 나를 잡아매는 고삐요, 표준하고 근거해야 하는 준거(準據)요, 대전제로 삼아야 할 원칙이요, 마땅히 밟아가야 할 길이요, 앞길을 훤히 밝혀 주는 빛이요, 얼음장 같은 업장을 녹여내는 열이요, 무진장의 보고요, 그대로 이루어 가야 할 설계도요, 제생의세(濟生醫世)의 약재이자 의술이요, 우리를 고해로부터 구원할 대자대비의 뜻이 가득 담겨 있는 그릇이다. 그뿐인가. 깨달음의 열쇠인 의두 거리도 경전에 모두 담겨 있다. 그의두마다 연마하여 해오를 얻다 보면 무불통지(無不通知)의 경지에 들 수도 있다.

그러므로 수행자는 경전과 함께 살아야 한다. 한때도 경전을 놓아서는 안 된다. 불립문자(不立文字) · 직지인심(直指人心)의 경지가 있기는 하나 이 또한 경전의 가르침 속에서 찾아야 한다.

예부터 "성인이 나시기 전에는 진리가 천지에 있고, 성인이 나신 후에는 진리가 성인에게 있고, 성인이 가신 후에는 진리가 성인이 남긴 가르침 속에 있다" 하였다. 이것은 배움, 즉 가르침 받을 곳을 성인 나시기 전에는 천지자연에서 찾으라는 말이요, 성인이 나신 후에는 성인에게서 직접 받으라는 말이요, 성인이 가신 후에는 그 가르침 속에서 찾으라는 말이다.

이 세상에 있는 것 중에서 제일 소중한 보물이 있다면 그것은 법문이다. 법문은 활용여하에 따라 그 공효(功效)가 시간적으로나 공간적으로 끝없이 나타날 수 있다. 그리하여 법문의 공덕이 삼천대천세계에 가득 찬 칠보로 보시하는 것보다 더 수승하다고 했다. 이것이 법문이다.

참으로 모든 경전 속에 담겨 있는 법문들은 제일 소중한 보물이다. 그래서 법보(法寶)라 한다. 물론 경전에 따라 특징이 다르고 지향하는 길이나 표현이 다를 수 있고 또 우열이 있을 수 있는데 이는 모두 우리 중생들의 근기에 따라 베풀어 준 빛이요 길이요 자비이다.

그러므로 예로부터 성인의 가르침은 받든다 했고 또 예를 갖추어 받들도록 했다. 불교에서는 신해수지(信解受持: 믿고 이해하고 받아 간직함)하라, 신수봉행(信受奉行: 믿고 받고 받들어 행함)하라, 수지독송(受持讀誦: 받아 간직하고 읽고 외움)하라 한다. 바로 법문에 대한 의식을 일깨우고 법문 받드는 자세를 바로잡아 주는 말씀들이다.

참으로 수행자의 교과서는 경전이다. 수행자로서 경전을 소홀히 하는 것은 학생이 교과서나 참고서를 멀리하는 것과 같다. 어찌 그 실력이 향상될 수 있을 것인가.

법문의 소중함을 아는 사람은 법문과 함께 하지 않을 수 없을 것이다. 경전이란 이 법문의 보고이다. 경전을 가까이 놓고 수시로 수지독송하는 가운데 자연히 그 법문의 실지에 젖어 들 수 있다. "독서를 삼백 번하면 뜻은 스스로 통해진다[讀書三百意自通]"는 말도 있다. 다시 말하면 경전 속의 가르침을 읽고 또 읽고 행하고 또 행하다 보면 경전이 나요 내가 경전이 되어서 드디어는 우주 만유 현실 모두가 경전 아님이 없게 된다는 뜻이다.

더욱이 사람마다 근기가 각각이고 그 근기에 따라 가야 할 수행의 길 또한 각각이어서 어떠한 길에서 결정적 계기를 만날지 알 수 없다. 자기 근기에 맞는 법문과 마주칠 때 뇌리는 섬광처럼 빛나고, 한 가닥 실마리가 풀리면 나머지도 차례로 풀려서 이른바 이무애사무애(理無碍事無碍)의 경지에 들 수 있는 것이 수행이다.

이 모두는 법문을 지극히 소중하게 받들고 실행하는 데서 가능한 것이다. 그러므로 수행자는 마땅히 고금의 경전을 가까이 해야 한다.

물론 문자에만 집착하고 그 뜻을 찾아 실행하는 데 소홀해서는 안 되며 문자를 넘어선 경전 내용의 실상을 찾아가는 데 적공을 기울여야 한다. 이렇게 되면 잘못된 길에서 헤매거나 낭비하거나 허송하는 일 없이 바로 바르고 빠른 길에 들어설 수 있을 것이다.

자기 근기에 맞는 법문과 마주칠 때
뇌리는 섬광처럼 빛나고
한 가닥 실마리가 풀리면 나머지도 차례로 풀려서
이른바 이무애 사무애의 경지에 들 수 있다.

마음생활의 삼대 요소

[三學]

   이 세상 모든 사물에는 그 존립을 가능하게 하는 기본 전제가 있다. 또는 그것을 구성하는 강령이 있고 요소가 있다. 예를 들면 신체의 삼대 영양소로 단백질·탄수화물·지방이 있고, 식물의 삼대 비료성분으로 질소·인산·가리가 있으며, 우리 인간 삶의 삼대 요건으로 의·식·주가 있고, 국가의 삼대 구성 요건으로 국민·국토·주권이 있다.

   이와 마찬가지로 우리 마음, 우리 인격체도 이를 구성하고 총괄하고 버티며 앞날을 열어 갈 수 있는 삼대 강령이 있다. 이것을 불교에서는 정·혜·계(定·慧·戒) 삼학이라 하고, 원불교에서는 정신수양·사리연구·작업취사(精神修養·事理硏究·作業取捨) 삼학이라 하며, 수양력·연구력·취사력을 삼대력이라 한다. 원불교와 불교가 비록 표현은 다르나 실상은 맥락을 같이 하면서 수행 생활의 기준이 되도록 했다.

   이 삼학과 삼대력은 우리 마음 버팀목의 삼대정족(三大鼎足)이요, 마음 구성의 삼대 강령이요, 마음공부의 삼대 강령이요, 무한 미래를 열어 갈 삼대 방향이며, 모든 수행가·도덕가의 수련법을 수렴하는 삼대 맥락이자 근간이다. 더 중요한 사실은 우리 마음들이 안고 감당해야 할 모든 문제 해결의 관건이자 열쇠(key)라는 것이다. 어떤 문제든 이 삼학으로 해결해 가게 되어 있다.

오늘날 각종 수련단체가 탄생하여 각각 다른 방법으로 수행지도를 하고 있으나 모두 이 삼학·삼대력에서 벗어날 수 없다. 오히려 이 모든 수행법을 수렴하는 의미로서의 삼학이요 삼대력이다. 수행에 관심이 없거나 인연이 없는 사람들은 이 말뜻을 이해하기도 어렵고 수긍하기도 어렵겠지만 마음공부에 뜻을 가진 사람이라면 반드시 이에 대한 이해를 확실히 하여야 하는 필수적인 문제이면서 마음공부의 요령을 더위잡는 기초이다.

삼학을 보다 압축적으로 표현하면 수양·연구·취사(修養·硏究·取捨)이다. 그 취지를 요약하면 정신을 '수양' 하자는 것이요, 일과 이치를 '연구' 하자는 것이요, 육근동작을 할 때에 '취' 할 것과 '버릴' 것을 가려서 하자는 것이다. 이것을 한마디로 표현하면 '온전한 생각으로 취사하는 것' 이다.

삼학은 우리 정신생활의 삼대 요건으로, 사람이 무슨 일을 하든 그 일을 이뤄 내기 위해서는 이 세 가지 정신작업이 동원돼야 한다. 도둑질을 하는 데도 '온전한+생각으로+취사해야' 하는 공식이 동원된다. 큰일은 큰일대로, 작은 일은 작은 일대로 각각 그에 상응하는 삼학공식이 동원된다. 이 삼학공식이 밀도 있게 잘 동원되면 무슨 일이든 완벽하게 이룰 것이요, 엉성하게 동원되면 엉성하게 이룰 것이요, 삼학공식이 동원되지 못하거나 미약하면 이루지 못할 수밖에 없다.

그러므로 이 삼학으로 단련된 삼대력을 얻는 것이 매우 중요하다. 삼대력을 충분히 얻고 나면 이 세상 그 어떤 것도 감당하지 못할 일이 없다. 더 나아가 생사자유와 윤회해탈과 이고득락(離苦得樂)까지 모두 가능해진다.

사실 삼학을 알았거나 몰랐거나, 우리의 정신생활은 이 삼학에 따라 이루어져 왔다. 비록 삼학이라는 말을 몰라도, 일을 당하면 거기에 '정신집중'을 하고 그 다음에는 문제 해결을 위한 '궁리'를 하고 그 다음에는 취사선택의 '결단'을 내리지 않던가. 본능적, 자동적으로 삼학이 동원되는 것이다. 그러면서도 삼학을 의식하지 못하는 것은 사람이 공기를 마시고 살면서도 공기 마시는 줄을 모르는 것과 같다. 육신이 의식주를 떠나서 살 수 없듯이 이 삼학을 떠나서는 정신생활을 영위할 수 없다.

사람뿐만 아니라 저 동물의 세계까지, 적어도 감각을 가지고 사는 생물이라면 모두 삼학을 동원하면서 산다. 고양이가 쥐라는 먹잇감을 앞에 놓고 취하는 행동을 보자. 일단 주시하여 집중한다. 그리고 결정적인 찬스를 잡으려는 궁리를 한다. 그리고 '찬스다' 싶으면 결단을 내려서 덮친다. 이것이 삼학이다. 유정물이라면 모두 가지고 살아가는 이 삼학은 마음의 존립을 지탱하게 하는 삼대 요소요, 삼대 버팀목이다.

다만 그 원리를 알고 하느냐 모르고 하느냐가 다르고, 삼대력의 실력을 길러 하는 것과 그러한 실력 없이 하는 것은 천지차이이다.

　또한 삼학은 우리 정신의 보고(寶庫)를 찾아가는 삼대광맥(三大鑛脈)이라고도 할 수 있다. 깊이 파고들어 갈수록 한량없이 소중한 보물들이 들어 있기 때문이다. 아무리 파내서 써도 다함이 없을 만큼 많은 보배가 매장되어 있는 곳이 바로 수양·연구·취사의 삼대광맥이다. 삼천대천세계에 가득 찬 칠보보다 더 많고 더 값진 보배들이다. 이 광맥을 찾아 파고들어 가 보배를 거두어 활용할 수 있게 해주는 것은 역시 수양·연구·취사라는 삼대력의 실력이다. 이 실력이 있는 자는 무한 계발하여 활용할 것이나 실력이 없는 자는 전혀 불가능한 일이요 그림의 떡일 뿐이다. 그러므로 삼학공부를 통해 삼대력의 실력을 길러야 한다.
　이러한 삼학의 원리를 요약하여 밝힌 정산종사(원불교 2대 종법사)의 법문이 있다. 독자들의 이해를 돕기 위해 그 내용을 도표화해서 밝히고 약간의 설명을 부언하고자 한다.

　정신에는 두 가지 측면의 과제가 있는데 하나는 닦아 내야 할 측면이요, 다른 하나는 길러야 할 측면이다. 정신세계에 낀 망령된 찌꺼기는 어떻게든 닦아 내어 맑히고, 본래 성품의 진면목은 잘 살아나도록 길러 가야 한다.

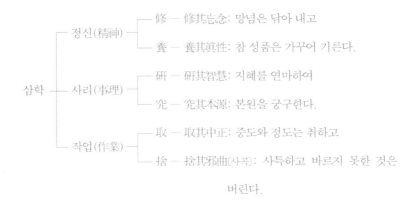

사리, 즉 일과 이치를 상대로 할 때의 두 가지 과제는 일과 이치를 비춰 보는 거울인 지혜를 단련하여 더욱 밝히는 일과 사리의 근원을 궁구해 들어가는 일이요,

작업, 즉 육근동작을 하며 모든 업을 지어 갈 때에 선업은 쌓고 악업은 청산하기 위한 두 가지 과제가 있으니 바로 중정(中正)은 취득하고 삿되고 바르지 못한 것은 끝없이 버리는 일이다.

삼학공부의 구체적인 방법을 살펴보자.

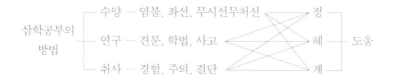

수양

틈나는 대로, 또는 틈을 내서라도 염불과 좌선으로 일심을 기

르고, 평소에 무시선 무처선으로 그 일, 그 일에 일심을 기울이는 공부를 해나가는 가운데 계공부와 혜공부의 도움을 받아야 한다.

연구

평소 견문을 넓혀서 식견을 높이고, 법을 배워서 공부법을 익히고, 생각을 궁굴려서 일과 이치를 연마하는 가운데 정공부와 계공부의 도움을 받아야 한다.

취사

평소 경험을 많이 쌓아 사물에 대해 많이 익히고, 하는 일마다 주의를 기울여서 잘못을 줄여 가고 결정적 고비마다에서 끊고 맺고 취하고 버리는 결단의 실력을 기르는 가운데 정공부와 혜공부의 도움을 받아야 한다.

삼학공부를 해나가는 과정에서 <u>스스로</u> 현재의 공부 정도를 점

검하고 파악할 수 있는 '삼대력 정도 측정 방식'이 있다.

수양력 측정

정시(靜時), 즉 염불이나 좌선을 할 때 마음 나가는 횟수가 많거나 자주 있으면 부족한 것이요, 마음 나가는 횟수가 적어질수록 수양력이 높아지는 것이다.

동시(動時), 즉 움직일 때 식·색·재·명·안일 등 오욕과 평소 좋아하는 것에 많이 끌리면 부족한 것이요, 그 끌림이 적고 담박해질수록 수양력은 높아지는 것이다.

연구력 측정

안으로 경전해독과 성리연마가 안 되어 막힘이 많으면 부족한 것이요, 반대로 잘 되어 어떤 부분도 막힘이 없어져 가면 연구력이 높아지는 것이다.

밖으로 사물판단 능력이 정확하지 못하면 부족한 것이요, 사물마다 판단이 적중하면 연구력이 높아진 것이다.

취사력 측정

안으로 일기 쓴 내용과 계문실행의 정도가 부실하면 부족한 것이요, 확실하고 높으면 취사력이 높아져 가는 것이다.

밖으로 수시응변(隨時應變: 그때그때 처한 상황에 따라 변화함)의 능력이 없어서 매번 적중하지 못하면 부족한 것이요, 수시응변의 능력이 있어서 매번 적중하면 취사력이 높은 것이다.

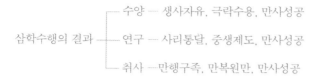

삼학수행의 결과 ┬ 수양 ── 생사자유, 극락수용, 만사성공
　　　　　　　　├ 연구 ── 사리통달, 중생제도, 만사성공
　　　　　　　　└ 취사 ── 만행구족, 만복원만, 만사성공

　삼학수행을 열심히 하고 꾸준히 하면 드디어는 결과가 나타날 것이다.

　수양의 결과는 마음을 자유롭게 하는 힘이 생기니 생사를 자유로 하며 극락을 수용하고 만사를 성공시켜 갈 수 있다.

　연구의 결과는 마음 지혜가 밝아지므로 일과 이치를 통달하고〔萬事通達〕 끝없이 법을 생산해 내어 중생을 제도하며 만사를 성공시켜 갈 수 있다.

　취사의 결과는 실천력이 생겨나서 일만 선행이 구족해짐에 따라 만복이 원만하여 만사를 성공시켜 갈 수 있다.

　저축 삼대력

　저축 삼대력은 정기훈련기간이나 일이 없을 때 미리 단련하는 삼대력으로 이때의 수양공부는 염불과 좌선이고, 연구공부는 경전연습 · 성리연마 · 의두연마이며, 취사공부는 수행일기를 쓰고 계문 지키는 것을 감시, 점검하여 범과를 줄이는 공부이다.

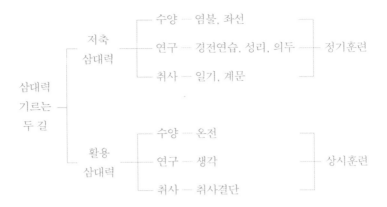

삼대력
기르는
두 길

저축
삼대력
- 수양 ─ 염불, 좌선
- 연구 ─ 경전연습, 성리, 의두 ─ 정기훈련
- 취사 ─ 일기, 계문

활용
삼대력
- 수양 ─ 온전
- 연구 ─ 생각 ─ 상시훈련
- 취사 ─ 취사결단

활용 삼대력

　활용 삼대력은 상시훈련기간이나 일 있을 때 현장생활을 하면
서 단련하는 삼대력으로 이때의 수양공부는 경계를 당할 때마다
일단 멈추어서 '온전'을 회복하는 것이요, 연구공부는 사물에 대
한 생각을 궁굴려서 바른 판단을 얻는 것이요, 취사공부는 어떠
한 경우에도 옳은 것은 과감히 취하고 그른 것은 과감히 버리는
취사결단의 공부이다.

고양이가 쥐라는 먹잇감을 앞에 놓고 취하는 행동을 보자.

일단 주시하여 집중한다.

그리고 결정적인 찬스를 잡으려는 궁리를 한다.

그리고 '찬스다' 싶으면 결단을 내려서 덮친다.

이것이 삼학이다.

날마다 닦아야 할 아홉 가지 길

[교강 9조]

교강(敎綱)이란 공부해야 할 내용의 총 강령이요, 교리의 총 강령이다. 강령이란 벼릿줄과 같이 모든 내용을 총섭하여 안고 있는 핵심을 의미한다. 핵심이면서 모두를 포함하고 있고, 포함하면서도 중요 맥락을 이루고 있다.

원불교 교리는 진리를 상징하는 ○을 중심으로 신앙과 수행의 두 문을 설정해 놓고 신앙문에 인생의 요도(要道: 요긴하고도 바른 길)로서 사은(四恩)과 사요(四要)를, 수행문에 공부의 요도로서 삼학(三學)과 팔조(八條)를 담고 있다. 먼저 사은은 일원상의 진리〔궁극적 진리〕를 네 가지(천지은·부모은·동포은·법률은)로 분류해서 설명한 것이다. 사요는 인류사회를 향상, 발전시키기 위해서 모든 인류가 함께 실천해 가야 할 네 가지 요긴한 덕목(자력양성, 지자본위, 타자녀 교육, 공도자 숭배)을 말한다. 삼학은 인간의 도덕성을 회복하고 인격을 원숙시켜 가는 세 가지 공부법(정신수양, 사리연구, 작업취사)을 말한다. 마지막으로 팔조는 삼학 수행의 원동력이 되는 신·분·의·성(信·忿·疑·誠)의 진행 4조와, 삼학수행을 방해하는 불신 · 탐욕 · 나 · 우(不信 · 貪慾 · 懶 · 愚)의 사연 4조를 말한다.

구체적 이해를 돕기 위해 다음 교리 체계도를 제시한다.

교리 체계도

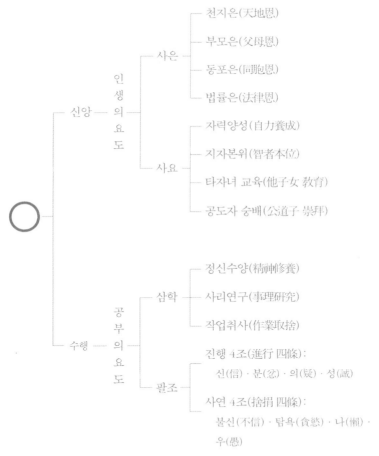

이처럼 원불교에서는 인생의 요도와 공부의 요도를 '교강 9조'에 담아 일상에서의 수행을 강조한다. 구체적으로 삼학은 1·2·3조, 팔조는 4조, 사은은 5조, 사요는 6·7·8·9조에 담고 있다.

교강 9조는 비록 원불교 교리의 총체이긴 하나 영생의 삶 속에서 가장 합리적이고 효율적인 삶을 추구해 가려면 누구나 따라야 하는 조항이요 강령이다. 우리 삶에 전방위로 영향을 미칠 수 있는 묘방이기 때문에 일상수행의 요법이라 한 것이다.

그래서 "이 교강 9조를 외우고 또 외우고 실행하고 또 실행하면 성불에 족하리라"고 하였다. 그리고 때때로 살피고 날로 달로 살피도록 했다. 구체적으로 살피는 내용을 보자.

일상수행 반조(返照) 공부

오늘도 심지에 요란함이 있었는가 없었는가. 〔大人根性〕

오늘도 심지에 어리석음이 있었는가 없었는가. 〔大人聰明〕

오늘도 심지에 그름이 있었는가 없었는가. 〔大人德性〕

오늘도 신·분·의·성의 추진이 있었는가 없었는가. 〔萬事成功 原動力〕

오늘도 감사생활을 하였는가 못하였는가. 〔大相生力〕

오늘도 자력생활을 하였는가 못하였는가. 〔主權回復〕

오늘도 성심으로 배웠는가 못 배웠는가. 〔智者〕

오늘도 성심으로 가르쳤는가 못 가르쳤는가. 〔指導者〕

오늘도 남에게 유익을 주었는가 못 주었는가. 〔大經世家〕

이 말이 평범하여 쉽게 생각하고 가볍게 넘길 수 있으므로, 여기서 교강 9조의 뜻을 더 심층적으로 밝혀 보고자 한다.

앞의 법문에서도 밝힌 바와 같이 대인(聖人)의 근성과 총명과 덕성을 1·2·3조에서 갖추게 했고, 만사성공의 원동력을 4조에서 얻게 했고, 대상생력을 5조에서 얻게 했고, 완전한 주권을 6조에서 획득하게 했고, 7조에서 스스로 지자(智者)가 되도록 했고, 8조에서 스스로 지도자(指導者)가 되도록 했고, 9조에서 스스로 대경세가(大經世家)가 되도록 했다.

이 모든 것을 깊이 살펴보면 교강 9조야말로 대승수행의 대로를 활짝 열어 준다는 것을 확인할 수 있다. 대승수행법이란 어떠한 상황에서도 서로 수행할 수 있고 어떠한 처지의 생령이라도 구제할 수 있는 수행법을 말한다. 이른바 일체 중생을 다 구제할 수 있는 수행법인 것이다.

그 증거를 구체적으로 들어 보자.

교강 9조는 들이대는 대로 다 활용할 수 있는 묘법이다. 공부의 요도와 인생의 요도 모두를 수행을 통해 단련함으로써 여래의 틀을 기본부터 확실히 다져 갈 수 있게 했다. 바로 이것이 자각각타(自覺覺他)의 길이다. 교강 9조는 비록 평이하지만 절묘하게 설정되어 있어서 우리를 대승수행의 길로 인도하고, 나아가 가정을 다스리고 기업체나 단체를 경영하고 국가를 다스리는 데에도 얼마든지 응용할 수 있다.

먼저 가정에서는 가족 모두가 요란·어리석음·그름이 없어야 하고, 신·분·의·성으로 늘 전진해야 하며, 서로 감사하고, 각자 자력생활을 위주로 하며, 늘 자기 업무를 심화시키는 배움이 있어야 하고, 서로 잘 할 수 있도록 가르침을 베풀며, 가족 전체를 위하는 공익심을 가지고 산다면 그 가정이야말로 큰 은혜를 입게 된다.

이러한 원리는 기업이나 단체에도 적용된다. 국가를 다스리는 데에도 국민 모두를 요란·어리석음·그름이 없게 하며, 신·분·의·성의 추진이 멈추지 않게 하고, 한 사람 한 사람이 감사생활·자력생활을 하며, 국민 모두가 배우고 가르치고, 오직 국가를 위한 공을 우선하는 마음, 마음들이 자리 잡게 되면 그 국가는 번영하고 상서로움으로 충만할 것이다.

이처럼 교강 9조는 들이대는 대로 쓰이고, 쓰는 만큼 효험이 보장되는 절묘한 법이다. 따라서 마음공부도 여기에서 시사받아야 하고, 가정을 다스리고 기업을 경영하고 단체를 이끌고 국가를 통치하는 데에도 여기에서 비법을 찾아야 한다.

교강 9조를 외우고 또 외우며 실행하고 또 실행하는 사이에 안으로 수행실력이 쌓이고, 밖으로 역량은 무한 신장되어서 가정과 직장과 일터마다에서 업무 효율은 높아지고, 아름답고 상서로움이 가득할 것이며, 성불을 향한 단련과 제중의 실력까지 함께 갖추는 묘방이 될 것이다.

교강 9조를 기업 경영에 응용할 방안을 좀 더 강구해 보자.

기업의 총책임자가 마음의 요란함을 없애는 공부를 하여 순숙되면 어떠한 순역풍파에도 흔들림이 없어서 밖으로부터의 어떠한 외풍도 능히 막아 낼 것이요, 어리석음을 없게 하는 공부를 하여 순숙되면 일의 선후본말(先後本末)과 이해득실(利害得失)과 시비진가(是非眞假)를 훤히 내다봄으로써 어떠한 미혹에도 빠지지 않을 것이요, 그름을 없애는 공부를 하여 순숙되면 경영상의 비법(非法), 범법(犯法), 편법(便法)이 사라지고 정법정도와 원칙이 살아나서 탄탄대로가 열릴 것이요, 불신·탐욕·나태·우치를 제거하는 공부를 하면 모든 재앙의 근본이 사라지고 소신과 분발과 의두의 문제의식과 일관된 정성심으로 매사를 추진해서 정체가 없을 것이요, 만나는 곳마다 감사 보은하는 마음이 되어 많은 도움을 이끌어 낼 것이요, 자력양성의 공부로 자주력·자활력·자립력을 길러 튼튼한 기반이 확립될 것이요, 끝없이 배워서 견문을 넓히니 전문화가 심화될 것이요, 구성원들을 끝없이 가르치고 바로 세워 업무수행의 효율이나 질이 높아질 것이요, 공익정신을 충만시켜 갈 것이니 사회와 구성원들로부터 존경을 받아 더 큰 협조를 이끌어 낼 것이다. 이렇게 된다면 기업은 기업대로 발전하고, 역량은 역량대로 성장하고, 공부실력 또한 날로 달로 달라질 것이 분명하지 않은가. 따라서 기업과 단체의 구성원 한 사람

한 사람이 다 그와 같이 할 때 개개인은 물론 집단 전체에 참으로 큰 경사가 될 것이다.

이 어찌 대승수행법이 아니며, 어찌 공부와 사업이 함께 성공하지 않을 수 있겠는가. 그야말로 들이대는 대로 쓰이고, 쓰이는 대로 성공할 수 있는 비법이다.

교강 9조: 일상으로 길들여야 할 필수항목

앞서 교강의 종합적 취지를 대강 설명했는데 지금부터 각 조항별 뜻을 좀 더 밝힌 자료를 첨부하여 마음수행의 길잡이가 되게 하고자 한다.

1) 자성의 '정'과 '혜'와 '계'를 세우자. [1,2,3조]

사람이 영생을 살아갈 때 자기중심이 어느 정도는 확립되어 있어야 한다. 그 내용이 자성의 정(定)과 자성의 혜(慧)와 자성의 계(戒)이다. 이 세 가지가 상당한 수준에 이르면 자기 스스로 자신을 믿을 수 있고 주위에서도 신뢰할 수 있어 그 어떤 큰일이라도 맡길 만하다. 반대로 부실하면 자기 스스로도 믿을 수 없고 주변 사람들도 믿지 않을 뿐만 아니라 무슨 일을 맡기더라도 감당할 수 없다.

그런데 정 · 혜 · 계를 방해하는 요소가 있다. 바로 '요란함'과

'어리석음'과 '그름'이다. 마음 가운데 요란함이 있으면 '정'이 확립될 수 없고, 어리석음이 있으면 '혜'가 확립될 수 없고, 그름이 있으면 '계'가 바르게 설 수 없다. 이것이 미묘한 마음세계의 문제이다.

대개 '요란'한 것은 자기 뜻에 반(反)하거나 비위가 거슬릴 때 나온다.

'어리석음'은 곧 무지이니, 이는 여러 경계에서 오지만 대표적인 것은 자기라는 상(相), 자존심 때문이다. 상에 걸리면 집착이 되고 집착에 가리면 무명으로 연결되어 진리를 믿지 않고 자타간에 속이려 하고 자기를 과장하고 자기의 잘못을 줄이려 위장하게 된다. 여기서부터 어리석음은 출발한다. 그래서 불교에서는 처음부터 끝까지 사로잡히지 않는 것이 참 불법이라 하였으나 그 참 불법에 집착하는 것도 용납하지 않았다. 허공을 둘러보아 실오라기만한 것 하나에도 구속되거나 묶이지 않을 때가 대해탈이요 대자유이며 여기에서 깨달음도 나오는 것이다.

'그름'은 여러 가지가 있지만 제일 잘 표출되는 경우가 '욕심'이 원인이 될 때이다. 명예나 지위나 물건이나 욕심을 내면 그것을 차지하려는 마음 때문에 바른 것은 무너지고 그름이 생긴다.

그러니 마음상태를 예의 주시하고 있다가 요란·어리석음·그름이 작용하면 즉시 정·혜·계로 대치하자는 것이다. 물론 초심자에게는 마음을 굽이굽이 더듬어 안다는 것이 대단히 어려운 일이다. 처음에는 애써 하다가 다음은 챙겨서 하고 나중에는 챙기지 않아도 저절로 수월해지는 단계까지 길들여야 한다. 공부가 이 수준에 이르면 역량이 신장되고 축적되어 여기에서 법이 나오고 도가 나오고 모든 경전이 나온다.

'요란, 어리석음, 그름'은 나누어 보면 각각이나 어느 하나에 걸리면 다른 두 가지로 번지고 결국 하나가 되어 죄업을 짓게 된다.

'요란'에서 출발하여 그르고 어리석게 되기도 하고, '어리석음'에서 출발하여 요란하고 그르게 되기도 하고, '그름'에서 출발하여 어리석고 요란해지기도 한다.

'요란'에 빠져 있으면서도 자각(自覺)하지 못하는 것은 '요란 하우(下愚)'요,

'어리석음'에 빠져 있으면서도 자각하지 못하는 것은 '어리석음 하우'요,

'그름'에 빠져 있으면서도 자각하지 못하는 것은 '그름 하우'이다.

이 모든 하우에 걸려 있으면 결국 삼악도에 빠지고 만다.

그러므로 요란함도 어리석음도 그름도 원래 없는 공(空)의 자리를 회복해서 자유자재하는 실력을 기르는 것이 절실히 요청된다.

요란 · 어리석음 · 그름의 강령

요   란 ⟨ 내: 희로애구애오욕으로 출렁이는 마음
         외: 경계 따라 움직이는 마음

어리석음 ⟨ 내: 진리를 믿지 않으려는 마음
         외: 속이려는 마음(위장, 가장, 척, 사상四相)

그   름 ⟨ 내: 양심을 버리는 마음
         외: 남을 해코지하려는 마음

경계(境界)에 대치하는 요령

경계란 앞서 밝힌 바와 같이 활용하면 공부소재요, 아니면 오히려 방해꾼이 된다.

평소에

남이 겪는 경계도 주시하고 연마하여 교훈을 얻어 참고한다.

응용의 형세를 보아 미리 준비한다.

경계 단계에서

1. 경계가 오면 일단 말려들지 말라.
2. 그리고 멈추어서 경계를 주시한다.
3. 주시하다 그 경계의 이면 소식까지 투시하여 모두 파악한다.

4. 파악한 후에는 모두 놓고 경계 오기 전으로 돌아가 어디에도 걸리지 않는 마음을 챙긴다.

5. 어디에도 걸리지 않는 마음으로 당면한 경계에 대한 대처 방안을 강구한다. 〔주종, 본말, 경중, 선후를 찾아서〕

6. 강구된 방안에 따라 오직 당처, 당처에 불공의 정성으로 풀어 간다. 〔진리불공, 사실불공 아울러서〕

경계 후에

경계가 지난 후에는 잘잘못을 평가하여 잘된 점은 더욱 발전시키고 미흡한 점에 대해서는 원인규명 후 이를 보완하기 위한 노력을 평소에 일관되게 기울인다.

일이 잘못되었을 때 남의 탓으로만 돌리는 것은 자기 발전을 꾀하지 않는 것으로 원망만 낳을 뿐이요, 자기 탓으로 돌리는 것은 자기 자신을 원숙시켜 가는 길이다.

온전한 생각으로 취사하는 세 단계

1단계 : 일단 멈추어서 온전을 회복하고

2단계 : 온전한 생각으로 궁글려서 정확한 판단을 얻고

3단계 : 판단 결과에 따라 옳은 것만을 취하여 실천한다.

교강9조 가운데

1조는 '자성 정' 세우는 것을 비롯하여 그 일, 그 일에 일심까지 기울여 일행삼매(一行三昧), 일상삼매(一相三昧)까지 얻자는 것이다.

2조는 '자성 혜' 세우는 것을 비롯하여 모든 일, 모든 이치에 알음알이를 얻어 이무애사무애(理無碍事無碍)하자는 것이다.

3조는 '자성 계' 세우는 것을 비롯하여 수신제가치국평천하의 모든 작업에까지 취사공부를 하자는 것이다.

(정산종사 법어 경의편 13장)

비공부인의 삼학은 부지중 삼학, 주견 없는 삼학, 임시적 삼학이요, 공부인의 삼학은 공부적 삼학, 법도 있는 삼학, 간단없는 삼학이다.

(정산종사 법어 경의편 14장)

자성 정, 자성 혜, 자성 계란 자성을 떠나지 않는 정·혜·계, 즉 동정간불리자성(動靜間不離自性)의 경지에 이른 '정·혜·계'이다.

자성 정 : 정을 하고자 하는 주체와 정으로 길들임을 당하는 객체가 따로 없이 오직 하나가 되었다가 경계가 오면 무의식적으로 정이 발로(發露)되는 경지

자성 혜 : 혜를 찾는 주체와 찾음을 당하는 객체가 따로 없이 오직 원만구족을 함축하고 있다가 경계가 오면 무의식적으로 혜가 발로되는 경지

자성 계: 계에 입각하려는 주체와 계에 길들임을 당하는 객체가 따로 없이 오직 무위의 자리에 머물렀다가 경계가 오면 무의식적으로 계가 발로되는 경지

이는 끝없는 적공을 들인 결과 이미 습관이 되고 체질이 되어 잠재의식저장탱크(제8식)에 정·혜·계가 충만해 있어서 특별히 공을 들이는 수고 없이 저절로 이르는 경지이니 소도 사람도 간데 없고 일원상만 남는다.

2) 도가에서 가장 중요한 '신(信)'

1·2·3조가 삼학공부로 수행을 해나가는 데 쇠스랑의 세 발과 같이 중요한 기둥 축이라면 4조인 신·분·의·성은 그 공부를 진행시키는 추진력이다.

그중 도가에서 가장 중요시하는 것이 신(信)이다. 법문에서도 밝힌 바와 같이 도가에서는 "공익활동을 하는 공덕과 베푸는 공덕 등 여러 가지가 있지만 그중 으뜸가는 공덕은 신심 없는 사람을 신심 나게 하는 것"이라고 하였다.

법이 공급되는 통로는 신맥(信脈)이다. 신맥을 통해 법이 점점 흘러들어 인격화되는 것은 마치 혈관을 통해 여러 가지 영양소를 신체 구석구석에 공급하는 것과 같다. 신맥이 없으면 아무리 억수같이 법우(法雨)를 퍼부어 주어도 결코 받을 수 없다.

그러므로 신심 없이는 가장 근본적 기초가 형성되지 않기 때문

에 신심 불러일으키기를 우선으로 해야 한다.

그런데 믿음의 신(信)과 의심의 의(疑)는 바로 이해하기 어려운 측면이 있다. 일반적으로 의심이 있으면 믿지 않고 믿음이 있으면 의심이 없다는 모순 개념으로 생각하기 쉽다. 그러나 도가에서는 신이 십분이면 의심도 십분이고 의심이 십분이면 깨달음이 십분이라는 연장선상의 개념으로 쓴다.

신에 근거하지 않는 의심은 호의(狐疑)다. 이 호의는 스승도 저울질하고 법도 저울질하여 스승과 어깨를 겨루려 하고 자기의 의견과 스승의 법 사이에 우열을 견주려 한다.

마군이를 능히 항복받은 스승의 인격은 상식적인 판단과 재색명리 등의 상상으로는 이해할 수 없다. 높고 높은 정신세계에서 거닐고 있는데 우리 범부 중생들의 사량으로 측량할 수 있겠는가.

따라서 사(邪)가 끼지 않은 깨끗한 '정신(正信)'은 나무가 옥토에 정착하여 뿌리박은 것과 같고 '호의(狐疑)'는 나무가 뿌리박지 못하여 이리저리 뒹구는 것과 같다. 정법회상(正法會上)에서 호의를 품고 있는 것은 제일 큰 불행이다.

우리는 '정신(正信)'을 가지고 있는가, '호의(狐疑)'를 가지고 있는가? 정신으로 들어갈 때만이 모든 법문이 현애상(懸崖相)이나 관문상(慣聞相)에 걸려들지 않고 바로 들어와 우리의 피와 살이 된다. 법어마다 주세불(主世佛)의 자비경륜이 차곡차곡 담겨 있다는 사실을 깊이 깨달아서 '바른 믿음'을 살려 일으켜야 한다.

3) 분발(忿發)은 우리 혼의 생명력

어떤 것에 확신이 서면 그 소중함을 알게 되고, 거기에 절대가치가 있는 줄 알게 되면 분발(忿發)이 일어난다. 학생이 공부를 하고 학자가 학문을 연구하고 사업가가 사업을 하는 데도 분발이 빠지면 결코 이루어질 수 없다. 하물며 도가에서 성위에 오르기 위해 계율을 지키고 수행의 모든 일과를 지키는 데 분발이 빠지고 될 수 있겠는가. 그러므로 모든 일을 해나갈 때 분발을 유도해야 한다. 분발을 자극하고 분발을 촉구해야 한다.

분발을 마비시키는 것은 쉬운 일이나 분발이 마비되면 우리의 정신상태는 마치 계란 곯는 것과 같다. 특히 나태로 편안한 것은 우리 혼의 생명력까지도 썩게 만드는 백해무익한 것이다.

권선징악은 분발을 촉구하는 기능이 있다. 권선은 선에 대한 분발을 촉구하고 선에 대한 분발 생명력을 자극하는 것이요, 징악은 악에 대해 호된 질타로 분발을 촉구하여 분발 생명력을 되살리려는 것이다.

주변에서 혹은 내 스스로가 나태로 편안한 것은 개구리를 찬물에 넣었다가 미지근하게 한 다음 서서히 뜨겁게 해서 결국은 죽게 만드는 것과 같다. 그러므로 분발 없는 나태는 주변에서도 용납해선 안 되며 자기 스스로도 용납해서는 결코 안 된다. 이것은 집단적 지혜로도 대처해야 하고 개인수행 차원에서도 대처해야 한다.

또한 분발은 순간순간 일어나는 나쁜 생각들을 좋은 생각으로 바꾼다. 내가 시비를 당해 마음을 아무렇게나 표출하려는 순간에 법도 있는 마음으로 바꾸어 주는 것도 분발이다. 아침 좌선 때 일어나는 잡념을 정념으로 돌리는 순간순간에도 분발이 필요하다.

한 생각을 나툴 때에도 이것이 망념인지 정념인지 대조하여 모든 생각이 정념이 되게 해야 한다. 필불필(必不必)을 대조하고, 옳은 행동인지 망령된 행동인지 가려서 옳은 행동을 선택하고, 옳은 행동 가운데에도 그로 인해 공적으로나 사적으로 크게 효과를 볼 수 있는 것을 선택하는 분발이 필요하다.

사소한 경우라도 편착하는 행동과 그른 행동은 버리고 중정(中正)의 옳은 행동을 취하는 것도 분발이다. 그래서 분발이 우리 행동과 사고의 전 영역에 걸쳐서 작용해 주어야 한다.

분발이 가난하면 우유부단함이 무성하여 옳은 줄 알아도 끊고 맺지를 못한다. 해야 할 일도 우유부단해서 제대로 하지 못한다. 그러므로 공사 간에 분발의 마음을 챙겨서 체질화시키고 생활화 시켜야 한다. 소소한 것에서부터 전 생활 영역과 큰일에 이르기까지 분발을 불러일으켜야 한다.

큰 깨달음을 꿈꾸는 사람이야말로 '부처는 누구고 나는 누구냐' 하고 생사결단의 분발을 일으켜야 한다. 작은 일은 작은 일대로, 큰일은 큰일대로 각각 그에 상응하는 분발이 있어야 결단이 난다. 일체가 다 그러하다.

처음에는 노력해서 분발이 나오지만, 노력하고 노력하여 노력하지 않아도 경계를 대하면 분발부터 나오도록 하자. 분발이 습관화되면 우리의 삶은 경계를 당하는 대로 공을 이룰 것이다.

4) 의두는 깨달음의 열쇠

법문에 '의(疑)'는 모르는 것을 알아내는 원동력이라고 하였다.

고등동물일수록 의심이 있고 하등동물일수록 의심 없는 것이 묘하다. 돼지는 두었다가 다시 먹을 수 있는 것인지 다시 먹을 수 없는 것인지 의심이 없다. 또 더러운 것인지 깨끗한 것인지도 모른다. 의심이 있으면 알아지고 깨달음이 있으면 발전하는데 그것이 없으므로 생물학적 삶의 의미를 벗어나지 못한다.

성인은 물론 우리 보통 사람 중에도 일상생활 속에서 문제의식이 있는 사람은 의심이 있으므로 오늘이 다르고 내일이 다르게 발전한다. 눈을 씻고 다시 볼 정도로 괄목상대한 발전을 거둔다. 의심을 가지고 사는 사람은 생각에 따라 새로운 모습으로 늘 변화한다.

물론 누구나 기본적으로 가지고 있는 의심은 있다. 자기 관심 분야, 즉 예술가는 예술 방면으로, 철학자는 철학에 의심이 나기 마련인데 의심은 마치 손전등과 같아서 의심 있는 방향마다 비춰지고 비춰지는 곳은 훤하게 열려 그 분야만큼은 크게 밝아진다.

도가에서는 진리를 깨닫고 수행을 하고 공사에 전념하기 위한 의심을 갖는다. 스스로 자각하는 의심, 스스로 의심을 만들어 놓고 거기에 매달리는 의심이 있다.

과학자들도 발명을 할 때 모르는 것을 다 알아서 발명하는 것이 아니라 어떤 가설을 먼저 세운다. 가령 전기는 보이지도 않고 들리지도 않지만 반드시 음전, 양전이 있을 것이고 그 음전, 양전이 만나서 불을 밝힐 것이라는 가설을 세우고 연마해 가면 결국은 규명되어 발명에까지 이른다.

그러나 돌멩이로 밥을 만들 수 있을 것이라는 진리에 맞지 않는 가설을 세우면 아무리 해도 밥이 될 수 없다. 그러므로 진리적 원리에 맞는 가설을 세우고 그 원리에 근거한 의심에 매달리는 것이 필요하다. 이러한 의심이 신(信)에 근거한 의심이다.

신에 근거한 의심은 비록 내가 알지 못해도 바른 가정(假定)에서 나온 의심이기 때문에 결국 깨달음으로 이어진다. 불신이 깔려 있는 의심은 가도 가도 더 멀어질 뿐이다.

그러므로 성현들께서 말씀해 준 법문의 곡절을 일단 믿는 것을 전제로 의심을 들고 가려는 자세가 대단히 중요하다. 그리고 이치나 깨달음상의 의심뿐 아니라 평소 시비이해의 일상에서도 어떤 과제를 어떻게 해결할까 하는 의심을 가지고 끝까지 정성을 들여야 한다.

만약 자기의 욕심으로, 혹은 상대를 해치고자 하는 마음으로 의심을 갖는다면 그것은 결과적으로 무서운 업장이 되어 큰 죄를 짓는 일이 되고 그 한도가 차서 폭발하면 자타간에 엄청난 파멸을 초래할 수도 있다. 그러나 스스로를 위하고, 상대방을 위하고, 세상을 위하는 마음으로 끝까지 의심을 향해 걸어 들어가면 바른 해법의 깨달음을 이룬다.

위하는 마음으로 처사를 하면 이래도저래도 복이 되고, 이래도 저래도 덕이 된다. 살려도 덕이고, 칭찬을 해도 덕이고, 꾸중을 해도 덕이 된다.

상대방을 해치고자 하는 마음으로 의심을 걸고 있으면 설령 칭찬을 해도 박덕이고, 안 좋은 말을 했으면 더 박덕이 되며, 위하는 말을 해주어도 해가 될 뿐만 아니라 결국 죄를 짓게 된다.

그러므로 신에 바탕한 의심, 위하려는 마음에 근거한 의심으로 나아가는 것이 복문을 열어 가는 길이다.

"의심 품는 것을 어미닭이 알을 품듯이 하라(母鷄抱卵)"는 말이 있다. 알을 품을 때는 어미닭이 얼마나 간절히 품는지, 먹는 것도 한계상황까지 참고 견디며 생리적인 요구가 있어도 한계상황까지 견디다 잠깐 나와서 한꺼번에 일을 본 뒤 바삐 먹고 다시 알을 품으러 들어간다. 그렇게 하여 10일이 지나도 15일이 지나도 그대로다가 21일이 되는 날 안에서 쪼고 밖에서 쪼는 줄탁동시(啐啄同時)를 통해 드디어 새 생명을 탄생시킨다.

의심을 몇 번 품어 보고 안 된다고 중단하면 정말 아무것도 안 된다. 그러나 의심을 품고 끝까지 궁굴리면 비록 19일, 20일까지도 단단하던 알이 21일 한도가 차면 깨어나듯이 깨달음은 다가온다. 깨달음으로 이어질 때는 그 의심과 맞는 관계에서만 열리는 것이 아니라 어떤 계기가 잠깐 스치는 것을 보고도 그것이 단서가 되어 깨닫게 된다.

"새벽에 별을 보고 도를 깨달았다〔見明星悟道〕"고 하는데 별에 무슨 대소유무의 이치가 있어서 깨달은 것이 아니다. 별이 계기가 되고 단서가 되어 그동안의 의심이 맑게 갠 것이다.

의심 없는 사람은 없다. 자기의 취향에 따라 자작의심(自作疑心)을 만들어 내어 꾸준히 간직하다 보면 그 분야에 대해 밝아지게 된다. 그러므로 안으로 모르는 것을 알아내는 의심, 진리와 성리의 세계를 밝히는 의심, 공사를 하면서 상대방을 어떻게 위해주고 어떤 방향으로 도와줄까 하는 의심, 스스로를 위하고 세상을 위해서 어떤 일을 할까 하는 의심들을 걸어서 굳게 간직해 보자.

5) 만사를 이루려면 '성(誠)'

법문은 읽었으나 체질화시키지 못하고 인격화시키지 못하고 행동으로 옮기지 못하면 저승에 가서 크게 억울한 일이 될 것이다. 일상수행의 요법은 말이 어려운 것도 아니요, 많은 것도 아니니 경계를 대할 때마다 하나하나 실질적으로 실천하여 체질화시켜 가야 한다. 이것을 가능하게 하는 것이 '성'이다.

성이란 간단없는 마음이니 결국 관철하는 마음이다. 하다 말다 하는 게 아니라 한 번 착수했으면 끝까지 해서 기어코 결과를 보고야 마는 것이 만사를 이루려고 할 때 그 목적을 달성하게 하는 '성'이다. 신(信)이 뿌리라면 그 뿌리가 내리고 점점 자라서 결실을 이루게 하는 것은 성이라야 한다.

"불퇴전의 신성만 보장되면 벌써 허공법계에서 성성식(成聖式)이 올려지고 축하잔치가 벌어진다"는 법문이 있다. 불퇴전의 신심으로 뿌리를 박고, 성으로 끝까지 하려는 정신력만 있으면 성불은 보장된다는 뜻이다.

반대로 정성이 없고는 무엇 하나도 결실을 이룰 수 없다. 끝까지 하는 정성, 목적을 기어코 달성하려는 정성이 있어야 한다.

중용에 "성자(誠者)는 천지도야(天地道也)요 성지자(誠之者)는 인지도야(人之道也)"라는 말씀이 있다. 천도는 '정성'으로 본질 자체가 완성된 성이다. 천지의 성은 잠깐도 머뭇거리는 것이 없다. 끊임없이 주야, 사시사철로 진행한다. 그러므로 완성된 성이다.

인도는 정성으로 가는 것이다. 즉, 천도의 성을 찾아 끊임없이 정성스럽게 거닐어 가는 것을 말한다.

널리 배우고(博學), 살펴서 묻고(審問), 신중히 생각하고(愼思), 밝게 변별하고(明辨), 돈독히 실행(篤行)해 가는 가운데 다른 사람이 한 번에 능히 하면(人一能之), 자기 스스로는 백번을 하리라(己百之) 하고, 다른 사람이 열 번째에 능히 하면(人十能之), 자기 스스로는 천 번을 하겠다는(己千之) 각오로 하면 어리석음도 반드시 밝아지고(雖愚必明), 부드러워 약함도 반드시 강해진다(雖柔必强).

(중용)

또 '면면밀밀(綿綿密密)'이라는 말씀이 있다. 정성스럽기는 하지만 정성의 밀도와 정성의 일관성이 어느 정도인가를 측정하여 그 둘이 함께 할 때 면면밀밀이라고 한다. 분발이 출발이라면 정성은 끝까지 밀고 가는 지구력이다. 신, 분, 의가 있다고 해도 정성 없이는 결실을 볼 수 없다. 그러니 이 정성 공부를 체질화해서 공사(公事)나 사사(私事)나 공부와 사업의 결실로 이루어 가자.

여기서 신, 분, 의, 성은 깨달음을 얻고, 도로 들어가는 진행요건(進行要件)이니 끝까지 간직해야 하고 불신, 탐욕, 나태, 우치는 이를 방해하는 요건이니 철저히 버려야 한다. 또 큰 원력이 있어야 바른 '신'이 서고, 신이 나야 '분발'이 생기며, 분발이 생겨야 다시 놓을 수 없는 '의두'가 생기고, 크고 절실한 의두에 걸려야 '정성'이 나오고, 간단없는 정성에서 드디어 '깨달음'을 얻게 된다.

그러므로 수도자는 불신, 탐욕, 나태, 우치를 크게 경계하고 신, 분, 의, 성을 추어 잡는 데 큰 정성을 기울여야 한다.

원불교 수행은 인욕수행(忍辱修行) 일변도로 몰아붙이기보다는, 평소 일과(日課)과정을 성실하고 진실하게 해나가면 그것이 적공이 되어 자기도 모르게 원숙해지도록 되어 있다.

일과생활을 늘 깨어 있는 마음으로 공부 삼아 하면 공부가 그렇게 힘들 것도 부담스러울 것도 없다. 그저 평범하게 지내면서 다만 그 일, 그 일을 일심으로 하는 사이 공부가 이루어져서 수양력이 쌓이고 연구력이 쌓이고 취사력이 쌓여 원숙한 경지에 들게 된다.

성(誠)에 대한 법어

1. 세상만사 정성으로 시작하고 정성으로 추진하고 정성으로 매듭해 감으로써 기어코 자기도 이루고 모든 사물도 이룬다.

2. 성이라 함은 한 번 좋은 발원을 골라 세웠거든 굳게 잡고〔擇善固執〕다시 놓치지 않으며, 이 일을 위해 일단사 널리 배우고〔博學之〕, 자세히 살펴 묻고〔審問之〕, 신중히 생각하고〔愼思之〕, 돈독히 실행〔篤行之〕함이다.

3. 성은 진실이요, 순일이요, 오직 하나요, 한결같음이요, 끝까지요, 오롯이요, 간절함이요, 지극함이다.

4. 지극한 성이 있는 곳에는 돌도 뚫고 철문이라도 열리고야 만다.

5. 지극한 성은 내외가 없고 시작과 끝이 한결같으며, 멈추지도 쉬지도 않는다.

6. 이 세상에 있는 모든 사물은 다 성으로 이루어졌나니 자연산물이나 인조산물이나 성이 빠지고 되는 일은 단 한 가지도 없다.

7. 이 우주는 성의 덩치요, 만유는 성의 산물이며 이 세상에 있는 것 모두 성의 부산물일 뿐이다.

8. 지극한 성에 이르면 그 밝음이 천지신명과 같아서 세상의 흥망성쇠가 그 시계(視界)를 벗어날 수 없다.

9. 지극한 성에 합산되면 천지화육(天地化育)에 동참함이다.

10. 성이 있으면 안 하려야 안 할 수 없고, 미루려야 미룰 수 없고, 게으르려야 게으를 수 없어서 하고 하고 또 하며 끝없이 하는

데 깊이깊이 빠져 할 뿐이다.

6) 감사생활로 돌리자.

세상 모든 것들이 서로서로 은(恩)의 관계로 형성되면 이 세상에는 은혜가 한량없이 풍요로워질 것이다.

"은의 연줄이 끊어지는 것은 생명줄이 끊어지는 것이다."

그러므로 내 영생문제를 태양같이 밝게 활짝 열어 가는 것이 바로 사은 보은의 길이다. 결국 이 공부를 똘똘 뭉쳐서 한 말씀으로 해주신 것이 '원망생활을 감사생활로 돌리자'이다.

좋을 때는 상생을 장만하지만, 때로는 상극을 장만하여 원수를 만드는 등 천방지축으로 살기도 한다. 어떤 경우라도 상생의 은혜로 돌리기 위해 어떻게 해야 할 것인가? 좋은 관계는 감사할 수 있으나 숙겁다생에 뭉쳐 온 원한이 있는 경우라도 유감없이 풀고 감사보은으로 은화(恩化)시킬 수 있는가, 또는 어떤 순경이나 역경이 닥쳐 오더라도 원망을 내지 않고 감사를 발견해서 보은할 수 있는가 생각해 보자.

숙겁다생에 뭉쳐 온 원한은 금생에 약간 불공하는 것으로는 잘 풀어지지 않는다.

오죽하면 미운 사람은 예쁜 데가 없다는 말이 있겠는가. 예쁜 짓을 해도 밉고, 밥 먹는 것도 밉고, 웃는 것도 밉고, 앞 꼭지도 밉고, 뒤 꼭지도 밉고, 가는 것도 밉고, 오는 것도 밉고, 모든 것이 다 밉다는 말이다.

그러나 영생을 보장받으려면 이러한 경우에도 원망생활을 감사생활로 돌리는 공부에 토를 떼야 한다. 그렇지 않고는 어느 경우에든 상극의 인연을 장만할 수밖에 없고 언젠가는 그 상극의 인연을 만나서 괴로움과 해를 당하게 된다.

석가모니 부처님께서 과거에 인욕선인(忍辱仙人)이 되어 공부하실 때 가리왕에게 손을 끊기고 발을 끊기고 다 끊겨 절절지해(節節支解)가 되었을 때도 "내가 조금도 진한이 없었느니라" 하셨다. 그때의 부처님 심경은 "지불책우(智不責愚)라 지혜로운 사람은 어리석은 것을 탓하지 않는다고 했으니 가리왕이 어리석어서 하는 짓을 어찌 탓하랴" 하는 것이었다. 그러니 어떤 경우, 어떤 악조건의 상황에서도 진한이 없었던 것이다.

그러므로 영생까지 보장받으려면 어떠한 경우에도 원망생활을 감사생활로 돌리는 마음을 잃지 말아야 한다. 이 공부의 토를 떼기 위해서 다음 보은성 9조를 제시한다.

보은성(報恩省) 9조

1. 나에게 주어진 은혜를 하나라도 빠짐없이 다 발견하여 감사하고 있는가.
2. 사은과 혈맥이 통하는 은혜를 느끼며 나의 행동 전부가 온통 보은 활동으로 바뀌었는가.

3. 천만역경이 나를 괴롭히고 생명을 위협할지라도 추호의 원망을 일으키지 않고 태연하면서 보은의 마음을 잃지 않겠는가.

4. 숙겁다생에 뭉쳐 온 원한이라도 유감없이 풀고 은화(恩化)시킬 수 있는가.

5. 백 번 잘못해도 백한 번 용서하고 은화해 줄 수 있는 아량이 있는가.

6. 이 은(恩)을 영겁다생토록 변치 않게 할 자신이 있는가.

7. 순역간 일체 경계와 선악인연을 다 같이 은용(恩用), 은화시킬 수 있는가.

8. 시방세계, 육도사생을 남김 없이 은화시키고 일체 생령들 사이에 한 생령이라도 상극 없이 다 상생의 은으로 바꿔 놓을 수 있는가.

9. 천지만물 허공법계와 삼라만상에서 무한한 은을 발견하여 남김 없이 개척, 활용할 수 있는가.

사은에 대한 보은은
우주만유와 윤기가 통하게 하는 길이요,
우주만유를 은(恩)으로 만드는 길이요,
우주만유를 선연으로 만드는 길이요,
우주만유를 복전으로 만드는 길이다.

7) 자력생활로 돌리자.

대산종사(원불교 3대 종법사)는 법문에서 정신의 자주력, 경제의 자립력, 육신의 자활력의 세 방면으로 자력양성의 방향을 제시했다. 자력양성 중에서도 경제의 자립력, 육신의 자활력 모두 중요하지만 정신의 자주력이 무엇보다 근본이 된다. 정신의 자주력을 통해서 우리의 모든 실력이 길러지고, 자주력이 있을 때는 모든 재색명리도 세상을 좋게 하는 데 활용되지만 정신적 자주력이 확립되지 못하면 오히려 재색명리에 모든 것을 빼앗기게 된다.

정신의 자주력이란 쉬운 말로 하면 남의 눈치나 체면을 본다든지 남이 시켜서 하는 것이 아니다. 규칙에 얽매여서 한다든지 별 수 없이 마지못해 하는 것도 아니다. 자기 일을 자기가 찾아서 하는 것이요, 어느 분야든 스스로 새로운 것을 찾아서 개척하는 것이다. 자기 스스로 꾸려 나갈 수 있는 자주력이 있으면 타력도 자력으로 화하는 이치가 있기 때문에 모든 발전과 직결될 수 있지만, 자력생활을 하지 않으면 본래 지니고 있는 자력도 빼앗길 수 있고, 놓칠 수 있다.

사람을 관리할 때도 먼저 자력을 양성해 주어야 한다. 어설피 기대는 곳이 있으면 오히려 자력양성의 저해요인이 된다.

모든 개인과 단체, 국가의 발전까지도 자력양성을 하느냐 못하느냐에 좌우된다. 주요한 정신의 자력은 자신의 영생 죄복 문제를 타력이나 기복신앙에 매달리지 않고 인과의 이치에 따라 스스로 개척해 가려는 것이다. 자력생활이 좋으니까 해야 한다는 차원이 아니라 세상의 흥망성쇠나 개인의 길흉화복의 운명을 스스로 개척해 가려는 것이 자력양성이다.

이러한 자력생활을 한 번 하고, 두 번 하고 자꾸 해서 길들여지면 한다는 마음도 놓고 자연스럽게 절로 이루어지는 수준에 이르게 되며 그때 비로소 수행의 완전한 자주력이 확립된다.

술과 담배의 노예로 살다가 겨우 끊은 사람이 처음에는 끊었다는 상이 있지만 나중에는 술과 담배를 끊었다는 상도 없어진다. 끊었다는 것에 걸려 있는 것은 법상이다. 끊은 것을 끊었다 하는 상에 걸려 있는 것은 비법상이다. 비법상까지 놓아 버리는 경지에 도달하면 완전한 자력을 얻었다 할 수 있다.

그 완전한 자력이 철주의 중심이 되고 석벽의 외면이 되어서 부귀영화로도 그 마음을 달래지 못하고 무기와 권세로도 그 마음을 굽히지 못하는 단계까지 올라서게 되면 참으로 누구나 믿을 수 있는 자력을 갖추었다고 할 수 있다

모든 문제를 자력으로 해내는 단계로 나아가야 전체적으로 자력이 확산된다. 충전하지 않으면 없어지는 자력이 아니라 떨어지려 하면 다시 충전되고 스스로 충전되어 드디어는 무한동력이 되어서 어떤 일이든 성공시킬 수 있는 실력이 바로 자력이다.

자력과 타력의 도

1. 자력과 타력으로 영생을 살아가는 것은 만고의 철칙이다.

2. 자력은 생명이요, 실상이요, 원동력이요, 무한동력이다.

3. 자력을 갖추면 주권을 찾고, 자력을 잃으면 있는 주권도 놓친다.

4. 자력은 타력의 근본이 되고, 타력은 자력의 근본이 된다.

5. 자력이 있으면 타력도 자력이 되나, 자력이 없으면 있는 자력도 지탱하지 못한다.

6. 자력이 없으면 산더미 같은 타력도 무용지물이요, 타력이 없으면 낙락장송 같은 자력도 결국 고사하고 만다.

7. 자력 일변도는 결국 오만에 빠져 입지를 잃게 되고, 타력 일변도는 결국 무기력에 빠져 주저앉고 만다.

8. 타력을 활용하여 자력을 기르고, 자력을 투자하여 더 큰 자력을 기른다.

9. 그러므로 자력과 타력을 아울러 경제의 자립력, 육신의 자활력, 정신의 자주력을 기르고 축적해야 한다.

10. 축적한 자력은 다시 사회로 환원하는 기여(寄與)를 해야 한다. 그 기여의 폭이 넓어질수록 자력 역량은 한없이 신장된다.

이 원리는 개인과 가정과 사회와 기관과 단체와 국가와 교단에 다 같이 적용되는 것이므로 깊이 깨달아 자력을 양성하고 타력을 슬기롭게 활용하자.

8) 잘 배우는 사람으로 돌리자.

법문에 "솔성(率性)의 도와 인사의 덕행이 나보다 우수하면 스승으로 알고 배우라, 모든 정사 하는 것이 나보다 우수하면 스승으로 알고 배우라, 모든 생활에 대한 지식이 나보다 우수하면 그 사람에게 배우라, 학문과 기술 기타 모든 상식에 있어 나보다 우수하면 그 사람에게 배우라" 하였다. 배우지 않고는 지자(智者)가 될 수 없기 때문이다.

소태산 대종사(원불교 교조)도 "나는 지식 넓히는 방법으로 너를 만났을 때는 너에게 배우고, 다른 사람을 만났을 때는 그 사람에게 배워서 하노라" 하였다. 무소부지의 성자도 배우려는 마음이 이러했던 것이다. 공자 역시 "배우는 것을 싫어하지 않는 것과 가르치는 것을 게을리 하지 않는 것, 이 두 가지뿐이라" 하였다.

배울 줄 모르는 사람을 잘 배우는 사람으로 돌리기 위해서는 '지자본위(智者本位)'의 원칙을 따라야 한다. 그럼에도 지자에게 배우기를 꺼려하는 우리의 마음을 들여다보면 그 속에는 상당한 자존심과 아상이 있다. 거기다 자기가 아는 것 외에는 인정하지 않으려 하고, 나이나 자기 지위에 가려서 배우는 일을 자존심이 크게 무너지는 것으로 착각한다. 그러나 배우는 데는 위치나 나이, 권위와 자존심 등 모든 것을 백지로 돌리고 나아가 배우기를 주저하지 않아야 한다.

배우고자 하는 마음을 가지면 이 세계는 끝이 없는 공부 도량이다.

현대사회는 변화무쌍하고 너무 많은 정보와 새로운 사실들이 쏟아져 나오기 때문에 평생 배우는 자세가 체질화되어야 세상을 살아가는 적응력을 갖출 수 있다. 생활에 대한 지식, 학문, 상식에 대한 것도 마찬가지다. 조금 안다는 상(相)이 자기 안에 있어서 배움을 소홀히 한다면 이는 영생을 놓고 볼 때 불운으로 이어진다. 지혜란 단련하는 대로 밝아지고, 지식은 축적하는 대로 쌓이는 법이다.

지혜로운 사람도 어리석은 줄을 모르면 점점 어리석은 데로 떨어지고 어리석은 사람도 자기가 어리석은 줄을 알면 점점 지혜롭게 향상되는 것은 너무도 분명한 사실이다. 그렇기 때문에 자기가 안다는 것에 사로잡히는 것은 오만한 태도이며 공부하는 태도가 아니다.

소크라테스는 "너의 무지를 알라" 하였다. 그만큼 자기가 모르고 있다는 사실도 모르고 있으니 그 사실을 알아야 한다는 말이다. 얼마나 답답했으면 그런 말을 했겠는가. 모르면 오로지 알려고 할 뿐 섣불리 속단하거나 부정해서는 안 된다. 진리의 세계와 솔성의 세계, 일상의 세계를 망라해서 영생을 통하여 끊임없이 배우려는 자세를 가져야 한다.

비료가 식물의 성장을 촉진하는 것처럼, 사람은 배우지 않고는 성장할 수 없다. 본인은 저절로 성장한다고 여길지 모르겠지만 겸허하게 배우지 않고는 아상산(我相山)만 높아질 뿐이다.

모쪼록 내 자존심에 사로잡히지 않고 누구에게나 배울 줄 아는 자세를 체질화해서 영생의 생활습관이 되게 하자.

9) 잘 가르치는 사람으로 돌리자.

"선은 서로 권장하고 악은 서로 징계하라"는 정산종사(원불교 2대 종법사)의 법문이 있다. 끝까지 배우고 끝까지 가르치라는 간절한 의미가 담겨 있는 법문이다.

우선 주위에서부터라도 부족한 것이 있거나 모르는 것이 있다면 어떻게든 가르쳐서 바루어 주어야 한다.

가르치지 않으면 지도자가 될 수 없다. 끝까지 잘 가르쳐야 지도자가 된다. 가르침의 실적이 없으면 지도자의 역량은 자라나지 않는다. 자꾸 가르치는 가운데 제도의 만능을 겸비하는 역량이 생긴다.

가르침의 은혜가 풍성해지는 사회는 어디서 문제가 해결되는지도 모르게 구석구석에서 해결되고 도덕성·생산성·효율성이 높아져서 한없이 은혜 충만한 세상이 될 것이다.

법이 있고, 스승이 계시고, 법 동지가 있고, 끊임없이 배우려는 후진들이 있다. 이와 같이 배우고 가르치는 공부인들의 모습이 있기 때문에 이 사회는 희망이 있는 것이다. 선진이 후진을 가르치지만 후진도 선진을 가르치고, 밑에서도 위를 가르치기도 할 때 가르침의 은혜는 더 풍성해진다.

물속에서 헤엄치는 방법을 이론으로만 배우고 실제로 해보지 않으면 헤엄을 칠 수 없다. 차를 두고 운전하는 법을 배웠을지라도 길거리에 나가서 직접 해보지 않으면 운전은 끝내 하지 못한다.

아는 것도 가르쳐 보아야 참으로 아는 것이 된다. 오만함은 우리가 배우고 가르치는 데 방해가 된다. 참으로 오만의 피해를 알아야 한다.

주역(周易) 겸괘(謙卦)에 천도휴영이익겸(天道虧盈而益謙), 즉 하늘의 도(道)는 다북찬 것, 오만한 것을 헐고 깎아다 겸손(謙遜)한 곳을 도와주고, 지도변영이유겸(地道邊盈而流謙), 즉 땅의 도는 오만한 것을 변형시켜서 겸손으로 흘려 보내며, 귀신해영이복겸(鬼神害盈而福謙), 즉 귀신은 오만한 것을 해하여 겸손한 곳에 복을 주고, 인도오영이호겸(人道惡盈而好謙), 즉 인도는 오만한 것을 미워하고 겸손함을 좋아한다고 하였다.

오만함을 버리고 겸손해질 때 높은 곳에 있어도 빛이 나고 저 밑바닥에 있어도 누가 감히 넘보지 못하는 법이다. 그러니 모든 일을 처신해 갈 때 마음속에 무엇인가 찬 것이 있으면 철저히 버려야 한다.

우리뿐 아니라 주위의 모든 인연들까지도 서로서로 가르치고, 스스로도 가르쳐서 잘 가르치는 사람으로 돌릴 때 가르침의 은혜도 풍성해지고, 스스로도 제도의 만능을 구비한 역량을 갖춘 지도자가 될 것이다.

배움 · 가르침의 道

1. 개인이나 단체의 참 성장, 발전은 배우고 가르치는 데서 촉진된다.

2. 배우지 않으면 지자가 될 수 없고 가르치지 않으면 지도자가 될 수 없다.

3. 솔성과 인륜 도덕에서 학문 · 기술 · 정사 · 생활 · 상식 등에 이르기까지 모든 분야마다 나보다 나은 이에게 다가가서 배우고 또 배워야 한다.

4. 나보다 부족한 곳에는 다가가서 가르쳐야 한다. 자기만 알고 가르치지 않는 것은 빚을 지는 것이다. 맑히고 깨우치고 바루어 주는 가르침을 베풀어 가야 한다.

5. 우월자에게 상대심을 가지고 대하며, 미치지 못함을 보고도 방임하거나 비난만 하는 것은 공부인의 할 일이 아니다.

6. 배우는 것도 공부심으로 해보고 가르치는 것도 공부심으로 하는 사이에 큰 공부가 열리고 큰 역량이 터진다.

7. 그러므로 옛 성인도 오직 배우기를 싫어하지 않고 가르치는 것을 게을리하지 않을 뿐〔學不厭教不倦〕이라고 하셨다.

8. 투현질능(妬賢疾能: 어질고 재주 있는 사람을 시기하며 미워함)은 자기 일신도 보전하기 어렵고, 호현락선(好賢樂善: 어진 사람을 좋아하고 착한 사람을 즐겁게 하는 함)은 천하사(天下事)도 능히 감당해 낸다.

9. 배우고 가르치는 일에는 자타피차(自他彼此)도 없고, 남녀노소(男女老少)도 없고, 선악지우(善惡智愚)도 없고, 상하좌우(上下左

右)도 없고, 부귀빈천(富貴貧賤)도 없다.

10. 배우기 위해서는 자기의 신분이나 선입견을 백지로 돌리고 오
로지 배우는 데 집중해야 한다.

10) 공익심 있는 사람으로 돌리자.

공익정신은 개인주의나 가족주의를 넘어 보다 넓은 시야에서 대승적 이타행의 정신을 일컫는 말이다.

이 공익정신은 오늘의 사회에서 어떠한 의미를 가지는가.

제국주의, 전체주의가 붕괴되면서부터 자유와 인권사상의 물결이 범람해 왔다. 우리 인류가 오랜 속박으로부터 해방을 맞아 드디어 어깨를 펴고 살 수 있게 되었으니 이것은 참으로 경사스러운 변화이다.

그러나 인권과 자유에 따르는 새로운 부작용의 문제가 대두되고 있으니 인권은 이기주의로 전락하여 공익정신을 붕괴시키고, 자유는 무소기탄의 방종으로 추락하여 역시 공익정신을 무너뜨리는 현상이 펼쳐지고 있다.

이로 인한 사회병리적 현상을 들자면 빙공영사(憑公營私: 공적인 것을 빙자하여 사적인 이득을 꾀함), 횡령, 사기, 부정부패, 공공질서 파괴, 공법 붕괴 등 참으로 그 낱낱을 다 들 수도 없다. 거기다 그로 인한 직접피해와 간접피해까지 감안한다면 실로 심각한 상황이 아닐 수 없다.

이는 우리 마음에 든 병, 즉 공익심의 병듦이 그만큼 크다는 증

거이다. 그러므로 "공익심 없는 사람을 공익심 있는 사람으로 돌리자"는 법문은 더욱 절실한 의미를 가질 수밖에 없다.

여기서 공과 사의 뜻을 좀 더 밝혀 보자.

공(公)과 사(私)에 대한 법어

1. 공과 사는 다르면서 하나요, 하나이면서 다르다.
2. 공 없는 사가 있을 수 없고, 사 없는 공이 있을 수 없다.
3. 공을 살려내면 사도 살아날 수 있다.
4. 사를 살려야 하므로 공을 살려야 한다.
5. 공도 사도 다 살아날 수 있어야 최선책이다.
6. 공에 피해를 주면서 사를 도모하는 것은 이기주의이다.
7. 사의 희생을 전제로 부당하게 공만을 앞세우는 것은 전체주의다.
8. 아무리 사라도 공법의 원칙 없이 희생시킬 수 없고, 아무리 공이라도 사가 낀 공은 두대할 수 없다.
9. 민주제도는 다수의 원칙이긴 하지만 소수에 대한 다수의 횡포까지 용납할 수는 없다.
10. 개인의 자유는 보장되어야 하지만 무소기탄의 방종까지 용납할 수 없고, 개인의 인권은 보장되어야 하지만 남에 대한 피해까지 허용하는 것은 아니다.
11. 사사(私事)가 개입하면 공도 사가 되지만, 지공무사(至公無私)가 되면 사사도 공이 된다.

12. 선사후공(先私後公)에서 공사병행(公私竝行)으로, 선공후사(先公後私)로, 결국엔 지공무사의 무아봉공(無我奉公)으로 성숙시켜 가야 한다.

법문에 "사심(私心)이 공(空)하여야 공심(公心)이 난다"고 하였다. 공심이 나야 단합도 하는 것이다. 공심을 가지면 아무리 자기가 피해를 입고 곤경에 처하더라도 공가의 가도와 가풍에 행여나 상처를 입힐까 싶어서 차마 못하는 마음이 있다. 그러나 정부든 기관이든 시끄러운 곳을 보면 명분은 그럴듯한 공을 내세우지만 그 이면에는 상당한 사가 끼어 있음을 보게 된다.

공심이 있으면 공가의 대의와 하나가 되므로 단합할 수밖에 없고 단합을 해야만 시방을 화(和)하는 주인공이 된다.

앞으로 이윤만 추구하고 공익성을 저해하는 사업은 설 땅이 없게 된다. 공익정신이 얼마나 폭넓고, 공익가치가 얼마만큼 높으냐에 따라 그 사업의 성공여부가 좌우된다. 사사로운 마음으로 세상을 살아서 출세하는 것이 아니라 공익심을 가지고 처세를 해야 세상에서 인정받고 제 역할을 할 수 있는 시대가 도래하고 있다. 자신의 사사를 전부 희생해서 공만을 위해야 한다는 것이 아니라, 공을 위해 일하여 공이 살아나면 내가 살게 되고, 내가 살아나면 공도 살아난다는 정신으로 세상을 이끌어 가자.

공심(公心)에는 사변적(思辨的) 공심과 언설(言說) 공심, 행동 공심, 경륜 공심, 무위이화(無爲而化)의 공심 등의 차별이 있는데 어떤 방면으로든 끝없이 공심을 키워 가고 공익정신을 드높인다면 공익의 은혜가 충만한 낙원이 될 것이다. 이 공익정신이 투철한 주인공이 세상의 주인이다.

주인의 길[무아봉공의 길]

1. 이 세상이 좋아지려면 참다운 주인이 많이 나와야 하나니, 주인이 많은 곳은 희망이 있고, 광명이 있고, 영광이 있기 때문이다.

2. 주인은 일을 스스로 나서서 하며, 스스로 찾아서 하며 모두와 함께 하며, 공(功)이야 어디로 가든 계교 없이 일을 이루어 갈 뿐이다.

3. 시방일가 사생일신(十方一家 四生一身)의 사상으로 사무쳐서, 시방가(十方家) 살림과 사생권속(四生眷屬)을 스스로 책임지며 앞서서 일을 하는 이가 가장 큰 주인이다.

4. 남의 아픔을 내 아픔으로, 남의 즐거움을 내 즐거움으로 알아 끝없이 위로하고 격려하며 함께 한다.

5. 주변의 챙김을 바라는 것이 아니라 오히려 구석구석까지 스스로 챙기고 보살피기에 바쁘니 모두가 내 일 해주는 인연으로 알고 감사하고 소중할 뿐이다.

6. 책임은 나에게 돌리고 공(功)은 항상 같이 한 분들에게 돌리며, 대우를 계교하지 않고 오직 의무감으로써 책임만 다한다.

7. 때를 살피고 기틀을 따라 일하는 자에게는 격려를, 일하지 않는

자에게는 독려를, 좌절하는 자에게는 새 희망과 새 기운으로 다시 태어나게 한다.

8. 주변의 불행이나 잘못을 보면 적극 도와서 선은 권장하고 악은 경계하며, 어려운 일일수록 스스로 맡아 나서서 해결해 낸다.

9. 오직 공적 대의로 누구나 하나를 만들고 법을 세우며 항상 긍정적인 것을 발견하여 그것을 전체 합력으로 성공시켜 간다.

10. 끝없이 위하여 깨우치고 바루고 도와서 바른 길로 인도하여 함께 법도 있는 낙원을 건설해 간다.

11. 주인정신으로 주인의 일을 하는 사람에게는 자연히 주인의 권리와 복이 따르게 된다.

이러한 사람은
천지인 삼재(天地人 三才)에 참여하여
천지행(天地行)을 하며
천지정위(天地定位)를 주도하고
한없는 세상에 경세(經世)의
경륜을 펴갈 것이다.

교의 경훈(教義 警訓)

1. 감사 보은하면 해(害)도 은(恩)이 되지만

원망배은하면 은(恩)도 해(害)로 바뀐다.

2. 자력(自力)이 있으면 타력(他力)도 자력이 되지만
   자력 없으면 있던 자력도 지탱하지 못한다.

3. 지자(智者)가 지자의 위치를 보장받는 사회는
   지자도 우자(愚者)도 함께 번영의 활로가 열려 가지만, 지자가
   우자의 위치로 전락하고 우자가 지자의 위치에 올라 지자를
   핍박하는 사회는 지자도 우자도 함께 멸망하거나 치욕이 있을
   뿐이다.

4. 교육이 있는 곳에 밝은 미래가 있고
   교육이 없는 곳에 어두운 미래가 있을 뿐이다.
   교육상의 바늘구멍이 현실에서는 황소바람을 몰고 온다.

5. 공도자가 숭배받는 사회는 너도 나도 은혜 속에 구원을 받을
   것이나
   공도자가 핍박받는 사회는 너도 나도 괴로움의 함정에서 벗어
   나지 못한다.
   소(小)를 놓고 대(大)를 주장하면 대와 소가 함께 밝은 삶이 보
   장되지만, 대를 놓고 소를 주장하면 대와 소가 함께 어두운 앞
   날이 있을 뿐이다.

6. 수양력 있으면 어떠한 경계도 미풍(微風), 미충(微蟲)에 불과하지만
   수양력 없으면 하찮은 경계도 폭풍과 사자로 군림한다.

7. 연구력 있으면 복잡하고 문제가 클수록 발전이요 전진이지만
   연구력 없으면 단순한 문제 속에서도 창황전도(蒼惶顚倒)하고
   조그마한 문제에도 엄청난 먹구름을 일으키고 다닌다.

8. 취사력 있으면 상황마다 전진이요 진급이지만
   취사력 없으면 상황마다 좌절이요 강급이 있을 뿐이다.

9. 진행 4조가 있으면 시위(矢衛) 속에서도 전진이 있을 뿐이지만
   사연 4조가 있으면 순풍 속에서도 후퇴와 낙오가 있을 뿐이다.
   사연 4조를 가지고는 끝내 성불할 수 없다.

10. 인격 속의 하자(瑕疵)가 현실 속에서 함정을 파고 다닌다.

교강9조 공부의 구경(究竟)

1. 어떠한 재색명리, 순역경계에 파묻어 놓는다 할지라도
   불요불염(不搖不染)

2. 어떠한 대소유무, 시비이해가 얽히고설켜 있을지라도

　　불매불혹(不昧不惑)

3. 어떠한 원근, 친소, 이해, 고락, 생사가 걸려 있을지라도

　　불배불괴(不背不壞)

4. 어떠한 난관도 극복하고 모두를 성공으로 이끌 만한

　　신분의성(信忿疑誠)

5. 숙겁다생에 뭉쳐 온 원한이라도 유감없이 풀고 은화(恩化)할
　　수 있는

　　감사보은(感謝報恩)

6. 자력을 길러 축적된 힘이 일체 생령에게 넘쳐가게 할 만한

　　자력양성(自力養成)

7. 지자(智者) 앞에서는 어떤 지위, 연령, 연도, 위신도 백지로 돌
　　리고 나아가

　　배울 만함

8. 미륜(迷輪) 중생들을 남김 없이 깨달음으로 인도할 만한

　　지도력(指導力)

9. 어떠한 횡포(橫暴) 환경 속에서도, 어떠한 인불지(人不知)의 환경 속에서도

지공무사(至公無私)

교강의 본말선후(本末先後)

1. 공부의 요도는 자신을 가꾸는 길이요, 인생의 요도는 사람으로서 떳떳이 밟아 나갈 길이라. 이 두 가지 강령을 아울러 나가되 공부의 요도에 바탕하여 인생의 요도를 밟아 나가야 한다.

2. 삼학을 병진(竝進)해야 하나 수양은 뿌리요, 연구는 꽃이며, 취사는 결실을 의미한다.

3. 수행이란 진행 4조와 사연 4조와의 싸움이다. 진행 4조를 계속 가동하고 있으면 사연 4조는 스스로 소멸된다. 진행 4조를 가동하는 데는 서원이 무한동력이다.

4. 인간적 은혜도 발견해야 하지만 근본적 은혜, 즉 은혜의 원천을 뚫어야 한다. 그러면 우주만유와 순역(順逆)·은원(恩怨)의 경계가 모두 은혜로 화한다.

5. 자력을 양성해야 하나 타력도 활용해야 하고, 자력·타력을 병진해야 하나 자력이 근본이다.

6. 배우고 가르쳐야 하나 배우기를 먼저 해야 하고, 배웠으면 가르쳐야 역량이 한량없이 커진다.

7. 궁극적으로는 봉공이나 자기관리의 자력을 기르는 일이 선행 조건이요, 자력을 기른 후에는 봉공을 해야 참 가치를 나툰다.

8. 공부의 요도를 바로 밟아 가려면 수행의 문에 반드시 들어서야 하고, 인생의 요도를 바로 밟아 가려면 신앙의 문에 반드시 들어서야 한다. 문 밖에서 배회하고 있어서는 결코 그 핵심에 진입할 수 없다.

평생 일상수행의 요법만 읽고 실행하여도
성불에 족하리라 하였다.

(법어 법훈편)

위하는 마음으로 처사를 하면
이래도저래도 복이 되고, 이래도저래도 덕이 된다.
칭찬을 해도 덕이고, 꾸중을 해도 덕이 된다.

동정간 삼대력(動靜間 三大力) 얻는 빠른 방법

『대종경』「수행품」

사람은 이 세상에 태어나면서부터 동(動: 움직이는 것)과 정(靜: 움직이지 않는 것)의 사이에서 산다. '동'은 일이 있어서 움직이며 사는 때요, '정'은 일이 없어서 움직이지 않고 살아가는 때를 말한다.

'동정'이란 결국 우리 인간의 삶에 대한 종합적 표현이다. 다시 말하면 사람이 산다는 것은 동 아니면 정이다. 움직이거나 움직이지 않거나 둘 중 하나인 것이다. 물론 움직임의 모습은 그 내용에 따라 천태만상이다. 움직이지 않는 모습도 마찬가지다.

'동·정 모두를 어떻게 수행에 활용할 것인가?'

참으로 수행의 핵심을 지적한 말이다. 동과 정을 떠나선 수행을 할 수 없기 때문이다. 오히려 동의 특징을 수행으로 활용하고 정의 특징을 수행으로 활용하려는 자세가 현명한 견해요 수행의 바른 길이다.

지금까지 글에서 마음의 정체를 밝히고 그에 따른 과제를 제시했다. 이를 십분 이해했다면 수양력, 연구력, 취사력의 삼대력을 어떻게 신장시킬 것이냐 하는 문제가 큰 숙제로 부각된다.

지금 세계 도처의 많은 수행단체나 기관에서 여러 가지 수행 방식을 지도하고 있다. 어떠한 방식이든 모두 열심히 하면 긍정적인 효과가 있을 것이나 다만 수행의 실체인 성품의 원리를 알아서 겸수, 쌍수의 대원칙에 충실하려는 전제가 있어야 한다. 어느 한 방식만 절대적으로 고집한다거나 유일한 수행법이라 주장하는 것을 경계해야 한다.

　성품이란 원래 한 틀에 고정되어 있는 것이 아니기 때문에 다양한 각도에서 단련되도록 해야 어느 경우에나 적응할 수 있는 능력을 기를 수 있다. 그러한 속성을 가진 것이 성품이다. 그런데 성품을 어느 한 방식에만 묶어 놓으면 그 분야에서는 단련되지만 다른 분야에서는 묵정밭을 만들거나 아주 적응 못하는 절름발이를 만들 수 있다.

　그러므로 수행의 대전제는 겸수, 쌍수이다. 이 겸수, 쌍수를 통해서 얻어진 결과를 원만구족이라느니 또는 사통오달이라느니, 통달이나 달도(達道: 통달한 도) 등으로 말하고 있다. 이에 영육쌍전(靈肉雙全)이요, 이사병행(理事竝行)이요, 정혜쌍수(定慧雙修)요, 삼학병진(三學竝進)이요, 동정일여(動靜一如)이다.

　요사이 들려오는 소식들에 의하면 '알아차림 수행, 생각 털어내기 수행, 생각 주시하기 수행, 일정한 곳에 집중하기 수행, 화두 관하기 수행, 보는 것과 듣는 것 모두 단절하는 장좌불와(長坐不臥) 수행, 고행 수행' 등 그 낱낱을 다 열거할 수 없을 만큼 많은 종류의 수행방법이 있다.

만약 이 많은 것들을 모두 섭렵하고 검증하여 장단점을 찾아 확인한 후에 어느 하나를 선택하여 수행하겠다고 생각한다면 평생 방황만 하다가 끝날 것이다. 무엇보다 중요한 것은 성품의 원리를 알아서 성품의 속성에 맞추어 수행하는 일이요, 그래야 방황 없이 바로 공부에 들어갈 수 있다. 이 모든 것을 고려하여 밝힌 것이 바로 '동정간 삼대력을 얻는 빠른 방법'이다.

아래와 같이 수양력·연구력·취사력 등 삼대력 별로 각각 구체화해서 제시한다. 이 도표를 보면서 본 설명을 참고해 보자.

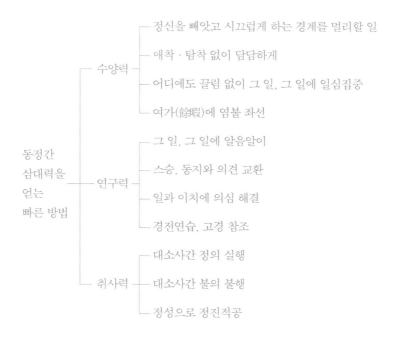

동정간 삼대력을 얻는 빠른 방법

수양력
- 정신을 빼앗고 시끄럽게 하는 경계를 멀리할 일
- 애착·탐착 없이 담담하게
- 어디에도 끌림 없이 그 일, 그 일에 일심집중
- 여가(餘暇)에 염불 좌선

연구력
- 그 일, 그 일에 알음알이
- 스승, 동지와 의견 교환
- 일과 이치에 의심 해결
- 경전연습, 고경 참조

취사력
- 대소사간 정의 실행
- 대소사간 불의 불행
- 정성으로 정진적공

수양력을 얻는 방법

첫째, 모든 일에 임할 때 나의 정신을 시끄럽게 하고 빼앗는 일을 짓지도 말고 그러한 경계를 멀리할 것.

둘째, 모든 사물을 접할 때 애착, 탐착을 두지 말고 항상 담담한 맛을 길들일 것.

셋째, 이 일을 할 때 저 일에 끌리지 말고, 저 일을 할 때 이 일에 끌리지 말아서 오직 그 일, 그 일에 일심 집중할 것.

넷째, 여가 있는 대로 염불과 좌선에 집중할 것.

연구력을 얻는 방법

첫째, 인간만사가 작용할 때마다 그 일, 그 일에서 알음알이를 얻을 것.

둘째, 스승이나 동지와 더불어 의견 교환하는 데 힘쓸 것.

셋째, 보고 듣고 생각하는 중에 의심이 생기면 연구하는 순서에 따라 그 의심을 해결할 것.

넷째, 원불교의 경전 연습을 먼저 하고 그 후에는 과거 도학가의 경전을 참고하여 지견을 넓힐 것.

취사력을 얻는 방법

첫째, 정의인 줄 알거든 크고 작은 일을 막론하고 죽기로써 실행할 것.

둘째, 불의인 줄 알거든 크고 작은 일을 막론하고 죽기로써 하지 않을 것.

셋째, 즉시 이루어지지 않는다고 낙망하지 말고 정성을 계속하여 끊임없는 공을 쌓을 것.

이상은 수행의 궁극적 목적 지점을 탈환하기 위해 전방위로 조여 가는 수행법이다. 이 방법으로 조여 가다 보면 절대 놓치지 않는다. 드디어는 내 손 안에 들어오고야 만다.

어려운 난관의 극복

지금껏 말한 원칙에 따라 수행해 가는 가운데 절정의 어려운 고비가 찾아올 것이다. 고비는 누구에게나 있지만 그 고비가 다 같을 수는 없다. 즉 근기에 따라 다 각각이며, 반복하여 여러 차례 올 수도 있고 한 번으로 끝나는 경우도 있다. 아주 어렵게 겪는 사람이 있는가 하면 아주 수월하게 넘기는 사람도 있다. 또 사안에 따라서 쉽게 넘길 수 있는 것과 아주 어렵게 넘길 수밖에 없는 것이 있다. 이것은 과거로부터 익혀 온 바가 각각이요, 근기 또한 서로 다르기 때문이다.

다만 그 고비에 자칫 자포자기하거나, 불가능할 것이라는 생각으로 고민하거나, 또는 할까 말까 망설이며 허송세월하는 등의 형태로 방황할 수 있다. 바로 그 어려운 난공(難空)·난지(難知)· 난행(難行)의 문제이다. 이때를 잘 넘기기 위해서는 난공능공(難空能空)·난지능지(難知能知)·난행능행(難行能行)의 대결단이 있어야 한다.

난공능공(難空能空)이란?

비우기 어려운 것을 비우고 철저히 털어 버려서 더 털고 더 비울 것이 없는 경지를 말한다.

사람들은 누구나 하찮은 것은 잘 잊고 잘 털어서 비울 수 있으나, 아주 어려운 것은 참으로 놓고 털고 비우지 못한다. 그 어려운 것은 구체적으로 본능적인 것일 수도 있고, 업장일 수도 있고, 습관적인 것일 수도 있고, 시비이해적인 것일 수도 있고, 사상적인 것일 수도 있고, 윤리적인 것일 수도 있다. 또는 그와 다른 것일 수도 있다. 이 모두는 번뇌이다.

어떤 것이 되었든지 자기 근기로는 도저히 지워지지 않는 것을 과감히 털고 지우고 버리고 비우는 사이에 우리 영혼은 깨끗해지고 해탈의 실력이 길러지고 자재의 정력(定力)이 형성된다.

그러므로 비우기 어려운 것을 결단코 비우는 공부를 끝없이 해내야 한다.

난지능지(難知能知)란?

알기 어려운 것을 능히 알아내고 기어이 알아내고 철저히 알아내어 무불통지(無不通知)의 경지에 이르는 것을 말한다. 옛 말씀에 "일개 필부로도 능히 알고 능히 잘하는 것이 있으나 그 지극한 데 이르러서는 성인도 알지 못하고 잘하지 못하는 것이 있다" 했다.

절정의 경우뿐 아니라 일상에서도 오리무중의 안개 속에서 헤매는 것 같은 경우가 있다. 대소유무(大小有無)의 이치나 시비이해

(是非利害)로 전개되는 일상의 문제에서도 어느 것 하나 화두거리 아닌 것이 없다. 그중에서도 복잡하고 현묘한 세계는 더 난해(難解)하기 마련이다.

이와 같이 아주 이해하기 어려운 과제도 어떠한 방법으로든 기어이 알아 가려는 자세를 견지한다면 세상만사 의두 아닌 것이 없다. 기어코 알아내려는 의두를 걸고 다닐 때 드디어 알아지고 깨닫는 계기를 만난다. 비록 사소한 의심이라도 의두로 걸지 않고 지나치면 알 수 있는 어떠한 계기도 만나지 못한다.

그러므로 아무리 어렵고 막막한 것이라도 기어이 알아내려고 화두로 삼을 때 드디어는 난지능지의 경지에 들 수 있다.

난행능행(難行能行)이란?

실행하기 어려운 것을 기어코 실행해 내는 것이다. 비록 사소한 일상적 생활일지라도 바람직한 이념을 실현하고 법도 있게 처신하기 위해서는 각별한 노력이 동원되어야 한다. 아무렇게나 되는 대로 사는 자세로는 어림도 없다. 하물며 수행을 통해 중생의 탈을 벗고 성불하여 불보살의 위치에 오르고 성위에 오르려는 발원을 하고 나서는 앞길에 어찌 어려운 일이 없겠는가. 반드시 어렵고 잘 안 되는 일이 있기 마련이다.

이러한 상황에 직면하면 많은 갈등을 겪는다. 마음대로 잘되지는 않고, 앞길은 잘 보이지 않고, 자칫 포기하고 싶은 생각이 들다가도 마음 한구석에서는 포기해서는 안 된다는 마음이 꿈틀거리고, 그 와중에 마군이는 기승을 부리고, 그리하여 사면초가의 딜레마에 빠져 있는 느낌이 들기도 한다.

이 고비에서 간직해야 할 경어가 있다.

"다른 사람이 한 번에 하면 나는 백번을 하리라(人一能之己百之). 다른 사람이 열 번에 하면 나는 천 번을 하리라(人十能之己千之)."

이런 정신으로 임한다면 아무리 어려운 일이라도 결국은 이루어지고야 만다.

이때야말로 큰 분발과 용단이 절실하다. 이럴 때에 모든 것을 훌훌 털고 박차고 일어나 용기 있게 과감히 정진적공에 뛰어들어 밀고 나가는 결행을 하는 것, 이것이 난행능행이다.

행하기 어려운 것을 과감히 결행하면 승리의 월계관은 내 것이 되지만, 그렇지 못하면 패배자가 되고 강급으로 치닫는다.

그러므로 삼대력을 얻어가는 과정에서 반드시 겪는 이 고비들을

난공능공(難空能空)

난지능지(難知能知)

난행능행(難行能行)

으로 과감히 돌파해 가면 드디어 여의주를 얻고 승전고를 울리며 격앙가를 부르면서 연화대에 올라 한없는 보람을 만끽할 것이다.

3부

수련의 실제實際

우리는 살아가면서 그 많은 소재들을 활용하는데

이 모든 소재 가운데 가장 근본적이며 핵심적인 소재는

우리의 마음이다.

이상으로 마음에 대한 이해와 그에 따른 수행의 필요 원리 등을 대강 밝혔다. 이에 그 취지는 어느 정도 이해했으리라 믿지만 문제는 실제 수련에 드느냐 못 드느냐. 수련이란 관념의 문제가 아니다. 구체적이고 실질적인 적공의 문제이다.

아무리 마음을 알고 수행을 안다 해도 실제적인 길에 나서지 않으면 한 발자국도 나아가지 못한다. 이제 수행을 위한 구체적인 조치들을 부연 설명하고자 한다. 여기 제시하는 대로 직접 착수하면서 읽어 보자.

수련의 실지에 들기 위한 세 가지 전제 조건이 있다.

첫째, 거시적 조치와 미시적 조치를 함께 해야 한다.

둘째, 장점은 살리고 약점은 보완해 가야 한다.

셋째, 공부소재를 다양성 속에서 찾아 단련해야 한다.

첫째, 거시적 조치와 미시적 조치란?

세상만사가 이 두 가지 관점에서 구성되어야 한다.

국가 정책도 장기계획과 단기계획이 있고, 거시정책과 미시정책이 있다. 경제에도 거시경제와 미시경제가 있다. 소설을 쓰고 영화를 만들고 그림을 그리는 예술 세계에서도 창작물을 구상할 때 거시적 틀부터 마련한 다음 미시적 손질까지 다 마쳐야 작품이 완성된다. 모든 경륜을 실현해 가는 데에도 경륜의 큰 틀과 작은 틀을 설정해야 한다. 모든 것이 다 그러하다.

수행상에서도 이러한 원리 원칙을 잘 응용하여야 한다. 구체적으로 수양·연구·취사의 삼대 강령의 틀을 확고부동하게 확립해 놓고 이에 따른 기타 인격적 필수요건과 부수적 잔가지에 해당하는 미세한 주의사항까지 확산시켜 나가야 한다. 이것이 요령 있는 공부다.

또한 수행계획을 수립할 땐 '생마다 계획', '해마다 계획', '날마다 계획'을 세워 그대로 진행하는 생활 틀을 마련하여 추진할 필요가 있다.

둘째, 장점을 살리고 약점을 보완해야 한다는 것은?

사람은 모두 전생에 익힌 바가 다르고 타고난 기질 또한 다르기 때문에 각각 장단, 우열, 허실이 있기 마련이다. 수련이란 자신의 이러한 현주소를 정확히 진단하여 그에 상응한 보완 조치를 강구하고 다듬어 가는 것이다. '불거진 것'은 깎고, '패인 곳'은 메우고, '과'하면 덜고, '모자라면' 보태서 이른바 원만구족한 자신으로 조각해 가는 것이 수련이다. 이 작업을 구체적으로 하면 그것만으로도 크게 발전하여 놀라운 변화가 올 것이다.

그러므로 먼저 자기 자신의 실상에 대한 정확한 진단이 필수적인데 이에 대한 진단 기준을 부록에 '중요항목 단계별 기준'이라는 제목으로 제시했다.

본인의 취약한 부분에 대한 깊이 있는 고찰을 해보고 정확한 진단을 통해서 취약 부분을 발견하여 보완하는 일이 중요하다.

다음 도표를 보자.

큰 파이프통 가운데 좁은 부분이 있다. 큰 통은 많은 물량의 통과를 감당할 수 있으나 좁은 부분 때문에 결과적으로 아주 적은 물량밖에 통과시킬 수 없다. 이것이 약점의 피해다. 그러나 점선처럼 좁은 부분을 보완해 놓으면 많은 물량의 통과가 가능해진다. 이 그림을 통해서 약점 보완의 필요성을 인식하고 각성해야 한다.

인격상 훌륭한 장점이 많이 있으나 나태라는 약점이 있는 경우를 생각해 보자. 나태가 있으면 아무리 훌륭한 지식, 지혜, 기타 그 어떤 역량이 있어도 발휘하지 못하고 무위로 끝난다. 그러므로 이 나태를 근면으로 보충하고 바꾸어야 한다는 사실은 필수적 가치가 있다. 이러한 작업을 전제로 한 수행의 의미를 깊이 새겨야 한다. 그래서 작은 잘못이라도 고치기 위해 노력하라고 한 것이다.

셋째, 공부의 소재를 다양성 속에서 찾아 단련해야 한다는 것은?

사람은 식사습관상 편식을 경계한다. 편식은 반드시 어느 부분 필요영양소의 결핍을 초래하기 때문이다. 우리의 몸은 삼대 영양

소인 단백질, 탄수화물, 지방 외에도 비타민, 철분, 미네랄 등 많은 영양소를 요구한다. 또 다양한 영양소가 고루 충족되어야만 신체의 건강을 유지할 수 있다.

이러한 원리는 우리의 육체에만 적용되는 것이 아니다. 우리의 인격체도 다양한 영양소를 필요로 한다. 육신에 있어 한 가지 영양소의 결핍은 건강상 치명적인 타격을 줄 수 있다. 다른 영양소의 충분함도 아무 의미 없는 것이 될 수도 있다.

우리 인격체도 이러한 원리에서 벗어날 수 없다. 인격체가 필요로 하는 영양을 다양성 속에서 찾아야 한다. 다양성을 무시한 일방적 편수는 결국 다른 방향의 영양 결핍으로 인해 취약 부분을 만들어 내고 절름발이 인격체로 주저앉게 한다.

예를 들면 흔히 수도는 경계를 떠나서 모든 관계를 끊고 홀로 앉아야만 할 수 있다고 생각하기 쉽다. 그러나 이것은 잘해도 정(靜)의 단련만 한 것이니 동(動)할 때의 약점은 어찌할 것인가. 반대로 동할 때만 단련한다면 정할 때의 약점은 어찌할 것인가. 이 모두는 절름발이 인격을 만드는 일이니 크게 경계해야 한다.

수행계획을 세우되 다양한 방법을 고루 동원하여 효과적으로 활용해야 한다. 이는 마치 아이를 기를 때, 때를 따라 고루 먹이고, 잘 때 재우고, 놀 때 잘 놀게 하고, 공부할 때 공부하게 하고, 제재와 자유를 적당하게 주면 시간 따라, 세월 따라 점점 자라서 완전한 성인이 되는 것과 같다. 이처럼 삼대원칙을 전제로 한 수행의 실제 계획을 세워 나가는 것이 현명하다.

1장

—

수련 계획

주인정신으로 주인의 일을 하는 사람에게는

자연히 주인의 권리와 복이 따르게 된다.

위와 같은 원칙에 입각한 원불교 수행법을 다음 도표와 같이 제시하여 설명하고자 한다.

가정사든 기업경영이든 단체경영이든 국가경영이든 어떠한 목적·목표의식을 가지고 계획을 세워 하는 것과 되는 대로 하는 것과는 천양지차다.

계획이 있는 곳에는 놀라운 발전이 있지만 계획이 없는 곳에는 정체나 후퇴가 있을 뿐이다. 수행도 예외일 수 없다.

수행 프로그램도 마찬가지다.

수행의 '거시(巨視)적 조치'에는 생애 단위에 따라 생마다 계획(유·소·청년기 조치, 장년기 조치, 노년기 조치)과 해마다 계획(정기·상시훈련 조치)이 있고, 미시(微視)적 조치로는 날마다 계획(일상적 조치, 동·정과 일과의 조치)이 있다.

'거시적 조치'는 유·소·청년기와 장년기와 노년기의 특성에 따라 과학·도학의 실력을 기르는 기간과 세상과 생령들을 위해 일하는 기간, 그리고 다음 생을 준비하는 기간으로 나뉜다. 그리고 연중 단위로 정기훈련·상시훈련 계획과 프로그램을 만들어 정기·상시의 필요성과 균형을 적절히 조절한 연중 계획표에 맞추어 생활해 가는 것이다.

'미시적 조치'는 하루 단위로 평소 생활의 '일과계획표'를 작성하고 일 있을 때와 일 없을 때로 '일상계획 프로그램'을 만들어 그대로 진행해 간다.

이와 같이 평생을 한다는 각오로 하다가 차차 익어지면 특별한 각오가 없어도 자연스럽게 일상이 되고 평상이 되어 그저 편안해진다.

다음 도표를 보면서 구체적으로 살펴보자.

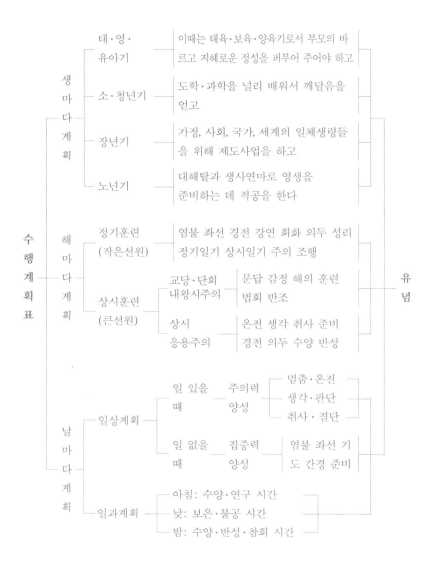

생마다 계획

생마다 계획이란 한 생을 유·소·청년기, 장년기, 노년기로 나눠서 그 시기에 적합한 수행계획을 세우는 것이다.

우리는 이 생을 비롯해서 다음 생, 다음 생으로 이어지는 수없는 생을 살아가게 된다. 그 생마다 알차게 하기 위해서 유·소·청년기와 장년기와 노년기별로 계획을 세워 대처해 가야 한다.

유·소·청년기 계획이란

영육간 성장기에 해당하는 유·소·청년기는 한순간도 방심해서는 안 되는 중요한 시기이므로 부모와 주변의 각별한 배려가 필요하다. 특히 청소년기는 영대가 막 솟아오르는 때라 노력하는 대로 기국이 트이므로 이때는 정력 낭비가 되지 않도록 해야 한다.

이러한 관점에서 주변에서도 계획을 세워 지도하고 스스로도 계획을 세워 도학·과학의 지견을 넓히고 바른 깨달음을 얻어 가야 할 것이다.

〔血氣未定故戒之在色〕

혈기가 안정되지 못한 고로

경계해야 할 것은 색 경계에 있다.

장년기 계획이란

장년기는 유 · 소 · 청년기를 거쳐 오면서 배우고 익힌 바가 원숙기에 들었으므로 이를 활용하여 가정 · 사회 · 국가 · 세계의 일체 생령들을 위해 부지런히 헌신하여 그 은혜가 크게 미칠 수 있게 해야 한다. 이때에 하는 바 없이 무료도일 한다면 세상에 큰 빛을 지는 것이다.

〔血氣方長故戒之在鬪〕

혈기가 바야흐로 장성한 고로

그 경계할 바가 다투는 경계에 있다.

노년기 계획이란

노년기는 인생을 마무리 하고 죽음과 다음 생을 맞이할 준비를 해야 하는 중요한 시기이므로 이제 모두 끝났다는 허무주의에서 벗어나 대해탈의 과제와 생사 문제의 해결 그리고 다음 생에 대한 준비를 하고 대비해 가는 데 각별한 노력을 기울여야 한다.

해마다 계획

[훈련법]

'해마다 계획'이란 매년 연중계획을 세우되 큰 틀에서 상시훈련기간과 정기훈련기간으로 나누어 각각 그에 상응한 계획을 작성, 실천하는 것이다.

정기훈련

정기훈련이란 평소의 일상을 떠나서 특별기간을 설정하고 공부에 전념하는 기간을 말한다.

수도자가 일터에서 무엇을 할 때는 천 년 만 년 할 듯이 열심히 하지만 일단 털고 나올 수 있어야 하고 나온 후에는 언제 그런 일을 했었느냐는 듯이 무로 돌아간 마음으로 정기훈련에 임해야 한다. 또 정기훈련 시기에는 직업전선에서 둘러쓰고 있던 지위·명예·권리·위신·체면 등 모든 것을 벗어 놓고 임해야 한다.

그렇게 임하는 마음자세가 바로 수련이요 공부이다. 집착과 구속으로부터의 해방이요 해탈이다. 또는 찌들어 있는 무서운 업장으로부터의 벗어남이다. 그리하여 그 혼 속에 오염되어 있는 찌꺼기들을 청소하는 것이다.

그 혼이 깨끗해졌을 때 비로소 훈련을 통해 불보살의 보리를 저장할 수 있고, 허공처럼 텅 비어 있어야 값진 것들을 더 많이 담아 갈 수 있다. 이러한 마음 자세로 정기훈련에 임하면서 다음 과목과 과정을 이수해야 한다.

수양과목: 염불과 좌선

염불이란 '나무아미타불'이나 지정한 주문을 반복해서 부르게 하여 흩어진 정신을 오직 염불일념으로 만들어 가는 것이요, 좌선이란 마음과 기운을 단전에 집주하여 원적무별(圓寂無別: 분별이 끊어진 원적의 경지)의 진경에 그쳐 있게 하는 것이다. 염불은 거칠고 무거운 '추중번뇌'의 대치에 또는 '경계에 직접 시달릴 때', 좌선은 미미하고 세세한 '미세유주'의 번뇌에 대치하거나 '시달리는 경계'에 부딪히지 않을 때에 주로 한다. 이처럼 각각의 경우에 따라 적절히 활용해야 한다.

좌선법에 대해서는 부록에서 자세히 설명하겠다.

연구과목: 경전연습 · 강연 · 회화 · 성리 · 의두 · 정기일기

경전에 수행에 대한 모든 것이 밝혀져 있으므로 공부를 하고자 하는 사람이라면 경전 공부가 필수다.

강연과 회화는 자기의 지혜를 상대나 대중에게 발표함으로써 지혜를 구속과 자유 속에서 더욱 정금미옥이 되게 하는 과목이다.

성리와 의두의 연마는 성품의 원리와 대소유무의 이치세계에 대한 의심을 궁굴려서 진리를 터득하고자 하는 공부이다.

정기일기는 활용한 시간과 허비한 시간을 알게 하고, 매일의 수입과 지출을 기재해 예산에 맞추어 사는 법을 익히게 하며, 심신작용의 내역과 감각감상을 써서 자연스럽게 지견이 열려 가도록 하는 것이다.

취사과목: 상시일기, 주의, 조행

상시일기를 통해 그날그날의 유·무념 처리와 학습상황과 계문의 범과(犯過) 여부를 기재함으로써 훈련 중 본인의 변화·발전 상황을 점검한다.

주의는 해야 할 일과 안 해야 할 일을 잊지 않고 실행하는 마음이요, 여리박빙(如履薄氷)의 조심성을 기르는 마음이다.

조행은 사람다운 조신과 행실을 단련하는 마음이다.

상시훈련

상시훈련이란 평소 일상생활 전부를 훈련 차원으로 이끌어 간다는 뜻이다. 즉, 일 속에서 공부하고 공부하면서 일하는 훈련으로 생활과 훈련을 병행하고 일체화시켰다. 때때로 '수행지도기관·수행모임을 내왕하면서 해야 할 일'과 평상시 '응용상에서 주의해야' 하는 내용이 있다.

수행지도기관·수행모임에 가서는 그동안 지낸 일을 일일이 문답하는 가운데 감각된 것을 보고하여 감정을 받고, 그동안 의심난 것을 제출하여 깨달음을 얻고, 정기훈련의 준비를 하며, 법회나 수행모임에 반드시 참석하여 공부에 전념하고, 거기서 새롭게 배운 것을 실천해 가는 것이다.

'평상시 생활' 속에서는 모든 경계에 대응할 때 온전한 생각으로 취사하고, 응용의 형세를 보아 미리 연마하고 준비하며, 노는 시간에 경전·고경·의두 연습을 하고, 새벽이나 잠자기 전에 염불·좌선과 하루반성 등을 이행해 간다.

참고로 다른 전문분야의 연수도 해마다 계획〔훈련법〕을 변형해 활용하면 효율성을 높일 수 있다.

일터에서 무엇을 할 때는 천 년 만 년 할 듯이 열심히 하지만
일단 털고 나올 수 있어야 하고, 나온 후에는
언제 그런 일을 했었냐는 듯이 무로 돌아간 마음으로
정기훈련에 임해야 한다.

날마다 계획

'날마다 계획'이란 언제 어디서나 해야 할 '일상계획'과 날마다 밟아 가야 할 '일과계획'을 마련하여 대처해 가는 것이다.

일상계획

'일 있을 때'와 '일 없을 때'의 두 경우로 나눠 '일 있을 때'는 주의력을 양성하고, '일 없을 때'는 집중력을 길러 간다.

먼저 '일 있을 때'는 그 일, 그 일을 치르면서 온전한 생각으로 취사하는 데 주의를 기울여서 결과적으로 일도 잘되고 주의력·일심력도 기르게 한다. 이때 일 처리에서 삼단계 공식을 거쳐야 한다.

경계가 올 때와 일의 과제에 당면했을 때마다
一단. 일단 멈추어 온전함을 회복하고
二단. 생각을 궁굴려서 바른 판단을 얻고

三단. 판단결과에 따라 옳음은 취하고 그름은 버리는 결단을
　　　한다.

　경계를 대할 때마다, 일처리를 할 때마다 위와 같이 반복하는
삶에서 일심력 · 주의력이 길러지고, 일은 일대로 잘되고, 역량은
역량대로 한량없이 커져서 드디어는 큰일을 맡겨도 거뜬히 감당
해낼 수 있는 실력을 갖출 것이다. 이 어찌 묘방이 아닌가.

　'일 없을 때' 는 염불 · 좌선 · 기도 · 간경 · 연마 · 준비 등으로
모든 번뇌를 걸어 내고 집중력을 기르며 태초의 본래 면목을 회
복하고 오직 진기(眞氣)를 충만시켜서 드디어는 정력을 얻어 의식
통제와 자유자재의 힘을 얻을 것이다. 이 어찌 소홀히 할 수 있을
것인가.
　이를 위한 과정 하나하나에 적공의 심경으로 임하기만 하면 시
간을 허송하지 않고, 정력의 낭비 없이 시간이 갈수록 쌓이고 정
력 쏟은 대로 쌓여서 드디어는 자유자재의 경지에 이를 것이다.

일과계획

　'일과계획' 이란 매일 일과표를 마련하여 그대로 일심을 다하여
진행하는 것이다.

아침은 수양 · 연구 전문시간으로

낮은 보은 · 봉공 전문시간으로

밤은 반성 · 참회 · 수양 전문시간으로 설정한다.

이 일과를 지키기 위해서는 참으로 대단한 근면의 정신이 동원되어야 한다. 결코 나태로는 해낼 수 없다. 사실 자수성가(自手成家)를 하고 큰일을 하는 사람들 중엔 일과의 원칙 없이, 흐트러진 생활을 하는 사람은 없다. 철저히 일과 원칙을 정하고 오직 근면으로 산다.

더 구체적으로 설명해 보자.

일과진행의 시작은 아침 4시 30분이나 5시 기상으로 한다. 이 약속된 시간을 지나치지 않기 위해 시계 자명장치를 해야 한다. 기상 시에는 아무 의식 없이 벌떡 일어나는 것이 아니라 굳은 신체를 풀어 주고 희망의 새날을 맞이하는 감사의 마음으로 일어나 침구 정리 및 세수를 한 후 감사 · 서원 · 다짐의 심고〔기도〕를 드린다.

그때부터 시작해서 좌선, 독경, 간경, 의두연마, 청소, 아침식사, 업무활동, 점심식사, 업무활동, 저녁식사, 잔무 처리, 샤워, 하루반성 일기, 간경이나 수양을 마친 뒤 오후 9시 반에 밤 심고을 마치고 취침한다.

이러한 과정 하나하나에 오직 일심이 가득 담겨 있어야 한다는 대전제가 필수이다. 매 과정의 취지에 유념을 기울여 일심으로 임해야 한다. 그렇지 않고 형식만 밟고 내용은 온갖 번뇌망상에 사로잡혀 있거나 지난 것을 끌어 오고, 아직 오지 않은 것도 끌어 당기고 있다면 아무 의미가 없다. 예를 들자면 치열한 육근작용을 하고 있다가도 심고 목탁소리와 함께 모든 작용을 종식시키고 심고 내용에 집중해야 한다. 만일 겉모습은 심고 자세이나 마음속에서 전념, 후념을 끌어들여 놓지 못한다면 아무 의미가 없다. 간직했던 마음을 과감히 놓을 수 있고 목적으로 밀고 나갈 수 있어야 한다.

그렇게 되면 이 일과를 그대로 지키는 것만으로도 큰 수확이 있을 것이다. 그러므로 매 과정을 일심으로 하는 것이 대단히 중요하다. 어느 한 과정도 일심을 놓쳐서는 안 된다는 각오로 임해야 한다.

그러면 과정마다 일심은 길러지고 순간순간 일심력이 쌓여서 드디어는 엄청난 힘을 얻게 될 것이다. 그뿐인가. 수행력이 쌓이는 것은 물론이고 일은 일대로 잘되고 복은 복대로 쌓여서 그 복되고 다행함은 이루 형언할 수 없다.

이상으로 위 도표의 설명은 대충 마쳤으나 너무 다양하여 가닥을 잡고 이해하기 쉽지 않을 것이다. 그러나 이 다양성이야말로 완전무결한 원만구족의 진경에 들 수 있는 묘방이므로 한 과정 한 과정에 수행정진이 있어야 한다.

일과(日課)가 살아 있는 것은

　　교단적으로 정법교단의 생명력이 살아 있음이요

　　개인적으로 수도 인격의 생명력이 살아 있음이다.

일과가 무너지는 것은

　　교단적으로 정법교단의 기본이 붕괴되는 것이요

　　개인적으로 수도 인격의 기본이 붕괴되는 것이다.

2장
—
서원과 참회

서원이 앞에서 이끌어 주는 '고삐'라면
참회는 뒤에서 독려하는 '채찍'이다.
앞에서 강력히 이끌어 주는 주인공이 있고
뒤에서 아프게 독려하는 주인공이 있다면
수행선상에서 불신 · 탐욕 · 나태 · 우치가 끼어들 틈이 없다.

서원과 참회

수행을 이야기하면서 빠트릴 수 없는 것이 바로 '서원'과 '참회'이다. 서원과 참회는 우리 수행자가 끝없이 챙겨야 할 조건이다. 서원이 약하면 지금까지 제시한 모든 방안들이 무위로 끝날 수 있고, 참회의 모습이 약하면 숙업을 청산하고 자신을 바루어 갈 수 없다.

서원은 '무한동력'이요, 참회는 '광명'이다. 동력과 광명이 없으면 수도의 여정이 온전할 수 없다. 또는 서원이 앞에서 이끌어 주는 '고삐'라면 참회는 뒤에서 독려하는 '채찍'이다. 앞에서 강력히 이끌어 주는 주인공이 있고 뒤에서 아프게 독려하는 주인공이 있다면 수행선상에서 불신·탐욕·나태·우치가 끼어들 틈이 없다.

그러므로 원불교에서는 매일의 일과 속에서 아침에는 서원다짐의 심고를 올리고, 밤에는 반성참회의 심고를 올리며, 월초에는 서원다짐의 기도를, 월말에는 반성참회 기도를 올린다. 또 정초에는 서원다짐의 기도를 올리고 연말에는 반성참회 기도를 올린다.

연별과 월별과 일별 과정에서뿐만 아니라 사안별로도 그때그때 챙기도록 한다. 또 아침 독경시간에는 일원상서원문을 매일 암송하게 하고, 간경의 시간을 자주 갖도록 권장하고 있다.

이 모든 과정마다 진정을 담아서 지극한 정성으로 하면 철쇄라도 풀리고 석문이라도 열릴 것이다.

서원의 궁극적 목적은 진리의 위력을 얻고 그 체성에 합일하는 것이요, 참회의 궁극적 목적은 안으로도 밖으로도 중간에도 털끝만한 죄상〔죄를 만드는 응어리〕이 남아 있지 않게 하는 것이다.

그리하여 성불제중 하는 것으로 서원을 세우고 참회는 이참(理懺)과 사참(事懺)을 아울러 하게 한다. 성불이란 자기완성이요, 제중이란 대승적 이타행이다. 사참이란 사안에 따라 그 당처, 당처와 삼보 전에 사죄를 빌고 불공을 다하는 것이요, 이참이란 성품 자리에서 죄성을 녹여 내는 방법으로 원래 죄성이 공한 자리를 깨쳐 안으로 번뇌망상을 제거해 가는 수행법이다.

성불의 자기완성이 없으면 자기 자신을 믿을 수 없고 제중의 이타대승행이 없으면 자비의 부족이니 어찌 중생이 믿고 받들 것인가. 또는 당처와 삼보 전에 사죄를 올리고 불공의 선행이 없으면 묵은 죄업을 어찌 청산하며, 죄성을 녹여 내는 이참이 아니면 어찌 미래 앞날을 기약할 수 있겠는가. 결국 전업·후업에 말려들어 벗어날 기약이 없을 테니 참으로 분발하고 또 분발해야 할 일이다.

3장
—
유념과 일심

유념의 공부는 일체 인류를 고해에서 낙원으로 이끄는 묘방이다.

세상이 복잡해지고 문명이 발달할수록

유념공부는 절대적이요, 필요 불가결하다.

유념과 일심

'선' 공부에서 '정' 할 때는 염불과 좌선에 정성을 기울여야 하지만 '동' 할 때는 그 일, 그 일에 '일심' 하는 데 주의해야 한다.

여기서 일심이란 불의를 제거하고 정의를 실행하는 주의심을 말한다. 어떤 일을 막론하고 그 일에 따른 옳고 그름이 있다. 마음에서 행동에 이르기까지, 또는 행동에서 마음에 이르기까지 옳고 그름이 반드시 있다. 이러한 가닥을 잡아 옳은 것을 취하고 그른 것을 버리는 주의심만 집중하면 그것이 유념이요 일심이다. 유념이 비롯이라면 일심은 결과다.

일심을 기르고 또 기르다 보면 드디어 일상삼매 일행삼매(一相三昧 一行三昧)의 경지에 들 수 있다. 이를 사상삼매(事上三昧)라고도 하는데 어떤 상황, 어떤 장소에서도 수양을 할 수 있는 선법으로 일분 일각도 선을 떠나지 않는 방법이다. 이 선의 공덕을 통해 이사병행(理事竝行)과 영육쌍전(靈肉雙全)이 가능하며 불법시생활 생활시불법(佛法是生活 生活是佛法)이 실현된다.

그런데 '그 일, 그 일에 일심'을 들이는 공부는 아예 거들떠보지도 않거나 과소평가하면서 공부는 무조건 좌선으로 해야 한다는 집착을 버리지 못하는 수행자들이 많다. 이는 참으로 마음의 원리를 알지 못하는 어리석음이며 안타까운 일이다. 그렇기에 "앉아서만 하고 서서 못하는 선은 병든 선이라" 경고해 준 것이다.

마음이란 단련하는 대로 발달하는 속성이 있다. 운전일심을 단련하다 보면 운전에 능이 나고, 음악일심을 단련하다 보면 음악에 능이 나고, 서예일심을 단련하다 보면 서예에 능이 나서 그 기량이 날로 향상되고, 독서일심을 기르다 보면 독서에 능이 나서 많은 지식을 섭렵할 수 있다. 어떠한 경우에도 그 일, 그 일에 일심을 기르다 보면 천만 일심이 모아져 마침내는 어떠한 일도 능히 해낼 수 있는 쓸모 많은 기량이 형성된다.

만일 이러한 일심을 기르지 않는다면 어떠한 일도 해낼 수 없는 용렬한 사람으로 전락하거나 아니면 자기 관심사만 해낼 뿐 여타의 것은 언감생심(焉敢生心)으로 엄두도 내지 못하는 사람이 되고 만다.

그러나 그 일, 그 일에 일심을 길러 나가다 보면 그 일심을 기르는 사이에 집착의 응어리가 풀리고, 번뇌가 소멸되어 마음이 깨끗해지고, 사리가 밝아지고, 실천의 결단력이 생겨서 일체시 일체처의 어떠한 경계에 부딪쳐도 법으로 요리해 낼 수 있다.

원불교 『정전』 무시선법에서 밝힌 바와 같이 '철주의 중심이 되고 석벽의 외면이 되어', '일체 법을 행하되 걸리고 막히는 바가 없고', '진세에 처하되 항상 백천삼매를 얻고', '생사자유와 윤회해탈과 정토극락'을 이루어 갈 수 있는 것이다.

그러므로 염불과 좌선을 통해서 안으로 단련해 가는 동시에 동할 때는 그 일, 그 일에 일심을 길러 간다면 동과 정이 일심으로 연결되어 그 선력을 한량없이 신장시켜 갈 수 있다.

선을 통해서 얻은 실력은 일상생활에 물 퍼 쓰듯이 활용해야 함은 물론이요, 사리연구를 통해 지혜를 계발하여 대각(大覺)을 이루고, 작업취사를 통해 실천력을 길러 대중정행(大中正行)을 이루는 일에도 선의 실력은 여지없이 활용된다. 이것이 누구나 할 수 있는 요령 있는 공부요 효과적인 공부법으로 수양, 연구, 취사의 삼학을 병진하는 길이며, 생활과 공부가 서로 도움을 주는 공부법이기도 하다.

따라서 유념의 공부는 일체 인류를 고해에서 낙원으로 이끄는 묘방이다. 세상이 복잡해지고 문명이 발달할수록 이 유념공부는 절대적이며 필요 불가결하다.

오늘날 크고 작은 재앙들도 알고 보면 유념의 사각지대에서 일어나지 않은 것이 없다. 그런데도 그 유념의 부실을 찾아 다스리려는 노력은 거의 없으니 안타까울 따름이다.

원대한 꿈을 가질수록 이 유념공부의 실력이 절실히 요청될 뿐 아니라 개인사나 공중사를 막론하고 모든 일은 유념이 가는 곳으로 열리며, 유념이 동원되지 않고서는 아무것도 되는 일이 없다.

유념 영역이 넓으면 큰 일이 이루어지고 유념 영역이 좁으면 적은 일이 이루어지며, 유념 영역이 원대하면 원대한 일이 이루어지고 유념 영역이 단촉하면 단촉한 일만 이루어진다.

그러므로 모든 일의 성공을 위해서 작은 일부터 큰일에 이르기까지 유념으로 길들여 가야 한다. 그리하여 크게 노력하지 않아도 유념이 세세곡절 구석구석에까지 미칠 때 하는 일마다 성공할 확률은 그만큼 높아진다.

반대로 유념공부를 등한시한다면 이루는 일도 없을 뿐 아니라 결국 저 고해에 침몰해 갈 것은 명약관화(明若觀火)한 일이니, 우리가 공부 삼아 유념을 해가되 관념으로 하는 것과 사실로 하는 것이 다르고 대충 하는 것과 철저히 하는 것이 달라 천양의 차가 생긴다.

유념이 되었든지 무념이 되었든지 그 결과는 반드시 본인에게 돌아오기 마련이다. 다만 유념·무념한 사체에 따라서 되돌아오는 양상은 각각 다르다. 즉 그 결과가 빨리 오는 경우도 있고 늦게 오는 경우도 있으며, 알게 오는 경우도 있고 모르게 오는 경우도 있다. 또는 유념·무념을 계속 반복하여 한도가 차야 오는 경우도 있고, 유념·무념을 막론하고 단 한 번으로 오는 경우도 있다. 이런 경우는 아흔아홉 번 유념했을지라도 단 한 번의 무념으로 호된 결과를 빚는다. 즉 교통사고나 기계사고 등이 그러한 유에 속한다. 또는 직접적으로 오는 경우도 있고 간접적으로 오는 경우도 있다. 때에 따라서는 간접 중에도 이중간접, 삼중간접, 사중·오중간접 혹은 그 이상의 다중간접으로 오는 경우도 있다. 어떠한 경우라도 유념·무념의 결과는 결국 자기에게 돌아와 행·불행들을 생산해 낸다.

유념공부를 일관되게 철저히 하여 절정에 이르면 무념무위의 경지에 도달하게 되고 그 자리에 도달해야 대해탈·대자재의 힘이 생긴다.

이에 유·무념 공부법에 따라서 유념공부를 철저히 해나가되 다음 유념의 종류를 살펴서 마땅한 길을 찾아가자.

오늘날의 크고 작은 재앙들도 알고 보면
유념의 사각지대에서 일어나지 않은 것이 없다.

유념(有念)의 종류

방종성(放縱性) 유념과 당위성(當爲性) 유념

방종성 유념은 옳지 못한 일을 하면서 주의를 기울이는 것이요, 당위성 유념은 옳은 일을 위해 주의를 기울이는 것이다.

무법성(無法性) 유념과 공부성(工夫性) 유념

무법성 유념은 아무 표준 없이 경계 따라, 기분 따라 주의를 하기도 하고 안 하기도 하는 것이요, 공부성 유념은 표준을 세우고 공부 삼아 주의심을 기울이는 것이다.

일상성(日常性) 유념과 경륜성(經綸性) 유념

일상성 유념은 일상생활의 필요에 따라서만 주의를 하는 것이요, 경륜성 유념은 경륜 실현을 위한 데까지 주의를 기울이는 것이다.

일시성(一時性) 유념과 장기성(長期性) 유념

일시적 유념은 특별한 경우에 즉흥적이고 순간적인 주의만 기울이는 것이요, 장기성 유념은 목표에 따라 일관되게 꾸준히 주의심을 기울이는 것이다.

단일성(單一性) 유념과 복합성(複合性) 유념

단일성 유념은 관심 있는 사항 하나에만 주의하는 것이요, 복합성 유념은 여러 가지를 함께 챙기며 주의심을 기울이는 것이다.

개인성(個人性) 유념과 집단성(集團性) 유념

개인성 유념은 자기 개인적인 사항에만 주의를 기울이는 것이요, 집단성 유념은 집단 성원 모두가 공적(公的) 목표에 따라 단합, 일심을 기울이는 것이다.

표피성(表皮性) 유념과 현묘성(玄妙性) 유념

표피성 유념은 표피적인 사항에만 주의를 기울이는 것이요, 현묘성 유념은 오묘한 세계를 파고들어 가는 데 주의를 기울이는 것이다.

내가 하고 있는 유념이 어떠한 종류의 유념인지 잘 살펴서 때와 경우에 따라 유념공부가 끊어지지 않고 꾸준히 계속된다면 차츰 일심정력이 생겨서 모든 일에 막힘과 걸림이 없고 당하는 대로 쓸모 많은 사람이 될 뿐만 아니라 드디어는 일행삼매 일상삼매의 경지에 다다라서 자타간의 복혜문로(福慧門路)를 한량없이 열어 주는 주인공이 될 것이다.

유념 실상(有念實相)

1. 깨어 사는 것: 자신의 심신[六根] 움직임과 밖으로 접(接)하는 현상[六境] 상황을 알아차리는 것
2. 챙기며 사는 것: 생활이나 공부나 윤리대의상에서 마땅히 해야 할 일을 찾아 놓치지 않고 실행하는 것
3. 조심하며 사는 것[如履薄氷]: 세파(世波)를 헤쳐 나갈 때 만나는 각종 위험 환경[생존상, 공부상, 처세상]에 대처하는 마음
4. 목적의식으로 사는 것: 어떠한 것이든지 목표를 설정하여 추진하고 달성해 가려는 마음가짐
5. 지혜롭게 사는 것: 사리를 관찰하는 앎의 깊이가 천층만층이라 이에 따라 응용하고 대처하여 효율가치를 극대화해 가는 마음

유념(有念)의 지향점(指向點)

1. 목적지향: 유념은 지향하는 목적의 핵이 있어야 한다.
2. 두루지향: 유념은 지향하는 영역 전체를 살펴야 한다.
3. 밀도(密度)지향: 유념하는 실상이 면면밀밀해야 한다.
4. 시중(時中)지향: 그 유념은 상황에 적중해야 한다.

5. 원대(遠大)지향: 그 유념은 원대한 경륜에 맞추어야 한다.

6. 효율(效率)지향: 그 유념은 위의 모든 측면에서 효율적 결과
   를 나투어야 한다.

4장
—

수련의 실지에 들지
못하게 하는 것

다음, 다음으로 미루는 마음도 수련의 실지에 쉽게 들 수 없게 한다.
다음이란 끝이 없고 미루는 마음 또한 다 할 날이 없다.
이러한 마음을 가지고 수련의 실지에 들기란 참으로 어려운 일이다.

수련의 실지에 들지 못하게 하는 것

　수련·수행의 필요성이 너무도 확실하고 절실한 것만은 분명하나 선뜻 실천에 나서는 사람이 많지 않은 데는 그만한 곡절이 있다. 즉 수련·수행의 실천에 나서려는 발목을 잡고 놓아 주지 않는 것들이 있다. 설령 나섰을지라도 그 앞길에 끝없이 나타나 온갖 방해를 한다. 때로는 회유로, 때로는 협박으로, 때로는 유인·유혹으로 수행자를 시험하고 방해한다. 공부가 깊어지면 거기에 맞추어 또 다른 시험과 마장이 따른다. 그러나 공부인은 이 모두를 대수롭지 않게 여기고 공부의 분발을 촉구하는 도반쯤으로 알아서 대처해 가야 한다.

　다만 나의 수행전도에 나타나 방해할 마장들을 미리 파악했다가 이들이 침노하면 즉각 '알아차리고' 용기 있게 대처하는 요령이 필요하다. 가장 결정적 마장은 '불신', '탐욕', '나태', '우치'로서 참으로 용납해서는 안 될 것들이다. 이들이 자리하고 있는 한 결코 도에 들 수 없다. 아니, 수련·수행 자체가 불가능하다.

　'불신'이란 진리를 믿지 않고 정당한 법문을 믿지 않고 바른 스승이나 동지를 믿지 않는 것으로, 이는 만사를 이루려 할 때 결정을 내리지 못하게 한다.

무엇이든 하고자 하는 마음이 과하면 욕심이요 욕심에 탐착하면 '탐욕' 이다. 이는 모든 일에서 바른 도를 벗어나 과도하게 취하려는 마음으로 결국 부작용만 낳을 뿐이다.

'나태' 란 게으른 마음이다. 생생약동하는 의욕이 가라앉아 만사를 이루려 할 때 오직 하기 싫어하는 마음이다. 이 마음을 가지고는 한 치도 나아갈 수 없다.

'우치' 란 무엇인가. 모르면 곧 우치다. 모르면서도 알려고 하지 않으면 더 큰 우치요 모르면서 모르는 줄도 모르면 더 굳어 있는 우치이다. 대 · 소 · 유 · 무의 이치와 시 · 비 · 이 · 해의 일을 알지 못하면 결국 그 행은 자행자지(自行自止)로 진행되어서 드디어는 무소기탄(無所忌憚)의 자유 방종으로 치달을 수 있다.

이 마음이 굳어 있으면 결코 수행에 들 수 없다.

이상 네 가지가 수행상 반드시 버려야 할 조항이다.

이외에도 타성에 젖은 마음, 현애상에 걸린 마음, 관문상에 걸린 마음, 세속에만 관심을 갖는 마음, 습관에 철석같이 굳어 있는 마음, 철옹성 같은 토굴 속에 갇혀 있는 마음, 외경에만 끌려다니는 마음 등 수련 · 수행에 선뜻 나서지 못하게 하는 마음들이 있다.

'타성에 젖은 마음' 이란 일상성에 깊이 빠져 헤어나지 못하는 마음이며 의식주 생활 이외의 이상지향 의식이 가라앉은 마음이다. 의욕도 희망도 가라앉고 그때그때 안일에 젖어 그냥 되는 대로 살아가는 마음뿐이다. 이 마음에 젖어 있으면 향상심이 고갈되어 도저히 분발이나 정진이 있을 수 없고 그저 물에 술탄 듯, 술에 물탄 듯 되는 대로 살아간다. 이는 마음의 생명력이 죽어가고 있는 현상이다.

'현애상에 걸린 마음'이란 일단 해보지도 않고 미리 겁먹고 어렵게만 생각하는 마음이다. 자기 근기를 비하하는 마음과 스스로는 불가능할 것이라는 어리석은 마음 등이 작용하여 미리 포기해 버리는 것이다. 이 마음이 있고는 한 발자국도 나아가려 하지 않는다. 갖가지 말로 설득해도 자기 생각에서 벗어나지 못한다. 이 생각에서 벗어나지 않고는 한 발자국도 수행에 나서지 못한다.

'관문상에 걸린 마음'이란 습관적으로 듣기만 하는 마음이요 예전에 들었다는 생각으로 더 깊이 탐구하지 않는 마음이다. 법문을 들으면 다 아는 것으로, 전에 들은 것으로 치부해 버리고 법문대로 실행하려는 노력이 쉬어 버린 상에 걸린 것이다. 분별지로는 알지 모르나 수행의 실지에는 결코 들 수 없는 마음이다.

'세속에만 관심 갖는 마음'이란 모든 마음이 세속적인 것에만 팔리고, 안으로 자기 마음을 들여다보고 다스리는 데는 관심이나 취미도 없고 필요도 느끼지 못하며 오직 세속적인 것으로 가득

차 있는 상태다. 이 마음을 가지고는 기기묘묘한 마음세계에 들 수 없다.

'습관에 철석같이 굳어 있는 마음' 이란 누구나 과거 생에 익힌 습관이 없을 수는 없으나, 이 옳지 못한 습관이 익혀진 농도가 짙어지다 못해 철석같이 굳어져서 나를 잡아 묶는 쇠사슬이 되어 도저히 벗어나지 못하는 마음이다. 여기서 벗어나기란 아주 어려운 일이어서 이쯤 되면 자력·타력을 총동원해야 겨우 벗어날 수 있다. 좋지 못한 습관이 그만큼 나를 사로잡고 있는데 여기서 벗어나 수행에 나선다는 것은 결코 쉬운 일이 아니다.

'철옹성 토굴 속에 갇혀 있는 마음' 이란 자기 마음에 토굴을 파 놓고 거기에 철옹성까지 설치해 누구도 넘보지 못하도록 하고 스스로도 그 철옹성 밖을 내다보지도 않으며 그 안에만 갇혀 사는 것을 말한다. 밖에서 천군만마가 와도 소용이 없다. 밖으로 뛰쳐나와야 세상 물정을 알게 되는데 아예 문을 닫아 버리고 사는 모습이다. 이 마음에서 벗어나지 않고는 결코 해탈의 수행 문에 들 수 없다.

'외경에만 끌려다니는 마음' 이란 오직 현실의 시비이해의 경계나 희로애락의 경계나 순역의 경계 등에 끌려다닐 뿐 주체적으로 하는 일은 거의 없는 마음을 말한다. 다시 말하면 경계, 경계마다 그 혼이 사로잡힘을 당하고 있으면서도 감지하지 못하고 벗어날 생각도 없으므로 수련·수행에 나설 생각은 전혀 하지 못한다.

이 밖에 '일과 수련을 모순 개념'으로 생각하여 일을 하면 수련을 할 수 없고 수련을 하려면 일을 할 수 없다는 견해에 집착하여 이리저리 망설이다가 결국 세월만 보내거나 아니면 어느 정도 소임의 일을 마치고 하겠다는 생각으로 미루다가 일생을 마치는 경우도 있다. 일을 하면서 수행하고 수행하면서 일을 한다는 견해, 오히려 모든 일은 수행의 소재라는 견해를 갖게 되면 당장에라도 수련의 실지에 들 수 있지만 일과 수련을 모순 개념으로 생각하면 결코 수련의 실지에 들기 어렵다.

'다음, 다음으로 미루는 마음'도 수련의 실지에 쉽게 들 수 없게 한다. 다음이란 끝이 없고 미루는 마음 또한 다할 날이 없다. 그러므로 이러한 마음을 가지고는 역시 수련의 실지에 들기란 참으로 어려운 일이다.

이상의 모든 마군이들을 과감히 용기 있게 떨쳐 버려야 비로소 수련·수행의 문턱에 들어 설 수 있음을 명심해야 한다.

공부가 깊어지면 거기에 맞추어 또 다른 시험과 마장이 따른다.
그러나 공부인은 이 모두를 대수롭지 않게 여기고
공부의 분발을 촉구하는 도반쯤으로 알아서 대처해 가야 한다.

5장
—
수련 일기

들고 듣고 또 들어서 안 들어도 들릴 때까지

보고 보고 또 보아서 안 보아도 보일 때까지

알고 알고 또 알아서 앎이 없어도 다 알 때까지

하고 하고 또 하여서 함이 없어도 절로절로 될 때까지

수련 일기

　지금까지 서술한 내용을 개괄해 보자. 먼저 무관심하게 방치했던 마음에 대한 관심을 이끌어 내려는 노력에서 출발하여 마음의 실상에 대한 바른 이해를 도모했고, 그 마음 이해에 바탕하여 과연 마음은 어떻게 해야 할 대상인가에 대한 문제제기와 그 문제를 해결하기 위한 마음수련의 길을 밝혔다. 그런 다음 마음수련의 실제적이고 구체적인 조치들을 거론하였다.

　이 모든 것들이 관념이나 개념에 그치지 않고 수련의 실지에 들고 수련이 효과를 거두기 위해 이중 · 삼중 · 사중의 장치를 마련함으로써 어떠한 누수현상도 미리 막아 낼 수 있도록 하였다.

　일기법은 수련상의 누수현상을 막는 마지막 직전의 장치로서 의미가 있다. 만일 이러한 누수현상을 막는 구체적 조치가 없다면 어디에 구멍이 생겨났는지도 모르는 사이에 누수는 일어나고 시간은 흘러서 결국 무위로 끝날 수 있다.

　이 세상 모든 일이 그러하듯이 어떠한 목적을 달성하기 위해서는 아주 합리적이고 효율적인 길의 선택이 필수적이요, 선택한 그 길을 따라가는 과정에서도 수없이 반복되는 명암(明暗)의 사건

들 속에서 좌초되지 않고 일관되게 전진할 수 있어야 한다. 그만큼 이중·삼중으로 주도면밀한 장치들을 마련할 필요가 있다. 수행상에서는 더욱 그러하다.

수행 과정에서 마군의 방해는 끝이 없으며, 마군이 침노할 때는 아주 은밀하게 접근하여 자리 잡기 때문에 신경을 곤두세우고 경계하지 않으면 자신도 모르는 사이에 어느새 점령당하고 만다. 이쯤 되면 오히려 마군이가 친구라도 되는 양 그들과 더불어 노닐고 있으며 더 나아가서는 상전이라도 되는 양 스스로 충복하는 노예로 전락하여 그의 사주에 따라 차마 입에 담지 못할 온갖 행위를 서슴지 않기도 한다.

무엇보다 애초에 마군이가 침노할 틈을 주지 않아야 한다. 이것이 이른바 자성문수행(自性門修行)이다. 이미 침노한 후에는 그와 더불어 끝까지 싸워 이기려는 정신과 용기도 있어야 하지만〔隨相門修行〕 그보다 먼저 그 무엇도 없는 자성에 안주하여 아무도 넘보지 못하도록 철저히 지키며 대기대용의 자비경륜을 다듬어 가야 한다.

그렇기 때문에 그 과정 하나하나에 대한 철저한 검증이 필요하다.

무엇은 되고 무엇은 안 되고, 어디까지는 되고, 어디서부터는 안 되는가를 점검하여 그 전부를 파악해서 수행전도에 보감이 되는 좋은 약재로 활용해야 한다. 이것이 바로 스스로 점검하는 일기법이요 신분검사법이다.

원불교 교리는 일차적으로 우리의 실행 방향을 삼학팔조와 사은사요 그리고 솔성요론과 계문 등을 설정하여 실행해야 할 일, 하지 말아야 할 일들을 밝혔다. 그리고 그 실현을 위해 이차적으로 정기훈련법과 상시훈련법, 무시선법을 마련하여 다양한 각도에서 수행상의 정곡을 공략하며 점점 압축해 들어갈 수 있도록 하였다. 그러고도 있을 수 있는 누수현상을 놓치지 않기 위해 일기법이나 신분검사법을 마련하여 마지막 방어벽까지 설치함으로써 이른바 물 샐 틈 없는 조치로 수행상의 완벽을 기하고 있다.

일기법에는 정기훈련기간에 주로 점검·기재하는 정기 일기법이 있고, 상시훈련기간에 주로 점검·기재하는 상시 일기법이 있다. 각각의 일기법에 따라 점검·기재하는 요령의 대강을 설명해 보자.

상시 일기법

1. 무념·유념을 한 횟수 점검·기재

유념: 온전한 생각으로 취사를 하는 마음

무념: 온전한 생각으로 취사를 못하는 마음

1) 자기 스스로 할 조목과 하지 말아야 할 조목을 설정할 수도 있고,

2) 교리 속에서 밝혀 놓은, 할 조목과 하지 말아야 할 조목을 따라할 수도 있고,

3) 전반적인 모든 영역을 망라하여 점검·기재할 수도 있음.

4) 처음에는 주의심이 있었으면 유념, 주의심이 없었으면 무념 드디어는 일이 잘 되었으면 유념, 못 되었으면 무념

2. 학습상황 기재

1) 수양공부 시간 기재

2) 연구공부 시간 기재

3) 법회·법석의 참석 여부 기재

4) 계문 조항 따라 범한 횟수 기재

정기 일기법

1. 당일의 작업시간과 허송시간 기재

2. 당일의 수입·지출 잔고 기재

3. 심신작용 처리건 기술

4. 감각·감상건 기술

위에 밝힌 일기법 내용에 따라 다음과 같이 도표를 마련하고 좀 더 구체적으로 밝혀 보자.

년　　월　　일　　성명:　　　　날씨:　　　　특항:

종류 점검	유념수		무념수	참선시간	연구시간	법회참석(o,x)	기타

법위별	보 통 급										특 신 급										상 전 급										계
계문 점검	1	2	3	4	5	6	7	8	9	10	1	2	3	4	5	6	7	8	9	10	1	2	3	4	5	6	7	8	9	10	

작업시간		수입		+		조월	
허송시간		지출		-		잔고	

심신 작용 처리	

감각 감상	

※조월: 전일 잔고

상시 일기법

유 · 무념 기재

　유념 · 무념에 대해서는 앞에서 구체적으로 밝혔으므로 재론은 하지 않겠다. 다만 유념 방향에 따라 그 유념 실력이 이루어지고, 작은 일에서부터 큰일에 이르기까지, 일상성에서부터 경륜성 실현에 이르기까지, 아주 현실적인 문제에서부터 아주 현묘한 이상세계에 이르기까지 모두 유념을 통해서 이루어진다는 것을 거듭 강조하지 않을 수 없다.

　유념실력이 부실하면 세상만사가 부실할 수밖에 없고 유념실력이 완전하면 세상만사가 완전할 수밖에 없다. 이에 유념실력을 기르기 위해 '하자는 조목'과 '말자는 조목'에 대한 '주의심의 유 · 무'를 점검 · 기재하라는 것이다. 일건마다, 경계를 지날 때마다 유념했느냐 무념으로 지나쳤느냐를 점검하여 그 종합 횟수를 기재하고 변동사항을 살펴서 수행평가를 한다.

　처음에는 주의심의 유 · 무만 기재하고, 다음에는 일이 잘되면 유념, 잘못되면 무념으로 기재한다.

그리하여 일별 통계, 월별 통계, 연도별 통계를 보고 전후의 변동사항을 파악하며 미래 지향의 대책을 세워 조처해 가면서 유념 실력을 원숙시켜 간다.

학습상황 기재

학습이란 배우고 익힌다는 뜻이다. 수행목적을 달성해 가는 과정에서 배우고 익혀야 할 과목이 수없이 많은데 그 과정에서 나에게 주어진 시간 중 얼마만큼을 수행상의 학습에 안배했는지 점검하는 것이다.

앞서 '시간과 경계'는 밖으로 주어진 공부소재라 했다. 유·무념이 경계에 대한 점검법이라면 학습상황은 시간 점검법이다. 즉, 내가 활용할 수 있는 시간 중에서 수행상의 학습에 배려한 시간이 어느 정도인지 점검, 파악하여 필요량을 조절해 간다. 그리고 허송한 시간도 파악하여 줄여 간다.

1) 수양시간 기재[염불·좌선·기도]

염불·좌선·기도는 집중력을 기르는 시간이요, 마음을 고요하고 깨끗하게 하고 텅 비워 본래 성품자리로 돌아가는 시간이다. 성품을 단련하는 데 염불은 거친 대패와 같고 좌선은 섬세한 대패와 같다는 말처럼, 염불·좌선·기도는 성품을 다듬고 성품의 기운을 충만시키는 수양과목이다. 여기에 얼마만큼의 시간을 배려했느냐 하는 것을 점검해야 한다. 염불·좌선·기도에 일심 집중하는 시간은 수행에서 천금 만금 같은 순간이다. 이러한 시간을 가질 수 있다는 것은 아주 값진 보배로움이요 행운이다. 이 맛을 아는 사람은 이미 초범(超凡: 범부의 경지를 넘어섬)의 경지에 이르렀다 할 수 있다.

2) 연구시간 기재[경전·강연·회화·성리·의두연마]

경전·강연·회화·성리·의두는 여러 각도에서 지혜를 계발하는 연구 과목이다. 요사이 흔히 깨달음을 꿈꾸는 사람들이 가만히 있다가 어느 날 갑자기 확철대오하기를 바라고 기다리는 경우가 있으나 이것은 이치가 아니다. 비록 전생에 닦은 바가 많은 상근기이거나 생이지지(生而知之)의 근기가 있기는 하지만 사실은 이들도 많은 생을 통해서 적공을 드린 결과요 처음부터 돈오돈수(頓悟頓修)의 근기를 지녔던 것은 아니다.

그러므로 여러 과목을 번갈아 가며 단련하는 것은 여러 각도에서 지혜계발의 계기를 조성하는 것이 된다. 이 과정을 성실히 밟다 보면 자기도 모르는 사이에 일각·십각·백각·천각·만각·몰록각의 계기를 만날 수 있다. 그러다 보면 결국은 대각에 육박해 들어갈 수 있다.

아주 절묘한 법이요, 효율적인 법이요, 확실한 법이요, 누구나 할 수 있는 법이다. 다만 그때그때의 과정마다 온갖 정성을 다해서 성실히 임해야 한다는 절대적 전제가 있을 뿐이다. 이러한 연구과정에 배려한 시간을 점검·기재한다.

3) 법회·법석 참석 여부 기재

법회와 법석에 참석한다는 것은 참으로 여러 가지 의미가 있다. 모든 것을 미련 없이 놓고 법회·법석에 참석해서 얻어지는 것을 살펴보자.

현실 문제에 자신도 모르게 집착하는 것에서 과감히 벗어나는 힘을 기름이요(해탈解脫), 생활에 젖은 타성으로부터 벗어남이요, 신앙적 혼을 다시 불러일으키고 성자 혼과 접촉하는 시간이며, 역대 성자 스승님들과 만나는 시간이요, 자신도 모르게 빠진 오만으로부터 겸허함을 되찾는 시간이며, 영생의 도반들과 법정(法情)을 두텁게 하는 시간이요, 스스로 배우고 서로서로 배워서 배움의 은혜를 풍성하게 하는 시간이요, 따라서 세상까지 맑히고 밝히고 훈훈하게 하며 자각각타(自覺覺他: 스스로도 깨닫고 남도 깨닫게 함) 문로를 열어가는 일이다.

그럼에도 법회·법석에 나가는 것은 그저 어리석은 하근기들이나 하는 것이라 하여 스스로 상근기가 되어 법회나 법석 참여를 평가절하하는 것은 참으로 깊이 헤아리지 못한 얕은 생각이다. 물론 법회·법석의 참여를 까닭 있게 하여야 한다는 것은 중요한 일이나 그것은 참석하면서 할 일이요, 참석 자체를 외면하거나 그 필요를 부정하는 것은 장차 강급이 될 근본이요, 진급의 길을 막는 어리석음이다.

그러므로 법회 · 법석 참석 여부를 일기 속에 점검 · 기재하여 자칫 나태에 빠지려는 마음을 추어 잡도록 한 조치이다.

4) 계문 조항 따라 범한 횟수 기재

계문이란 악도에 떨어져 무수한 고통을 받을 수 있는 위험으로 부터 우리 범부 중생들을 구제하고 예방해 주고자 하는 성자들의 대자대비의 부촉이요, 경계요, 경고이다. 그 뜻을 짐작한다면 어찌 소홀히 하고 외면할 수 있겠는가. 오히려 기필코 범하지 않으려고 해야 하고 이미 익혀 왔다면 기필코 떼어내야 한다. 한 조항, 한 조항을 평떼기 식으로 정리하라는 뜻으로 각 조항의 범과 유무와 횟수를 일일이 기재하도록 하여 변화 여부를 점검, 확인, 대처해가도록 하고 있다.

정기 일기법

상시일기는 상시·정기를 막론하고 점검·기재하고, 정기훈련 기간에는 정기일기를 추가하여 점검·기재한다. 그 내용을 살펴보자.

1) 당일 작업한 시간과 허송한 시간 수 기재

작업시간이란 뭔가 의미 있고 필요하고 생산적인 일을 한 시간이다. 이와 반대로 의미도 없고 필요하지도 않고 생산적이지도 않은 일에 낭비한 시간은 허송시간이다. 동시에 작업시간은 복을 짓는 시간이요, 내 역량을 키우는 시간인 반면 허송시간은 빚지는 시간이요, 역량을 고사시키는 시간이다.

2) 당일의 수입·지출·잔고 기재

이 조항은 철저하게 경제 감각을 형성시켜 주는 조항이다. 우리 육신생활에서 빼놓을 수 없는 조건이 바로 경제이며, 경제는 의식주 생활의 근본이기도 하다.

이 수행법은 영적 영역에만 국한하지 않고 경제 영역까지 넓혀서 이른바 영육쌍전의 대원칙에 만전을 다한 것이다. 그리하여 매일 수입과 지출을 대조하고 잔고를 확인하면서 수입이 줄면 지출도 줄이고 지출의 필요에 따라 수입을 늘리려는 감각을 익히게 한 것이다. 이는 우리 육신생활과 경제생활에서 기본이 되는 문제이므로 이 법을 통해 철저히 그 감각을 익혀야 한다.

3) 심신작용 처리건 기술

우리의 몸과 마음은 잠잘 때를 제외하고 끝없이 작용한다.

이 몸과 마음은 무엇인가를 따라 계속 작용하는 과정에서 끝없는 취사선택을 하게 된다. 그 결정적 시기에 우리의 몸과 마음이 어떻게 작용했느냐, 다시 말하면 무엇을 취하고 무엇을 버렸느냐 등의 경위를 소상히 기술했다가 이를 감정받기도 하고 스스로도 계속 대조하며 올바르고 웅숭깊고 큰일을 해낼 수 있는 심신작용으로 발전시켜 간다.

4) 감각 · 감상 기술

여기서 '감각'이란 말초신경의 촉각이 아니라, 크고 작은 모든 깨달음을 의미한다. 전에 알지 못했거나 무관심했던 사실을 지혜가 열리면서 깨닫게 되고 알게 되는 것이다. '감상'이란 주로 느낌을 받아 상상하게 되는 것을 말한다. 이러한 감각이나 감상은 사고의 세계가 얼마나 넓고 깊고 높으냐에 따라 그 성숙도가 달라지므로 이 감각 · 감상의 지혜를 계발하고 단련하여 보고 듣고 겪는 모든 것에서 가르침을 받고 깨달음을 얻어 가게 한다.

감각 · 감상의 내용들을 그냥 지나치거나 간과하지 않고 기술하였다가 감정을 받기도 하고 후일 지견이 열려가는 변화를 스스로 대조하며 보보일체대성경(步步一切大聖經)의 깨달음으로 유도해 간다.

이상으로 일기법까지 '수행의 실제' 문제를 모두 다루었다. 비록 약술(略述)에 그치기는 하였으나 주요 문제는 모두 언급하고자 하였다. 다만 수행자가 크게 유의해야 할 사항은 여기에 거론한 모든 내용들을 똑같이 소중한 것으로 인지하고 마음속에 깊이 새겨 간직하고 수행에 임해야 한다는 것이다.

하나의 과정, 과정마다 거기에는 각각 독특한 의미가 있으므로 이를 모두 아울러 수행해 간다면 겸수(兼修), 쌍수(雙修), 전수(全修)가 되어서 사반공배(事半功倍)로 큰 효과를 볼 것이요 좋은 결과도 그만큼 빨리 나타날 것이다.

비록 여기서 거론하지 않은 수행 영역이 있을지라도 지금까지 거론한 내용들을 거치는 동안 모두 다 노정되어 그 해결의 실마리를 찾을 수 있도록 하였다.

그저 자기 기호나 취향에 따라서 선택적으로 일방통행만 하다 보면 편수가 될 뿐만 아니라 시간적으로나 공효(功效) 면에서나 손해가 막심하고 원만성은 불가능한 것이 되고 만다.

앞서 밝힌 이 모든 수행법은 겸수법이요 쌍수법이요 전수법이니, 이대로 철저히 하고 나면 전방위로 완전무결하고 원만구족한 인격을 이루어 사통오달(四通五達)의 큰 역량까지 얻게 될 것이다. 만일 이 수행법을 가볍게 알고 다른 특별한 수행만을 고집한다면 아무리 잘해도 결국 편수가 되어서 조각 인격의 틀을 벗어나지 못한다. 이는 원리적으로 너무도 분명한 사실이다.

편수가 낳은 조각 인격에 대한 맹점을 비유적으로 보여 주는 불교의 가르침이 있다.

"진흙으로 만든 부처는 물을 건너지 못하고(泥佛不渡水), 나무로 만든 부처는 불을 건너지 못하고(木佛不渡火), 쇠로 만든 부처는 용광로를 건너지 못한다(金佛不渡爐)"고 했다. 즉 진흙으로 만든 부처는 물을 만나면 부처의 모습이 해체되고, 나무로 만든 부처는 불을 만나면 부처의 모습이 해체되고, 쇠로 만든 부처는 용광로를 만나면 역시 그 모습은 버티지 못하고 해체된다는 뜻이다. 그러나 "전방위로 수행한 진불은 건너지 못할 곳이 없다(眞佛無不渡)." 즉 전방위로 수행한 결과물은 어떠한 경우에도 무너지지 않는다는 뜻이다.

앞서 밝힌 다양한 수행법이 번거롭게 생각될 수 있으나 이는 수행의 깊은 뜻을 헤아리지 못하여 갖게 되는 생각이다. 그 실상을 액면 그대로 깊이 이해한다면 어느 한 과정도 빼놓을 수 없는 요긴한 법이요 효율적인 법이요 완전한 법이요 의심의 여지가 없는 확실한 법이다.

원불교의 수행법은 이 모든 것을 종합적으로 수행해 가는 과정에서 편수나 누수현상을 막으면서 결과는 결과대로 보장되도록 했다는 것을 덧붙여 밝힌다.

정기훈련 과목과 상시훈련 과목을 일일이 이수하고 '경계마다 공부거리, 순간마다 공부찬스'로 활용하여 일 속에서 공부하고 일 없을 때도 공부한 공덕은 그 어떤 경우에도 무너지지 않으며 드디어는 정금미옥을 만들 수 있을 테니 이것이 이른바 대승수행이요, 전천후 수행법이요, 최상승 수행법이다.

이상과 같이 수행해 가는 과정에서 어느 분야에서는 쉽게 발전을 이루는 모습이 보이지만 어느 분야에서는 도저히 발전하는 모습이 보이지 않기도 한다. 이 모두는 전생에 익힌 바가 오늘에 와서 나타나는 현상이니 결코 이상하게 생각할 일이 아니다. 오히려 이를 통해서 강점을 살리고 약점을 더욱 보완하려는 수행 분발과 방향 설정의 호재(好材)로 활용해야 한다. 즉, 강점은 묵히지 않고 그대로 살려가되 약점에는 하고 또 하는 적공을 집중적으로 기울이는 요령이 필요하다. 그리하여 노력하지 않아도 절로 되어 갈 때까지 공략해 나간다. 다시 말하면 안 되는 일일수록 더욱 심혈을 기울여 끝장을 보려는 사생결단의 대분발로 임해야 한다는 뜻이다.

듣고 듣고 또 들어 안 들어도 들릴 때까지

보고 보고 또 보아 안 보아도 보일 때까지

알고 알고 또 알아 앎이 없어도 다 알 때까지

하고 하고 또 하여 함이 없어도 절로절로 될 때까지

6장
—
마음공부의 단계

상의 실상을 해부하여 송두리째 파악하고 있어야 한다.

아주 은밀히 숨고 깊이 숨고 철저히 숨어들면서

우리 수행에 결정적인 타격을 가하는

무서운 존재라는 것을 알아야 한다.

식물도 자라고 동물도 자란다. 자랄 때는 반드시 자라는 주인공이 필요로 하는 모든 조건이 충족되어야 한다. 조건이 충족되지 않은 상황에서는 아예 발아하거나 태어나는 것 자체가 불가능해진다. 또 조건이 부족하면 부족한 만큼 성장 자체에 영향을 미쳐 지장을 주고, 그 조건이 풍족할수록 좋은 영향을 주어 좋은 성장과 결과를 낳는다.

우리 마음도 배려하는 여건에 따라서 성장한다. 배려란 바로 수행적공이다. 수행적공이라는 것은 막연한 정성만의 바침이 아니라 아주 합리적인 관점에서 마음이 필요로 하는 모든 조치들을 배려하는 데 온갖 정성을 기울이는 정진적공이다.

여기서 '합리적' 이라는 말에 유의하여야 한다. 합리란 노력하면 되는 일이요, 불합리란 아무리 노력해도 안 되는 일이다. 다시 말하면 원리에 맞는 것은 합리요, 원리에 반하는 것은 불합리다. 예를 들면 쌀을 가지고 밥을 지으려는 것은 합리요, 모래로 밥을 만들려는 것은 불합리다. 모래로는 온갖 정성을 기울여도 밥이 되지 않는다.

수행도 이러한 이치에서 벗어날 수 없다. 수행에서도 합리적인 것이 있고 불합리한 것이 있다. 이것을 잘 가려서 하는 것이 필수적이다. 과연 수행상 가장 합리적 방안이란 무엇인가?

바로 지금까지 밝힌 내용들이다. 이러한 방법에 투자한 정성이 얼마이냐에 따라서 우리의 공부 성장 정도가 결정된다. 그 성장 정도를 측정하는 단계별 기준이 있으며 이를 마음공부 단계라 한다.

마음공부 단계를 밝히는 이유는 우리가 수행 과정에서 스스로 처한 위치를 점검, 파악할 필요가 있기 때문이다. 지금의 위치에서 다음 단계로 발전해 가기 위해서 안고 극복해야 할 문제가 무엇인가를 정확히 진단해야 제자리에 정체하지 않고 승승장구하는 발전을 이뤄 낼 수 있다.

더욱이 그 고비 고비마다에는 그에 따른 특수한 과제가 있기 마련이다. 이해를 돕기 위해 몇 가지 예를 밝히겠다.

처음 수행에 착수했을 때는 '과거 습관'이 시도 때도 없이 엄습한다. 마음은 수행하고자 하나 무시로 엄습하는 묵은 습관을 대치하는 일이 큰 숙제다. 조금 지나 익어 가다 보면 밖으로의 습관은 어느 정도 극복해 가고 수행 환경에 적응은 하면서도 안으로 마음속에서는 번뇌망상이 더 기승을 부리는 것 같다. 이것은 새삼스럽게 지금에 와서 기승을 부리는 것이 아니라 그동안 아군으로 변장하고 있으면서 마음대로 활보했던 마군이들이 더 이상 숨지 못하고 그 실체가 드러난 것이다. 모를 때는 그냥 넘기고 살았으나 이제 마음이 훤히 보이므로 그들과 대적할 일이 큰 숙제로 부각되어 수행자에게는 고민거리가 된다.

또 다른 과제는 모든 육근동작이나 행동거지를 법으로 길들이려고 하는 과정에서 무척 '하고 싶은 것'도 있고, 아주 '하기 싫은 것'도 있다는 것이다. 이때 아무리 하고 싶어도 안 해보고, 아

무리 하기 싫어도 해봐야 하는 숙제가 있다. 참으로 어려운 고비
요 쉽게 되지 않는 문제라 큰 고민거리가 된다.

또 다른 과제는 이제는 모든 행동거지가 법으로 길들여지기는
하였으나 '법에 묶여서' 운신의 폭이 법의 울타리를 벗어나지 못
한다는 것이다. 이 울타리를 박차고 나올 용기가 절대적으로 필
요하다. 어렵기로 말하면 죽기만큼이나 어려운 문제이다. 이 울
타리를 박차고 뛰쳐나와야 참으로 광활한 세계에서 활보하고 살
수 있다.

이러한 고비는 넘기고 나면 별것도 아닌 하찮은 것들이지만 당
면해 있을 때는 천근만근의 고민 덩어리다. 그러므로 스스로 수
행 실력의 현주소를 진단·평가·확인하여 다음 단계로 도약하
기 위한 과제로서 끌어안고 나가야 한다.

이에 공부 성숙도에 따라 단계가 없을 수 없고, 그 단계 설정은
기준 따라, 견해 따라 여러 가지 형태로 분류·설정할 수 있다.

이러한 수행단계를 각 종교에서 설정한 것이 있으므로 참고로
그중 몇 가지 이해하기 쉬운 것들을 소개하고자 한다.

동양 문화권에서는 보통 인물평을 할 때 준(俊), 호(豪), 걸(傑),
현(賢)의 단계로 이야기한다. 앞의 네 단계를 거쳐서 성(聖)의 반
열에 오르면 그 사람을 높이 받든다.

유교에서는

　고생하는 노력을 기울여 아는 곤이지지(困而知之) 근기

　배워서 아는 학이지지(學而知之) 근기

　태어나면서 스스로 아는 생이지지(生而知之) 근기

또는

　힘써 노력하여 실천단계에 오른 면강이행지(免剛而行之) 근기

　편안한 가운데 실천단계에 오른 안이행지(安而行之) 근기

　즐기면서 실천단계에 오른 낙이행지(樂而行之) 근기

불교에서는

　육진에 물들지 않는 수다원(須陀洹)

　삼계의 속박으로부터 벗어난 사다함(斯陀含)

　안으로 욕심이 없고 밖으로 욕심 경계가 없는 아나함(阿那含)

　모든 번뇌까지도 다 청산한 아라한(阿羅漢)

　위로 부처를 따르고 아래로 중생을 제도하는 보살(菩薩)

　만능만덕의 여래 지혜 덕상을 갖춘 부처〔佛〕

　위와 같이 여러 가지 단계를 설정한 내용들이 있으나 마음작용을 보다 적극적으로 반영한 원불교에는 두 가지가 있다. 하나는 사단심(四段心)이요, 하나는 법위등급(法位等級)이다.

사단심

사단심(四段心)이란 집심 · 관심 · 무심 · 능심을 말한다.

집심(執心)이란

마음을 일정한 곳에 묶어 두는 것으로서, 소에게 고삐를 달아서 말뚝에 묶어 두는 것과 같이 어느 한 지점을 응시하며 마음이 다른 곳으로 나가지 못하게 하는 마음이요,

관심(觀心)이란

마음의 활동을 계속 주시하며 그 시계(視界)를 벗어나지 못하게 감시하는 마음이요,

무심(無心)이란

모든 생각나는 대로 다 털어 버리고 오직 허공 같은 마음만 간직하고 있는 마음이요,

능심(能心)이란

마음을 필요한 대로 나툴 수도 있고 거둘 수도 있는 자유자재
하는 마음이다.

이 사단심은 마음실력의 네 단계로서 종적인 상하의 단위개념
이지만 때에 따라서는 모두를 아울러 실천해야 하는 횡적인 단락
개념이기도 하다.

즉 집심을 주로 하면서 관심·무심·능심을 함께 해야 할 경우
도 있고, 관심을 주로 하면서 집심과 무심과 능심을 함께 해야 할
경우도 있고, 무심을 주로 하면서 집심·관심·능심이 함께 해야
할 경우도 있고, 능심을 주로 하면서 집심·관심·무심이 함께
해야 할 경우도 있다.

사단심은 정산종사(원불교 2대 종법사)가 법문에서 처음으로 밝힌
것으로 마음을 단련해 가는 공부인이라면 결코 외면해서는 안 되
는 묘방이다. 그러므로 이 사단심 단련이 일상이 되도록 해야 하
며 어느 한 가지만 고집해서는 결코 안 된다.

3급 3위의 법위등급(法位等級)

3급에는 보통급(普通級), 특신급(特信級), 법마상전급(法魔相戰級)이 있고, 3위에는 법강항마위(法强降魔位), 출가위(出家位), 대각여래위(大覺如來位)가 있다.

초심(初心)의 보통급은 이러한 공부길이 있음을 처음 발견하고 호기심을 갖는 때요,

발심(發心)의 특신급은 호기심으로 빨려들어 탐구하다가 길을 발견하고 이에 대한 확신과 입지가 확실해지는 때요,

고전(苦戰)의 법마상전급은 법에 대한 공부를 깊이 하다가 무엇이 법이고 무엇이 마군이인지 확실히 드러나 이 양자가 치열한 대결을 펼치는 급이요,

승복(勝伏)의 법강항마위는 계속 일승일패의 치열한 고전을 벌이다가 드디어 법의 승리로 결판을 본 위요,

탈국(脫局)의 출가위는 모든 국한을 벗어나서 시방일가 사생을 한 가족으로 보살피며 자비를 실현하는 위요,

자재(自在)의 대각여래위는 여래의 지혜와 덕상을 구족하게 갖

추고 일체생령 구제에 대기대용의 경륜을 종횡무진 구사해 가는
위이다.

　앞의 3급은 중생세계의 등급이요, 뒤의 3위는 성위(聖位)의 등
위이다.
　이 법위등급은 수행자의 실력 평가기준이면서 수행자 스스로
에게는 불지(佛地)에 오르는 사다리요, 기나긴 수행여정의 안내
길잡이이기도 하다.
　이에 대한 구체적 평가기준이나 방법이나 양식은 맨 끝에 부록
으로 제시했으니 참고하기 바란다.

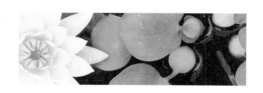

배우고자 하는 마음을 가지면
이 세계는 끝이 없는 공부 도량이다.

무등등위(無等等位)의 등식(等式)

　수행을 말하면서 '상(相)'에 대한 이야기를 빠뜨릴 수 없다. 금강경에 보면 "상이 없는 것〔無相〕으로 머리〔宗〕를 삼고, 주착이 없는 것〔無住〕으로 체(體)를 삼고, 묘유(妙有)로 용(用: 作用)을 삼는다"는 말이 있다. 불교 수행에서 극치의 경지를 '무상'에 두고 있다는 뜻이다. 그렇다면 상(相)이란 도대체 무엇인가? 상이 무엇이기에 그것을 없앤 그 자리가 최고의 경지란 말인가?

　상이란 집착된 마음으로 응결된 '마음모양', '마음 응어리'를 말한다. 여기에 대한 여러 가지 해석이 있을 수 있지만 어떤 해석이든 상은 모든 중생심의 뿌리요, 번뇌와 속박을 일으키는 원인이요, 드디어는 죄성(罪性: 죄를 지을 수 있는 속성)의 요람이 되어 삼독오욕〔三毒:貪·瞋·癡 五慾:食·色·財·名·安逸〕까지도 이 상에 근원하고 있다. 수도자가 그 실상을 안다면 일단 상을 부수는 데 심혈을 기울이지 않을 수 없는, 수행자의 주공격 대상이다. 그래서 각 종교가에서 무상에 대해 많이 언급하는 것이다. "오른손으로 줄 때는 왼손도 모르게 주라", "오른쪽 귀로 들었으면 왼쪽 귀로 흘려보내라", "무위(無爲)", "무념(無念)", "마음을 비운다" 등등.

이 밖에도 수없이 많은 말로 무상의 중요성을 천명하고 있다.

그러나 불교처럼 철저하고 깊고 폭넓게 밝힌 예는 드물다. 그러니 불교의 상에 대해 설명하고자 한다.

'상'이란 앞서 밝힌 것처럼 결코 단순하거나 단성적(單性的)인 것이 아니라 천태만상의 모습을 나툰다. 참으로 복잡 미묘하고 그로 인한 파장 또한 사량으로써 다 헤아릴 수 없고 말로써도 다 그려 낼 수 없다. 확실한 것은 앞서 말한 바와 같이 '일체 중생심의 뿌리요, 번뇌와 속박을 일으키는 원인이요, 죄성의 요람'이라는 것이다. 이에 불교에서는 상의 극복을 절체절명의 과제로 여긴다.

상은 큰 맥락에서 아상(我相), 인상(人相), 중생상(衆生相), 수자상(壽者相)의 네 가지로 나눈다.

수자상이란 무엇이라도 비교우위에 있다는 사실에 집착하여 형성된 마음 응어리요 모양이다.

중생상이란 스스로의 능력을 부정하고 열등의식에 묶여 형성된 마음 응어리요 모양이다.

인상이란 당하는 대로 소유하고 부리고 쓰는 데 집착하여 형성된 마음 응어리요 모양이다.

아상이란 자타피차를 구별하여 자아의식에 대한 강한 집착으로 형성된 마음 응어리요 모양이다.

더 쉬운 말로 표현한다면 아상은 '자아감', 인상은 '소유감',

중생상은 '열등감', 수자상은 '우월감'이라 할 수 있다. 이 사상(四相)의 중심에는 아상이 있다. 아상에서 사상이 나오고 사상에서 천만상과 천만번뇌와 중생심이 확산되기 때문에 마음 관리에서 '아상'은 참으로 무서운 존재이다.

뿐만 아니라 이 사상은 수행과정에서 처음부터 끝까지 끈질기게 따라다니며 방해하고 끌어내리려 귀찮게 하는 존재이다. 수행자가 사상에 걸려드는 한 그것이 한계가 되어 전진하지 못하거나 추락하는 사태가 벌어진다.

그러므로 사상의 실상을 해부하여 송두리째 파악하고 있어야 한다. 아주 은밀히 숨고 깊이 숨고 철저히 숨어들면서 우리 수행에 결정적인 타격을 가하는 무서운 존재라는 것을 알아야 한다.

사상의 실상을 좀 더 구체적으로 설명해 보자.

아상에 있어서 자아 주체를 확립하려는 것은 좋으나 거기에다 자타, 피차의 상대심을 일으켜 강하게 집착하면 상대를 해하고자 하는 마음〔害他心〕, 이기고자 하는 마음〔勝己心〕을 내고, 고집하는 마음으로 나타나는 등 아주 옹졸한 사람이 될 수 있다.

인상에 있어서 소유욕구가 자주적 힘을 기르는 방향일 때는 나무랄 수 없으나 끝없는 욕심으로 치달을 때에는 예의염치도 없고 자리이타나 공익정신이 무너진 이기적인 욕심꾼으로 전락할 수 있다.

중생상에 있어서는 자신의 부족함을 발견하여 발전의 밑거름으로 삼으려는 것은 좋으나, 모든 가능성을 사장시켜 자포자기로 주저앉아 아무 의욕이 없는 곳에 떨어져서 꼼짝도 못하게 되어 향상심을 사장시킬 수 있다.

수자상에 있어서는 어떠한 가능성을 발견하여 자긍심을 일으켜서 진취적으로 나아가는 것은 좋으나 우월감에 사로잡혀 스스로 도취된 채 헤어나지 못한다면 그것이 한계가 되어 그 이상 크게 뛸 수 없다.

사상에 대해서는 얼마든지 확대해석할 수 있으나 자칫 이론에 떨어져 그 실상을 더위잡는 데 지장이 될까 염려되어 설명은 여기서 멈춘다. 다만 이 사상이 우리 수행에 결정적인 방해 요인이라는 것만큼은 반드시 각인하고 넘어가야 한다.

구체적인 예를 들어 보자.
옳은 일(義行)은 마땅히 해야 하지만 그 과정에서 '내가 지금 옳은 일을 한다는 관념'이 있을 수 있다. 이것이 '아상'이다. 아상이 있으면 옳은 일을 하였으나 주위에서 몰라주면 섭섭한 감정이 생길 수밖에 없다.
또 나만이 옳은 일을 할 수 있으니 모두가 나를 위하고 나를 도와야 한다는 관념을 가지면 이것이 '인상'이다. 이렇게 되면 상대가 옳은 일을 하는 것을 용납하지 못하며 만약 상대가 돕지 않으면 섭섭한 마음이 생긴다.

또 "나는 그런 옳은 일을 할 수 없다" 하고 주저앉아 버리는 것은 '중생상'으로서 더 이상 의로운 수행을 할 수 없고 모든 가능성을 사장시킨다.

또 의로운 행을 한 결과에 만족하고 회심의 미소를 짓는 것은 '수자상'으로서 이는 스스로 한계상황에서 멈춰 버린 것이어서 다시 일어나 더 지속적이고 높은 차원으로 발전하는 것을 방해한다.

이것이 상의 원리다. 비단 의로움에서 뿐 아니라 일체 선이나 수행 영역에 똑같이 적용되는 원리의 세계다. 그러므로 의로운 행을 하면서 상에 걸려들지 않아야 한다. 기타 모든 선행이나 수행에서도 이 상에 걸려들지 않아야 한다. 걸려들지 않았다는 것까지도 다 놓아 버려야 한다. 그럼으로써 모든 영역에서 높고 높은 경지, 깊고 깊은 경지, 넓고 넓은 경지로 돌파해 갈 수 있다. 그에 따른 영광과 은혜를 어찌 다 말로써 표현할 수 있을 것인가.

이러한 원리를 다음 도표로 제시하여 이해를 돕고자 한다.

이 도표를 '무등등위(無等等位)의 사다리'라고 한다. 맨 밑에서부터 꼭대기의 원까지 올라가는 과정이기 때문이며, 그 어느 것과도 위를 같이 할 수 없고, 짝을 같이 할 수 없는 지극히 높고 높은 지고지존의 자리이기 때문이다.

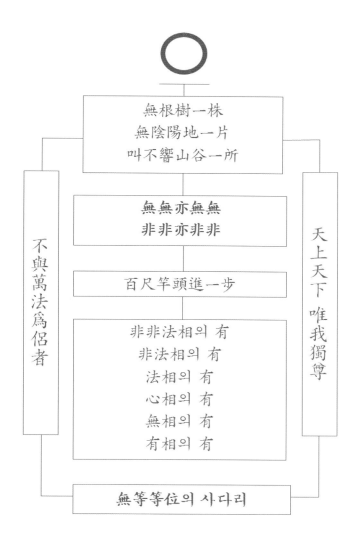

도표 중앙의 맨 아래 칸에서 유(有)를 여섯 번 반복한 것은 '있다'는 것에 대한 여섯 차원의 세계를 나타낸다.

'유상(有相)의 유'는 현실적으로 나타나 있는 현상적 '있음'이요,

'무상(無相)의 유'는 형상이 없고, 현실세계가 아닌 이상세계의 '있음'이요,

'심상(心相)의 유'는 마음속에 있는 이상을 비롯해서 사상과 일체상의 '있음'이요,

'법상(法相)의 유'는 마음속에 상이 없다는 상에 걸려 있는 '있음'이요,

'비법상(非法相)의 유'는 마음속에 법상도 없다는 상에 걸려 있는 '있음'이요,

'비비법상(非非法相)의 유'는 마음속에 비법상도 없다는 상에 걸려 있는 '있음'이다.

이러한 유를 오르고 또 올라서 더 오를 수 없는 꼭대기가 백 척이나 되는 간짓대〔대나무로 된 긴 장대〕끝이라, 과감히 그 끝을 박차고 나와야 절정의 경지에 이르게 된다. 여기에 도착한 심경이

없고 없고 또한 없는 것도 없다.
아니고 아니고 또한 아닌 것도 아니다.
이 자리가 공허한 실상 그 자체다.

이 자리에 서면 천상천하에 오직 내가 홀로 높음이요,

이 세상 어떤 것도 짝할 수 없는 자리에 서 있음이다.

그와 동시에 아함경에서 칠현녀가 제시한

뿌리 없는 나무

울리지 않는 골짜기

음양 없는 땅

이 삼반물(三般物)을 차지하는 영광을 안을 것이다.

있는 그대로 서술하다 보니 말이 너무 어려워졌다. 그러나 이
자리는 사량으로써 얻을 수 있는 자리가 아니요, 마음에 지혜가
열려 깨달음을 얻게 되면 절로 큰 점두〔머리를 끄덕이는 것〕가 되고,
머리와 가슴이 시원하게 뚫리는 통쾌함을 맛볼 것이다.

그리고 남는 것은 오직 천진(天眞)뿐이다.

수행에서 이 원리를 응용하고 길을 찾아가려면 이 등식에 맞추
어 끝없이 공을 들여야 한다.

그리하여 일체 선법(善法)을 행하고

수행에 정진적공을 하였으되

그 했다는 관념과 상에서 벗어나야 하고

벗어났다는 그것마저도 놓아 버려

한 흔적도 남아 있지 않는도다.

만일 그렇지 않으면 무엇이든 하면 한 대로
찌꺼기도 그만큼 생기고 쌓여서
참으로 지저분한 모습이 될 뿐 아니라
모든 번뇌망상이 서식하는 온상이 될 것이다.
어찌 한 치인들 오차가 있으랴.

백척간두의 꼭대기에서
내리면 떨어지고
더 갈 데는 없고
이 어찌할 것인가. 어찌할 것인가.

일과가 살아 있는 것은
교단적으로 정법교단의 생명력이 살아 있음이요,
개인적으로 수도인격의 생명이 살아 있음이다.

수행의 절정

지금까지 마음의 원리와 수행의 원리, 그리고 수행의 실제까지 언급하였다. 이 모두는 수행의 절정을 향한 여정을 밝힌 것이지만 실상 절정에 이르면 이르렀다는 것도 없고, 터득했다는 것도 없다. 아무것도 없다. 그 자리는 우주의 진리와 통하고 하나되어 낱 없는 자리이다.

그 자리는 또한 반물질의 자리요, 반개념의 자리요, 반가치의 자리이다. 있다 없다 할 수 없고, 이것이다 저것이다 할 수 없으며, 옳다 그르다 할 수 없는 자리인 것이다. 다시 말해서 유무 초월, 피차(彼此) 초월, 시비(是非) 초월의 자리이다. 참으로 없어야 실상이요 있으면 허상이요, 규정하면 허상이요 규정이 없으면 실상이요, 시비에 따르면 허상이요 시비를 벗어나면 실상이다. 이 실상을 더위잡기 위해 격외법을 찾아가곤 하지만 격외법도 묶임이니 어찌 참 실상이라 하겠는가.

이 절정의 경지에 이르면 자기도 모르게 나타나는 현상이 있다. 바로 도통(道通), 법통(法通), 영통(靈通)이다.

도통이란 천조(天造)의 대소유무(大小有無)와 인간의 시비이해(是非利害)에 통달하는 것이요, 법통이란 천조의 대소유무를 보고 인간의 시비이해를 밝혀서 만세(萬世) 중생이 거울 삼아 본받을 만한 법을 제정할 수 있는 역량이 통달한 것이며, 영통이란 그 영성이 맑아져서 보고 듣고 생각하지 않아도 천지만물의 변화와 인간 삼세의 인과보응을 여실히 알게 되는 경지를 말한다.

  또 부처님의 법문 가운데 절정의 경지를 표현한 삼명육통(三明六通)이라는 말이 있다. 삼명(三明)이란 숙명명 · 천안명 · 누진명(宿命 · 天眼 · 漏盡明)이요, 육통(六通)이란 천안통 · 천이통 · 타심통 · 숙명통 · 신족통(天眼 · 天耳 · 他心 · 宿命 · 神足通)과 누진통(漏盡通)을 말한다. 구체적으로 살펴보자.

숙명명 : 과거 전생의 삶을 바라보는 지혜가 열리는 것이요,

천안명 : 진리의 세계를 꿰뚫어보는 지혜가 열리는 것이요,

누진명 : 무엇이든 들이대는 대로 밝아져서 어두운 구석이 없는 것이다.

천안통 : 보지 않아도 꿰뚫어보는 지혜가 통달한 것이요,

천이통 : 듣지 않아도 꿰뚫어 아는 지혜가 통달한 것이요,

타심통 : 다른 사람의 마음속에 들어가 훤히 보고 아는 것이요,

숙명통 : 전생의 운명적 삶에 통달하여 아는 것이요,

신족통 : 한 발자국 움직이지 않고도 필요한 곳이면 금방 달려가 아는 것이요,

누진통: 무엇이든 대하는 대로 알아내는 지혜가 통달한 경지
　　　　이다.

　삼명육통은 비유적 표현이기는 하나 어디까지나 실상을 말한
것이며, 결코 신비나 이적(異蹟)에 대한 이야기가 아니다. 사실은
수행의 정도에 따라 조금씩 나타나다가 궁극에 가서 더욱 크게
열리는 것일 뿐이다.
　그러나 수행자가 적공정진은 하지 않고 어떤 신비주의만 추구
한다면 실로 허망한 일이다. 끝내 터득되는 것도 없을 뿐만 아니
라 안으로 번뇌망상이나 욕심, 사상 등의 중생심만 치성하여 돌
이킬 수 없는 함정에 빠질 수 있음을 경계하지 않을 수 없다.
　수행의 절정에 오르면 무소부지(無所不知: 알지 못하는 바 없음), 무
소불능(無所不能: 능하지 않은 바 없음)의 경지에 이르는 것은 틀림없
는 사실이지만 어디까지나 용심법상의 문제이므로 이를 확대 해
석하여 수행자들의 착각을 부추기거나 현혹하게 해서는 안 될 일
이다.
　"지극한 데 이르러서는 비록 성인도 알지 못하는 것이 있고 능
하지 못하는 것이 있다(須聖人亦有所不知焉, 亦有所不能焉)"하지 않았
던가.

　수행이란 어디까지나 사실적 접근법이다. 결코 관념이나 사량
의 세계가 아니다. 뒤의 '중요항목 단계별 기준'에서 밝히겠지만

각 항목마다 마지막 조항에 도달하는 총체가 바로 여래가 갖춘 원만구족의 지혜 덕상이다. 이것을 종합 정리하여 강령으로 추출하자면 수양·연구·취사공부의 궁극적 경지인 대해탈이요, 큰 깨달음(大覺)이요, 대중정행(大中正行)이다. 언제 어디서나 그 솔성이 해탈, 대각, 중정으로 나타나야 수행의 정도를 인증할 수 있다. 몇 마디 격외도리(格外道理)의 문답으로 견성 판정을 내릴 수 있는 세계가 아니라는 말이다.

그러므로 전후좌우에서 견성했다고 하고 스스로도 견성했다 자부할지라도 그 솔성에서 견성이 묻어나지 않으면 결코 견성을 인정할 수 없는 법이다.

비록 말 한마디 하지 않아도 그 사람의 솔성에서 견성이 묻어나온다면 이는 참으로 견성의 실력이 있음을 증명한 것이다. 반대로 사변적으로나 원리적으로 장강설을 구사하더라도 그 솔성이 요란함을 그치지 못하고 어리석음에 매몰되어 그름을 떨쳐 버리지 못한다면 어찌 견성의 실력을 나투었다고 할 수 있겠는가. 아무리 견성이라 해도 양성과 솔성이 뒤따르지 않는 것은 열매 없는 껍질에 불과하다.

또는 수행의 깊은 경지에 이른 이들 가운데 각종 신통이적이나 불가사의한 초능력을 꿈꾸거나 과장하여 수행자들을 현혹하는 일들이 더러 있음을 경계한다. 물론 수행 과정에서 그와 비슷한 단면들이 있을 수는 있으나 그것이 수행의 진면목은 아님을 알아야 한다. 보라. 예수의 능력으로도 십자가형을 받을 수밖에 없었고, 석가불의 능력으로도 부왕(父王)의 나라가 망하는 것을 지켜볼 수밖에 없었으며, 공자의 능력으로도 도척(盜蹠)의 난을 감내할 수밖에 없지 않았던가. 요새 작명력, 신통력, 주술력, 점술력 등을 과시하며 인심을 현혹하는 사례는 모두 사특한 일이요 일종의 사기이니 결코 말려들지 말아야 한다. 여기에 속지 말고 수행의 정법정도로 나아가 정진적공을 들인다면 앞서 이야기한 수행의 절정에 반드시 다다를 수 있을 것이다.

허공을 날고
땅 위를 달리고
물속을 헤엄치며
노니는 도다.
배고프면 밥 먹고
목마르면 물 마시고
곤하면 잠을 자며
노니는 도다.
불국세계, 도의세계, 선경이 이 아닐런가.

한편, 수행의 절정에 다다른 경지를 부처라 하는데 그 지혜와 능력을 소개해 보자.

중생	부처
생사 있는 줄만 안다	생사 없는 줄도 안다
다생 있는 줄을 모른다	다생 있는 줄을 안다
일신(一身)의 이치도 모른다	우주만유의 본래 이치까지 안다
선도·악도의 이치를 모른다	선도·악도의 이치까지 안다
악도에 떨어진다	선도로 제도까지 한다
지어 받는 고락도 모른다	우연히 받는 고락까지 더 안다
복락에 대하여 어떻게 못한다	복락을 다시 오게 하는 능력이 있다
지혜도 되는 대로 산다	지혜를 밝게 하며 산다
삼독에 끌려 잘못 산다	삼독에 끌려 잘못 사는 바가 없다
있는 데 끌려 없는 데를 모른다	있는 데에서 없는 데까지 안다
육도 사생의 이치를 모른다	육도 사생의 변화 이치를 안다
이기적으로 산다	자리이타나 이타주의로 산다
자기 소유, 자기 권속밖에 없다	시방세계 소유, 일체 생령을 권속으로 삼는다

그리하여 "부처의 자비는 저 태양보다 다습고 밝은 힘이 있나니 이 자비가 미치는 곳에는 어리석은 마음이 녹아 지혜로 변하고, 잔인한 마음이 녹아 자비로움으로 변하며, 인색하고 탐내는 마음이 녹아 혜시의 마음으로 변하고, 사상의 차별심이 녹아 원만한 마음으로 변하여 그 위력과 광명은 무엇과도 비유할 수 없다" 하였다.

또 불보살들은 "행·주·좌·와·어·묵·동·정 간에 무애자재(無碍自在: 막히고 걸림 없이 자유자재 하는 것)하므로 능히 정할 때 정하고 동할 때 동하며[動·靜], 능히 클 때 크고 작을 때 작으며[大·小], 능히 밝을 때 밝고 어두울 때 어두우며[明·暗], 능히 살 때 살고 죽을 때 죽어서[生·死] 모든 사물과 처소가 조금도 법도(法度)에 어그러지는 바가 없다" 했다.

그리고 남는 것은
일체중생을 위해서
오직 죽고 살고 제도 사업하는
대자대비뿐이다.
진리를 깨닫고 중생을 제도하지 않을 수 없고,
중생제도를 하면서 진리를 깨닫지 않을 수 없다.

끝으로 절정의 경지가 열리는 과정을 좀 더 부연하고자 한다.

절정 열림의 현상이 누구나 똑같을 수는 없다. 수행에서도 동천에 솟아오르는 태양처럼 눈부시도록 찬란하게 떠오를 수도 있고, 언제 떠오르는지 분간할 수 없을 만큼 검은 구름에 가려 떠오를 수도 있고, 아니면 잔잔한 안개 사이로 떠오르는 경관을 볼 수도 있다. 이는 태양이 떠오르는 허공의 사정 따라 각각이다. 이것은 마치 같은 스승 밑에서 같은 수업 과정을 마쳤을지라도 그 실력 결과는 학생 60명이면 60등의 석차가 나오는 것과 같다. 이는 학생마다 타고난 재주나 소양 정도가 다르고 또한 서로 공부에 쏟은 정성과 일심 정도가 다르기 때문이다.

우리의 마음 허공에 혜일(慧日)이 솟아오르는 현상도 이와 같아서 찬란하게 열리는 돈오돈수(頓悟頓修)의 모습도 있고, 언제 열리는지 모르게 점점 열리는 모습도 있고, 또 다른 열림 현상도 있을 수 있다. 다만 어떤 형태로 열렸든지 절정의 경지에 이르면 근기의 차별, 조만(早晚)의 차별이 없어진다. 이는 마치 어떤 과정으로 하늘이 열리든 간에 허공의 모든 구름이 걷히고 청천백일(靑天白日)이 드러날 때에는 똑같이 광명천지가 나타나는 것과 같다.

다만 이 열림은 반드시 양성과 솔성이 함께 해야 한다는 전제가 필수적이라는 것을 밝힌다.

맺음말

    도덕 훈련의 사실적 의미를 좀 더 심층적으로 밝혀 공부 수행 길에서 후학들의 방황을 다소라도 예방해 주고자 하는 뜻을 담아 착수한 이 불사를 이것으로 마무리한다. 구석구석 더 깊이 거론하고 싶은 마음을 거두고 변죽만 두드렸으나 눈치 빠른 사람은 감을 잡을 수 있도록 했다. 수행에 등을 돌리려는 사람에게는 어려울 것이나 수행에 조그마한 뜻이라도 있는 사람에게는 길잡이가 되리라 믿는다.

    수행의 참뜻을 새긴다면 수행은 특별한 사람만 하는 것이 아니라 누구나 아니할 수 없고 또 누구나 할 수 있는 것이며, 하면 할수록 스스로에게 큰 행운임을 알게 될 것이다.

    다만 앞에서도 언급했지만 수행이란 지식의 축적이 아니다. 관념의 유희는 더욱 아니다. 그러한 것만으로는 한 발자국도 나아갈 수 없다. 오직 실지 작업으로 착수해야 하고 직접 나서서 몸소 해야 한다. 누구도 대신 해줄 수 없는 것이 바로 수행이다.

    그러므로 마음의 원리에 대한 느낌을 받은 즉시 마음공부에 착수할 일이요, 마음공부는 지금 하고 있는 일들에 전혀 지장을 주지 않으면서 할 수 있는 일일 뿐 아니라 오히려 지금 하고 있는 일에 큰 도움을 줄 수 있다는 것을 분명히 밝힌다.

마음공부의 필요를 발견했을 때가 바로 마음공부에 착수할 유일한 기회이다. 더 지체하면 그만큼 손해요 전도를 기약할 수 없게 된다.

모쪼록『마음 수업』을 통해 우리 모두의 수행 앞길에 서광이 비치기를 합장기도 한다.

마음 됨대로 하고 한 대로 거둔다.

자연사를 제외한 모든 인류 문명사의 주인공은 마음이다.
마음의 존재를 부정한 유물론이나 과학조차도
마음이 빚어낸 산물이다.

『정전』 좌선의 방법

좌선의 방법은 극히 간단하고 편이하여 아무라도 행할 수 있나니 방법 때문에 방황하는 낭비를 막고 그 정력을 바로 좌선하는 데 돌려서 실질적으로 접근해 갈 일이다. 간단하고 편이하여 아무나 할 수 있는 이 법이 가장 완벽한 법임을 다시 의심하지 말고 바로 그 본질의 접근을 시도하자.

1. 좌복을 펴고 '반좌(盤坐)'로 편안히 앉은 후에 '머리와 허리'를 곧게 하여 앉은 자세를 바르게 하라

　　좌복은 사치성이 배제된 실용적인 것이면 충분하다. 너무 두터운 것도 너무 얇은 것도 바람직하지 않다. 너무 두터우면 엉덩이는 편하나 다리에 부담이 되고 너무 얇으면 다리는 편하나 엉덩에 부담이 되어서 오래 견디기 어렵기 때문이다.

　　반좌(盤坐) ― 책상다리, 즉 한쪽 다리를 다른쪽 다리 위에 포개고 앉는 앉음새를 말한다. 반좌에는 양쪽 다리를 포개고 앉는 결가부좌(結跏趺坐)와 한쪽 다리만 포개고 앉는 반가부좌(半跏趺坐)가 있다. 바로 이 자세가 머리와 허리를 곧게 하여 가장 오래 버틸 수 있는 자세다.

2. 전신의 힘을 단전에 툭 부리어 일념의 주착도 없이 다만 단전에 기운 주해 있는 것만 대중 잡되 방심이 되면 그 기운이 풀어지나니 곧 다시 챙겨서 기운 주하기를 잊지 말라.

　　단전이란 배꼽 이하 하복부 전체를 말하나 단전 초점은 배꼽과 최하복부 횡골(橫骨)선과의 중간 지점을 말한다.

　　시작할 때에 단전을 가볍게 꼬집어 초점에 대한 신경을 유도해 보기도 하고, 손을 포개어 단전 가까이 가볍게 놓고 새끼손가락으로 단전 초점을 잡아 지그시 눌러 주기도 하고, 혁대를 단전에 꼭 매어 지그시 압박감을 주기도 하고, 평소 단전 호흡법을 늘 단련하기도 하고, 단전 초점에 반창고를 오려 붙여 보는 것도 한 방법이 될 것이다. 이렇게 단전의 초점을 정착시켜 가야 한다.

　　단전 초점을 정착시키고 그 초점을 향하여 기운을 집중시키고 의식마저 단전에 집중한 상태, 이것이 기운주로 대중잡고 있는 상태이다.

3. 호흡을 고르게 하되 들이쉬는 숨은 조금 길고 강하게 하며 내쉬는 숨은 조금 짧고 약하게

하라.

'호'〔내쉬는 숨〕와 '흡'〔들이쉬는 숨〕의 균형이 맞아야 한다. '들이쉬는 숨'이 조금 길고 조금 강한 것을 넘어서 지나치게 강하고 지나치게 긴 것이나, '내쉬는 숨'이 조금 짧고 조금 약한 것을 넘어서 지나치게 짧고 지나치게 약한 것은 다 중도가 아닐 뿐만 아니라 불안이나 병이 될 수도 있으므로 주의해야 한다. 다만 호흡과 단전주가 일치를 이루어 아주 편안한 상태라야 한다.

4. 눈은 항상 뜨는 것이 수마(睡魔)를 제거하는 데 필요하나 정신 기운이 상쾌하여 눈을 감아도 '수마의 침노를 받을 염려가 없는 때'에는 혹 감고도 하여 보라.
   수마극복은 반드시 눈을 뜨고 하는 과정을 거쳐야 한다.

5. 입은 항상 다물지며 공부를 오래하여 수승화강(水昇火降)이 잘되면 맑고 윤활한 침이 혀 줄기와 이 사이로부터 계속하여 나올지니 그 침을 입에 가득히 모아 가끔 삼켜 내라.

6. 정신은 항상 적적(寂寂)한 가운데 성성(惺惺)함을 가지고 성성한 가운데 적적함을 가질지니 만일 혼침에 기울어지거든 새로운 정신을 차리고 망상에 흐르거든 단전에 집중(丹田執中)하는 마음으로 돌이켜서 무위자연의 본래 면목자리에 그쳐 있으라.
   절대로 수마와 산란을 용납해서는 안 된다.

7. 처음으로 좌선을 하는 사람은 흔히 다리가 아프고 망상이 침노하는 데에 괴로워하나니 다리가 아프면 잠깐 바꾸어 놓는 것도 좋으며 망념이 침노하면 다만 망념인 줄만 알아두면 망념이 스스로 없어지나니 절대로 그것을 성가시게 여기지 말며 낙망하지 말라.
   먼저 추중번뇌〔거칠고 무거운 번뇌〕를 정리하고 다음 미세유주의 번뇌〔미약하고 가볍게 드나드는 번뇌〕까지 정리해 간다.

8. 처음으로 좌선을 하면 얼굴과 몸이 개미 기어다니는 것과 같이 가려워지는 수가 혹 있나니 이것은 혈맥이 관통되는 증거니 삼가 긁고 만지지 말라.

9. 좌선을 하는 가운데 절대로 이상한 기틀과 신기한 자취를 구하지 말며 혹 그러한 경계가 나타난다 할지라도 다 요망한 일로 생각하여 조금도 마음에 걸지 말고 심상히 간과하라.

이상과 같이 오래 계속하면 필경 물아(物我)의 구분을 잊고 시간과 처소를 잊고 오직 원적 무별(圓寂無別)한 진경에 그쳐서 다시없는 심락을 누리게 되리라.

※ 좀 더 자세한 설명이 필요하면 원불교 출판사 발행 『좌선의 방법 해설』집을 참고하기 바람.

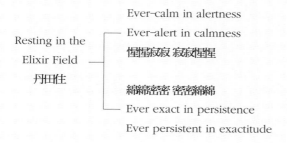

Resting in the
Elixir Field
丹田住

Ever-calm in alertness
Ever-alert in calmness
惺惺寂寂 寂寂惺惺

綿綿密密 密密綿綿
Ever exact in persistence
Ever persistent in exactitude

惺惺: 단전에 집중하는 마음이 초롱초롱함
寂寂: 모든 번뇌가 가라 앉아 오직 적막만 남음
綿綿: 단전주 동안 사이 사이에 끊기지 않고 이어감
密密: 단전에 집중하는 마음으로 충만되어 있음

공부발심의 육단계

1	공부 안 하려고 작정한 사람	0	否
2	생활 문제에만 주로 관심 갖는 사람	20	戊
3	공부와 생활에 관심이 왔다 갔다 하는 사람	40	丁
4	공부를 주로 하려는 사람	60	丙
5	공부하려고 작정한 사람	80	乙
6	전체가 공부로 일관하는 사람	100	甲

내가 지금 어느 위치에 처해 있는가를 진단하여
그 단계를 끌어 올려야 뒷날 후회가 없을 것이다.

공부노정(工夫路程)의 단계

		조금	많이	거의
1	아는 단계 공부하는 원리와 공부하는 이유와 공부 여부 따라 나타나는 결과와 실천 방향을 아는 단계			
2	실천 단계 당연한 도는 실천에 옮기는 언행일치 지행합일을 이루어 가는 단계			
3	계합 단계 실천실력이 점점 원숙하여 노력하지 아니하여도 절로 되어져서 드디어 법과 하나가 된 단계			
4	자재 단계 지범개차(持犯開遮)를 자유로이 하며 대기대용(大機大用) 의 경륜을 종횡무진(縱橫無盡)으로 구사해 가는 단계			

경계 속에서 깨어 대처해 가는 네 근기

1	혹독한 경계를 계속 당하면서도 깨닫지 못하고 남의 탓으로 돌리며 원망만 하는 근기 〈고(苦)가 그칠 날이 없다.〉	1근기	0
2	혹독한 경계를 당하고야 깨우쳐 자세를 바꾸는 근기 〈경위를 일러주는 말에는 귀 기울이지 않는다.〉	2근기	30
3	아예 성자나 스승님의 가르침에 따라 신심과 지각이 열려 미리 대처해 가는 근기	3근기	70
4	상근기는 어떤 경계에도 현혹되지 아니하고 이치 따라 스스로 헤쳐 나가는 근기	4근기	100

신심의 단계

1	인연만 있고 호의불신의 단계	0	否
2	호감은 있으나 반신반의의 단계	20	戊
3	전체 신근이 확실히 선 단계	40	丁
4	그 신근이 수행적공으로까지 이어지는 단계	60	丙
5	그 신근이 수행과 아울러 봉공으로까지 확산된 단계	80	乙
6	그 신근이 시방일가 사생일신의 경지에 이르러 오직 제생의세까지 하는 단계	100	甲

스승 신봉 심법의 단계

1	스승의 자비에 대한 호감만 느끼는 단계	0	否
2	일상적 말씀까지는 받드는 단계	20	戊
3	하시는 사업까지 받들려고 하는 단계	40	丁
4	법문과 뜻까지 오롯이 받드는 단계	60	丙
5	스승의 뜻과 하나 되어 가는 단계	80	乙
6	대기대용의 자비경륜까지 하나 된 단계	100	甲

감사생활의 단계

1	아예 원망생활뿐이다.	0	否
2	원망생활은 많고 감사생활은 적다.	20	己
3	원망생활과 감사생활이 반반이다.	40	戊
4	거의 감사생활이요 원망생활은 조금뿐이다.	55	丁
5	원망은 없고 감사생활뿐이다.	70	丙
6	숙겁의 원한이라도 유감없이 풀고 은화(恩化)시킨다.	85	乙
7	우주의 생성원리를 알아 무한은(無限恩)을 생산한다.	100	甲

신앙생활 정도 측정 설문

번호	내용	못함	더러함	보통함	거의함	다함	저절로 됨
		0	2	4	6	8	10
1	우러러 모시는 마음 정도						
2	모든 것 아뢰며 사는 정도						
3	은혜 발견 감사 올리는 정도						
4	역경과 잘못에 참회 올리는 정도						
5	소망에 대한 기원 올리는 정도						
6	스스로 다짐(서원) 올리는 정도						
7	평소 심신상련하는 정도						
8	늘 법 받는 마음 정도						
9	모두에게 불공 정성 정도						
10	스스로의 수행에 응용 적공하는 정도						
	합 계						100 만점

보은심(報恩心)의 단계

1	은혜를 입었을 때는 감사하기도 한다.	20	己
2	은혜를 입으면 감사하는 마음도 있고 기회가 되면 보은하기도 한다.	40	戊
3	은혜에는 감사하고 모두 보은하려고 한다.	55	丁
4	은혜에는 감사와 아울러 어느 방면으로든지 절대로 보은한다.	70	丙
5	근본적 은혜에도 한없이 감사하고 일체 삶이 보은 생활로 바뀌었다.	85	乙
6	일체처 일체시에 진리불공과 사실불공으로 끝없이 은을 생산하여 온통 베푸는 삶이다.	100	甲

좌선에 임하는 자세 단계

(객관 평가)

1	무슨 핑계로라도 좌선을 빠지려 한다.	0	否
2	나오다가 말다가 한다.	20	戊
3	정기훈련 기간에는 하나 상시훈련 기간에는 하지 않는다.	40	丁
4	거의 하려고 스스로 노력한다.	60	丙
5	어느 때 어느 곳에서나 빠지지 않는다.	80	乙
6	밥 먹듯이 하여 체질화되었다.	100	甲

좌선 일심 단계

(주관 평가)

1	거의 수마나 번뇌뿐이다.	0	否
2	단전주를 챙기기도 한다.	20	戊
3	단전주를 하였다 수마와 번뇌를 끓였다 한다.	40	丁
4	단전주는 계속 되는데 번뇌는 드나든다.	60	丙
5	번뇌를 멈추고 단전주로만 몰아 간다.	80	乙
6	모든 번뇌가 가라앉고 단전주만 남는다.	100	甲

좌선법 수행(修行) 구단계

1	신체조복(身體調伏) 신체적 고통을 조절하여 극복하는 단계	20	壬
2	수면조복(睡眠調伏) 수마(睡魔)의 침노를 조절하여 극복하는 단계	30	辛
3	조기조식(調氣調息) 신체에 흐르는 기운과 호흡을 조절하는 단계	40	庚
4	추중번뇌조복(重煩惱調伏) 거칠고 무거운 번뇌를 조절하여 극복하는 단계	50	己
5	미세유주조복(微細流注調伏) 미세한 번뇌 망상까지 조절하여 극복하는 단계	60	戊
6	정신일도(精神─到) 정신일도 되어 있는 단계	70	丁
7	일도무도(一到無到) 무도일도(無到一到) 일도 되었다는 것까지 놓은 단계	80	丙
8	일도무도 구공(一到無到 俱空) 일체가 공하여 입정에 든 단계	90	乙
9	동정일여(動靜─如) 동할 때와 정할 때가 한결같은 단계	100	甲

단전주(丹田住) 단계

1	단전가(丹田家) 형성 단계 내 의식이 들어가 머물 수 있는 집을 형성한 단계	20	戊
2	단전가 출입빈빈(出入頻頻) 단계 형성된 단전집에 자유롭게 드나들 수 있는 단계	40	丁
3	단전가 주거 단계 단전가에 자유롭게 드나들 수 있을 뿐만 아니라 마음대로 머물러 있을 수 있는 단계	60	丙
4	단전가에 안주 단계 단전가에 안정적으로 머물러 있는 단계	80	乙
5	단전가에서 극락수용 하는 단계 단전가에 안정적으로 머물러 있다가 드디어는 극락수용을 하고 있는 단계 = 합일의 경지	100	甲

알아가는 다섯 가지 근기(根機)

			조금	많이	거의
1	곤이지지(困而知之) 근기 힘겨운 노력으로 하나하나 알아 가는 근기	1 근기			
2	학이지지(學而知之) 근기 잘 배워서 하나하나 알아 가는 근기	2 근기			
3	생이지지(生而知之) 근기 전생의 많은 수행공덕으로 태어나면서부터 절로 알아 버린 근기	3 근기			
4	무루지지(無漏知之) 근기 지량이 광대하여 막힘을 없게 하는 근기	4 근기			
5	무지이무불지(無知而無不知) 근기 하나도 앎이 없으나 모르는 것이 없는 근기	5 근기			

이명(理明) 사명(事明) 공부단계

1	理事 모두 어두운 근기	0	否
2	事는 밝으나 理는 어두운 근기〈사판(事判)〉 理는 밝으나 事는 어두운 근기〈이판(理判)〉	20	戊
3	理事가 균형 잡힌 근기	40	丁
4	理事 모두 밝은 근기	60	丙
5	이무애(理無碍) 사무애(事無碍) 근기	80	乙
6	이자재(理自在) 사자재(事自在) 근기	100	甲

이즉(理則) ── 대소유무(大小有無)
└ 심성이기(心性理氣)

사즉(事則) ── 시비이해(是非利害)
└ 길흉화복(吉凶禍 福)

당연의식과 행위성향

1	당연의식은 없고 이해(利害)의식 따라 움직인다.	0
2	당연의식은 없고 친소의식 따라 움직인다.	0
3	당연의식은 없고 당시 기분 따라 움직인다.	0
4	당연의식은 있으나 명리의식 따라 움직인다.	20
5	당연의식은 있으나 성패 따라 움직인다.	40
6	오직 당연의식 따라 움직일 뿐이다. 〔이해·친소·기분·명리·성패의 계교없이〕	100

현실 대처인식의 육차원

			조금	많이	거의
1	현실인식 현실을 무심결에 스쳐 보내지 아니하고 주의 깊게 관찰하여 현실 속에 내재된 모든 것을 파악하는 의식	1 차원			
2	문제의식 현실 모두를 파악하고 이해하는 선을 넘어서 그 속에 잠복해 있는 문제성을 정확히 진단해 내는 의식	2 차원			
3	균형감각 진단해 낸 문제와 그에 상반하는 문제점도 투시하며 고루 전체성을 바라보려는 의식	3 차원			
4	경중(輕重) 상량(想量) 감각 서로 다른 의미가 공존하는 속에서도 반드시 대소경중이 있기 마련이므로 이를 저울질하여 경중대소를 가리는 의식	4 차원			
5	선후시차(先後時差) 감각 대소경중의 상황에서도 선후시차 적용의 지혜를 동원하는 의식	5 차원			
6	본말(本末) 주종(主從) 감각 본립이도생(本立而道生)이라 본말주종의 가닥을 잡아 본을 세우고 주를 튼튼히 하여 말과 종이 흐트러짐 없게 하여 가는 의식	6 차원			

불(佛)에 대한 지견의 단계

1	석가모니불로 국한하는 의식	20	己
2	깨달음을 이룬 분은 모두 불(佛)이라는 의식	40	戊
3	준동함영(蠢動含靈)은 다 불(佛)이라는 의식	55	丁
4	유정무정이 다 불(佛)이라는 의식	70	丙
5	구자무불성(狗者無佛性)이라는 의식	85	乙
6	처처불상 사사불공의 의식	100	甲

취사 공부의 육단계

1	옳고 그름을 가리지 않고 무소기탄(無所忌彈)의 방종행을 한다.	0	否
2	옳고 그름을 가리기는 하나 행이 미치지 못한다.	20	戊
3	옳고 그름을 가려 중계(重戒: 살도음)는 범하지 않는다.	40	丁
4	옳고 그름을 가려 거의 계행(戒行) 청정행(淸淨行)을 한다.	60	丙
5	일체행(一切行)이 법도에 맞아 간다.	80	乙
6	행주좌와어묵동정(行住坐臥語默動靜)이 오직 법과 덕뿐이다.	100	甲

실천궁행의 다섯 가지 근기

			조금	많이	거의
1	곤이행지(困而行之) 근기 힘겹게 실천궁행하는 근기	1 근기			
2	안이행지(安而行之) 근기 편안한 가운데 실천궁행하는 근기	2 근기			
3	낙이행지(樂而行之) 근기 실천궁행하는 것을 즐기는 근기	3 근기			
4	무루유념행지(無漏有念行之) 근기 샘이 없는 유념으로 실천궁행하는 근기	4 근기			
5	경무념행지(竟無念行之) 근기 무념무위(無念無爲)로 실천궁행하는 근기	5 근기			

어떠한 근기라도 그 지극한 데
이르러서는 모두 같은 한 자리이다.

시비(是非)처리에 대한 여섯 가지 근기 1

1	是에 시기 질투하여 헐고 非는 흥으로 단죄하려는 근기	0	否
2	是와 非에 오불관언(吾不關焉: 나는 관계없다)하며 방관하는 근기	20	戊
3	是와 非를 다 수용하려는 근기	40	丁
4	是非를 보고 자기 귀감(龜鑑)으로만 삼는 근기	60	丙
5	是는 환영하며 더욱 기운을 밀어 주고 非는 안타까워하며 고쳐 주려고 하는 근기	80	乙
6	是非를 바로 세워 가기 위해 천만방편을 구사해 가는 근기	100	甲

시비(是非)처리에 대한 여섯 가지 근기 2

1	**무조건 불의편(不義便)에 서는 단계** 사실성에 대한 감안 없이 무조건 불평 부정(否定)하고 불의 편에 서서 상대방에게 반항한다.	0	否
2	**친편(親便)에 서는 단계** 사실성에 대한 감안 없이 무조건 친편(親便)에 서서 소편(疏便)에 반항한다.	20	戊
3	**어느 편도 안 서는 단계** 어느 편에도 합류하지 않고 오불관언(吾不關焉)으로 방관만 한다.	40	丁
4	**양편 다 관계하는 단계** 양편을 똑같은 입장으로 단정하고 양시양비론(兩是兩非論)으로 처리한다.	60	丙
5	**의편(義便)에 서는 단계** 사실을 점검 확인 후에 의로움에 합류하고 불의를 경계한다.	80	乙
4	**초월단계** 상황은 정확히 파악하나 어디에도 집착 없이 무위이화(無爲而化)로 의로움만 키워 간다.	100	甲

유무념 대조의 4차원

		조금	많이	거의
1	취사하는 주의심 有·無만 표준			
2	일의 잘되고 못된 결과로 표준			
3	허공처럼 흔적 없는 무상행(無相行)이 되었느냐로 표준			
4	대기대용(大機大用)의 경륜을 종횡무진하게 구사했느냐의 여부로 표준			

유무념 공부의 4차원

		조금	많이	거의
1	유념정도가 몰두(沒頭)된 상태 이것을 밀밀(密密)이라 한다.			
2	유념 몰두 상태가 전 영역으로 확산될 때 이것을 주주(周周)라 한다.			
3	1·2차원 경지의 유념이 일관될 때 이것을 면면(綿綿)이라 한다.			
4	3차원 유념이 무념의 경지에 이를 때 여기가 무무역무무 비비역비비(無無亦無無 非非亦非非)이다.			

무시선(無時禪) 실력 육단계 1

1	고삐 풀린 망아지이다.	0	否
2	마음이 마음대로 안 되는 것이 태반이다.	20	戊
3	마음이 마음대로 되는 것이 반은 넘는다.	40	丁
4	거의 마음이 마음대로 되게 만들어 간다.	60	丙
5	놓아도 동하지 아니하고 마음대로 된다.	80	乙
6	철주의 중심 석벽의 외면이 되었다. 시비선악과 염정제법이 제호의 일미다.	100	甲

무시선(無時禪) 실력 육단계 2

1	삼독오욕의 경계마다 끌리어 나도 모르게 빨려든다.	0	否
2	끌리어 빨려들기는 하나 모두 내 시계(視界)를 벗어나지 못한다.	20	戊
3	끌리어 가는 것을 차단시키고 무념무착(無念無着)으로 돌이켜 간다.	40	丁
4	어떠한 경계에서도 무염무착의 자리를 떠나지 않아 간다.	60	丙
5	챙기지 아니하여도 동하지 않는 자리에 저절로 안주해 버린다.	80	乙
6	진공과 묘유가 하나 되어 동정을 자유자재 한다.	100	甲

책임감(責任感) 오근기 1

1	이기적(利己的) 책임감 이윤 지향적 책임감	0	否
2	담당성(擔當性) 책임감 직업적 책임감	40	丁
3	소속적(所屬性) 책임감 조직 사회성 책임감	60	丙
4	전체성(全體性) 책임감 전체아(全體我) 대아(大我)의 책임감	80	乙
5	능소능대(能小能大)의 책임감 대소불구(大小不拘)의 책임감	100	甲

책임감(責任感) 오근기 2

1	책임의식에 무감각 근기	0	否
2	피동적 책임감이 있는 근기	25	丁
3	능동적 책임감이 있는 근기	50	丙
4	창조적 책임감이 있는 근기	75	乙
5	시방일가(十方一家) 사생일신(四生一身)의 책임감 근기	100	甲

일처리에 대한 성숙도 육단계

1	일을 시키면 이래저래 이유를 대고 크게 부담스러워만 한다.	0	否
2	시킨 것은 겨우 하나, 흉내 내는 정도다.	20	戊
3	그때그때 시킨 것만은 기어코 해낸다.	40	丁
4	시킨 일은 물론 원칙으로 정해 준 일까지도 모두 하려고 노력한다.	60	丙
5	시키거나 원칙으로 정해 주지 않은 일까지 스스로 찾아 오직 의무로 할 뿐이다.	80	乙
6	대기대용(大機大用)의 원대(遠大)한 경륜(經綸)까지 세워 종횡무진(縱橫無盡)하게 구사해 간다.	100	甲

화합심법(和合心法)의 육단계

1	접촉하는 곳마다 대질려서 불화(不和)한다.	0	否
2	이익이 있으면 화하고 아니면 불화한다.	20	戊
3	가까우면 화하고 멀면 불화한다.	40	丁
4	두루 화하나 해를 당하면 불화한다.	60	丙
5	의(義)에 화하고 불의에는 불화한다.	80	乙
6	어떠한 경우도 화를 상하지 않게 하면서 일은 바른 방향으로 세워 간다.〔和而不流〕	100	甲

용인(用人) 오근기 1

1	아예 쓰지 못하는 근기	0	否
2	자기에 맞추어 주면 쓰는 근기	25	丁
3	자기에 맞추어 쓰는 근기	50	丙
4	상대방에게 맞추어 쓰는 근기	75	乙
5	맞추어 주기도, 맞추어 받기도 하는 자재의 근기	100	甲

용인(用人) 오근기 2

1	아예 용인 않는 근기	0	否
2	쓰되 기량을 동결해 버리는 근기	25	丁
3	그릇을 적게 만들어 쓰는 근기	50	丙
4	그릇대로 발휘하게 하는 근기	75	乙
5	그릇을 키워 쓰는 근기	100	甲

봉사심 실현의 단계

1	이해성(利害性) 봉사 봉사결과의 유익여부를 보고 봉사한다.	20	己
2	명상성(名相性) 봉사 봉사했다는 명예를 얻기 위해 봉사한다.	40	戊
3	인과성(因果性) 봉사 봉사 결과로 좋은 복 받을 것을 기대하고 봉사한다.	55	丁
4	인간적(人間的) 봉사 인간적으로 돕고 싶어서 봉사한다.	70	丙
5	의무성(義務性) 봉사 오직 의무감으로 봉사한다.	85	乙
6	자비성(慈悲性) 봉사 자비심이 충만하여 봉사한다.	100	甲

자비(慈悲) 실현의 단계

1	모두에게 무자비(無慈悲) 누구에게나 자비의 마음이 없다.	0	否
2	이해성(利害性) 자비 유익한 곳에만 자비를 베푼다.	20	戊
3	소속성(所屬性) 자비 얽힌 인연에만 자비를 베푼다.	40	丁
4	선속성(善屬性) 자비 착한 이 모두에게 자비를 베푼다.	60	丙
5	가시성(可視性) 보편(普遍) 자비 보이는 곳에는 누구에게나 자비를 베푼다.	80	乙
6	무한무상성(無限無相性) 자비 국한도 없고 상도 없이 자비경륜을 실현한다.	100	甲

사근기(四根機)의 걸림

		조금	많이	거의
1	하근(下根) 식욕 · 색욕 · 재욕 등에 얽매여 솟아오르지 못하는 근기			
2	중 · 하근(中下根) 명예욕에 걸리어 솟아오르지 못하는 근기			
3	중근(中根) 상에 걸리어 크게 뛰어나지 못하는 근기〔자긍심〕			
4	상근(上根) 오욕은 물론 사상까지도 여읜 근기			

사단심(四段心)

지나치게 조급한 마음을 놓고 간단없는 공부로 서서히 번갈아 길들이되

		조금	많이	거의
1	1단: 집심(執心) 처음에는 집심이 주가 되다가			
2	2단: 관심(觀心) 점점 관심 공부로 들어가고			
3	3단: 무심(無心) 좀 더 익숙하면 무심을 주로하고			
4	4단: 능심(能心) 궁극에 가서는 능심에 이르러야 한다.			

배우는 세 가지 근기

1	밖으로 모든 학문을 배워 가는 근기	40	丙
2	안으로 연마하고 궁구하여 자각으로 지견을 기르는 근기	70	乙
3	배우고 깨친 바를 실지에 베풀어서 지행이 일치하게 하는 근기	100	甲

청법(聽法) 삼근기

1	하근기(下根機) 어리석은 사람이 아무 대중없이 되는대로 일생을 살며 비록 좋은 법문을 듣는다 할지라도 법으로 응용할 줄을 알지 못하는 근기	0	否
2	중근기(中根機) 지량이 있고 배우기를 좋아하는 사람은 선지식을 자주 친근하여 좋은 말씀 듣기를 즐기는 근기	50	丙
3	상근기(上根機) 큰 소견이 열린 사람은 우주 만유를 모두 부처님으로 모시고 때 없이 상주 설법을 듣는 근기	100	甲

견성 오단

1	1단: 만법귀일(萬法歸一)의 실체를 증거하는 것 천태만상의 이름과 모양이 각각이나 그 뿌리는 하나인 것을 증거하는 것	20	戊
2	2단: 진공(眞空)의 소식을 아는 것 그 뿌리의 실상 본질이 공(空)임을 아는 것	40	丁
3	3단: 묘유(妙有)의 진리를 보는 것 공적(空寂) 실상이기는 하나 그 가운데 묘유작용(妙有作用)이 호리불차한 것을 보는 것	60	丙
4	4단: 보림(保任)하는 것을 보는 것 그 진리 실상과 합산(合算)시키는 공을 들이는 것	80	乙
5	5단: 대기대용(大機大用)으로 이를 활용하는 것 합산된 위력으로 대기대용의 경륜을 종횡무진(縱橫無盡) 구사해 가는 것	100	甲

혜복(慧福)의 소재를 활용하는 세 근기

사람이 이 세상에 나올 때에 복과 혜의 종자를 다 가지고
나왔으나 그것을 활용하는 역량은 크게 세 근기로 나눌 수 있나니

1	하근기(下根機)는 과거에 지어 놓은 복과 혜를 곶감 빼먹듯 소비만 하여 없애 버리는 근기	0	否
2	중근기(中根機)는 근실하여 방탕 소모는 아니하나 새로운 복과 혜는 닦을 줄 모르고 있는 그대로 지키기만 하는 근기	50	丙
3	상근기(上根機)는 끊임없이 복과 혜를 장만하여 삼대력(수양력, 연구력, 취사력)을 키우며 복도 그 일부만을 수용하고 그 대부분을 정당한 사업에 써서 그 복이 더욱 쌓이게 하는 근기	100	甲

조견오온공부(照見五蘊工夫) 3차원

조견이란 자성광명(自性光明)으로 반조(返照)하는 것.

원만구족(圓滿具足)하고 지공무사(至公無私)하게 직관하는 것.

		조금	많이	거의
1	첫째는 관(觀)하는 공부이니 어느 상(相)에도 주착함이 없이 우주와 인생의 실상을 똑바로 보고 옳게 판단하는 것			
2	둘째는 각(覺)하는 공부이니 자성본원(自性本源)의 진공(眞空)한 영지(靈知)를 걸림 없이 단련하여 크게 깨침을 얻는 것			
3	셋째는 행(行)하는 공부이니 깨친 대로 모든 행동을 단련하여 해탈(解脫)과 만능(萬能)을 갖추는 것이다.			

관(觀)하고 각(覺)하고 행(行)하는 공부를 잘 조화하여 익숙해지면 조견(照見) 공부를 마쳐 일체(一切) 고액(苦厄)을 건너게 된다.

(『정산종사법어』 경의편 43)

일상수행의 요법 공부단계

1. 심지는 원래 요란함이 없건마는 경계를 따라 있어지나니 그 요란함을 없게 하는 것으로써 자성의 정을 세우자.

1	항상 요란하다.	0	否
2	경계 따라 편안과 요란이 왕래한다. (木印)	20	戊
3	거의 편안으로 바뀐다. (泥印)	40	丁
4	이해득실(利害得失)과 생사고락(生死苦樂)에 흔들림 없다. (水印)	60	丙
5	법신불 자리와 합일했다. (空印)	80	乙
6	자유자재	100	甲

2. 심지는 원래 어리석음이 없건마는 경계를 따라 있어지나니 그 어리석음을 없게 하는 것으로써 자성의 혜를 세우자.

1	어리석은 줄도 모른다.	0	否
2	어리석은 줄을 알아 알려고 노력한다.	20	戊
3	시비이해 대소유무를 대체로 안다.	40	丁
4	시비이해 대소유무를 걸림 없이 안다.	60	丙
5	대소유무의 이치 따라 인간의 시비이해를 건설한다.	80	乙
6	자유자재	100	甲

3. 심지는 원래 그름이 없건마는 경계를 따라 있어지나니 그 그름을 없게 하는 것으로써 자성의 계를 세우자.

1	그른 마음뿐이다.	0	否
2	바른 마음으로 바꾼다.	20	戊
3	대체로 바른 마음이다.	40	丁
4	바른 마음만 간직한다.	60	丙
5	종심소욕불유구(從心所欲不踰矩)다.	80	乙
6	자유자재	100	甲

4. 신(信)

1	호의불신(狐疑不信)한다.	0	否
2	반신반의한다.	20	戊
3	확신한다.	40	丁
4	이해고락 불고신이다.	60	丙
5	생사 불고신이다.	80	乙
6	자유자재	100	甲

분(忿)

1	전혀 분발이 없다.	0	否
2	분발이 있다 없다 한다.	20	戊
3	분발로 깨어 산다.	40	丁
4	이해고락을 불고하는 분발이다.	60	丙
5	생사결단의 분발이다.	80	乙
6	자유자재	100	甲

의(疑)

1	전혀 의심이 없다.	0	否
2	의심이 있을 때도 있다.	20	戊
3	의심투성이다.	40	丁
4	놓지 못하는 의심에 걸렸다.	60	丙
5	생활 모두를 화두로 산다.	80	乙
6	자유자재	100	甲

성(誠)

1	전혀 정성이 없다.	0	否
2	정성이 있다 없다 한다.	20	戊
3	끝없이 정성을 기울이려 한다.	40	丁
4	정성이 생활화된다.	60	丙
5	정성이 지극할 뿐이다.	80	乙
6	자유자재	100	甲

5. 원망생활을 감사생활로 돌리자.

1	원망뿐이다.	0	否
2	감사했다 원망했다 한다.	20	戊
3	감사만 하려고 노력한다.	40	丁
4	감사뿐이다.	60	丙
5	끝없이 보은까지 한다.	80	乙
6	자유자재	100	甲

6. 타력생활을 자력생활로 돌리자.

1	의뢰생활뿐이다.	0	否
2	자력생활과 의뢰생활을 반복한다.	20	戊
3	자력생활하려고 노력한다.	40	丁
4	자력을 베풀기도 한다.	60	丙
5	자력을 끝없이 베푼다.	80	乙
6	자유자재	100	甲

7. 배울 줄 모르는 사람을 잘 배우는 사람으로 돌리자.

1	모르는 것도 모른다.	0	否
2	모른다는 것을 알아 알려고 한다.	20	戊
3	배워 알기 위해 자존심을 버린다.〈불치하문(不恥下問)〉	40	丁
4	배우려는 마음뿐이다.	60	丙
5	선악개오사(善惡皆吾師)가 된다.	80	乙
6	보보일체 대성경(步步一切 大聖經)이 된다.	100	甲

8. 가르칠 줄 모르는 사람을 잘 가르치는 사람으로 돌리자.

1	가르치려는 마음이 없다.	0	否
2	물어 오면 가르쳐 준다.	20	戊
3	모르는 것을 보면 가르쳐 준다.	40	丁
4	당하는 대로 가르친다.	60	丙
5	가르치는 것이 의무가 됐다.	80	乙
6	가르치는 데 자유자재(무량방편)	100	甲

9. 공익심 없는 사람을 공익심 있는 사람으로 돌리자.

1	오직 사사만 있다.〈유사무공唯私無公〉	0	否
2	선사후공(先私後公)한다.	20	戊
3	공사병행(公私竝行)한다.	40	丁
4	선공후사(先公後私)한다.	60	丙
5	지공무사(至公無私)한다.	80	乙
6	자유자재〈대기대용경륜大機大用經綸〉	100	甲

법위등급별 삼학공부 단계

수 양 과

법위표준
念佛修禪에 대한 성의
외경에 흔들리지 아니하는 실력

1	**시작**(始作) 수양과 외경에 대한 공부 시작	보통급 (普通級)
2	**대체**(大體) 수양에 대한 취미를 대체로 알며 외경의 유혹에 신근이 흔들리지 아니하는 정도	특신급 (特信級)
3	**중간**(中間) 수양에 대한 취미를 일층 더 느끼며 순역 경계에 마음이 변동하지 아니하는 정도	법마상전급 (法魔相戰級)
4	**세밀**(細密) 무시선을 잘 수행하며 생사고락에 능히 초월하는 정도	법강항마위 (法强降魔位)
5	**합덕**(合德)	출가위 (出家位)
6	**만능**(萬能)	대각여래위 (大覺如來位)

연 구 과

법위표준
사리연구에 대한 성의
교과서 이해의 실력

1	**시작**(始作) 사리연구와 교과서에 대한 공부 시작	보통급 (普通級)
2	**대체**(大體) 연구에 대한 취미를 대체로 알며 교과서의 대체를 인식하는 정도	특신급 (特信級)
3	**중간**(中間) 연구에 대한 취미를 일층 더 느끼며 교과서 해석이 점차 명석 해지는 정도	법마상전급 (法魔相戰級)
4	**세밀**(細密) 교과서에 능하며 性理學에 통하는 정도	법강항마위 (法强降魔位)
5	**합덕**(合德)	출가위 (出家位)
6	**만능**(萬能)	대각여래위 (大覺如來位)

취 사 과

법위표준
헌규에 대한 관념
계문과 규약의 실력

1	**시작**(始作) 헌규와 계문에 대한 공부 시작	보통급 (普通級)
2	**대체**(大體) 헌규를 대체로 존중히 알며 계문규약에 큰 과오가 없는 정도	특신급 (特信級)
3	**중간**(中間) 헌규에 대한 觀念이 일층 더 깊어지며 실행이 점차 향상되는 정도	법마상전급 (法魔相戰級)
4	**세밀**(細密) 언행이 서로 대차가 없고 법이 백전백승하는 정도	법강항마위 (法强降魔位)
5	**합덕**(合德)	출가위 (出家位)
6	**만능**(萬能)	대각여래위 (大覺如來位)

금강경결어(金剛經結語)
일원상게송 육단계 공부

1	**有는 無로** 현실 있는 데에서(一切善法) 열심히 활동하고 갖추고 장만하나 거기에 집착상을 다 놓아 버리고 없는 데로 돌아가 안주하며	1段階
2	**無는 有로** 아무것도 없는 그 자리에서 초연히 유유자적 하다가 기틀 따라 있는 곳에 나타나 종횡무진하는 경륜을 다듬고 펼치고	2段階
3	**돌고 돌아** 그러나 그 어느 한 지점에서도 정지하지 아니하고 계속 돌려서 끝이 없게 하여가면	3段階
4	**지극(至極)하면** 그 공부는 점점 깊어져서 드디어는 지극한 자리 무등등한 자리에 도달이 되나니	4段階
5	**有와 無가 구공(俱空)이나** 비록 도달이 되었다 하나 有에서도 有가 없고 無에서도 無가 없어 한 흔적도 남아 있지 않으며	5段階
6	**구공역시구족(俱空亦是具足)이라** 모두 다 비었으되 공적영지(空寂靈知)의 광명과 대기대용(大機大用)의 경륜과 여래지혜덕상(如來智慧德相)이 원만구족(圓滿具足)한 경지에 이른다.	6段階

신분검사법과 항목별 기준

일일시시로 자기검사
자기검사로 인류검사

신 분 검 사 서

1. 신분검사는 자기가 자기를 성현 만드는 법

2. 공부인이 시 · 비 · 선 · 악을 알며 마음의 주착한 바와 행동의 본말을 알아 수양력 · 연구력 · 취사력을 얻기 위한 자기 점검법

3. 공부를 하기 전과 공부를 한 후 또는 공부를 시작한 후 지난해와 올해를 대조하여 변화가 된 점을 알기 위함.

4. 당연등급의 점수는 올라갈수록 이(利)가 되고 내려갈수록 해(害)가 되며, 부당등급의 점수는 올라갈수록 해가 되고 내려갈수록 이가 됨.

5. 수지대조에 대(貸)가 많으면 영생의 복락[저축]이 되고, 차(借)가 많으면 영생의 빚[채무]이 됨.

이름 ＿＿＿＿＿＿＿

1. 취 지

일체 생령을 남김없이 불보살로 만들고자 하시는 대종사님의 뜻을 받들어 모든 교도로 하여금 자기 인격의 장단점과 허와 실을 파악하고 그 파악된 결과를 토대로 하여 새로운 분발과 수행방향을 조정해 나가는 계기로 활용하도록 하기 위해 신분검사 요령을 제정한다.

2. 실 시

가. 신분검사는 매년 1회 본인이 작성하며 3년에 한 번씩 총결산한다.

나. 매년 12월에 실시하고 평가하여 다음 수행에 반영한다.

다. 신분검사서는 개인이 보관한다.

3. 사정방법

가. 당연등급

(1) 당연등급의 각 조항 점수는 20점 만점으로 한다. (기능은 30점)

(2) 사정의 기간은 그해 1년으로 하며 본인의 원에 따라 첫 사정은 지나간 일생을 놓고 할 수도 있다.

※신심과 서원은 장차 보충할 것을 전제하고 만점으로 기록할 수도 있다.

	내 용 설 명	
신심	진리와 법과 스승과 이 회상을 믿는 마음이다. 믿는 마음이 구경에 이르고 보면 진리와 법과 스승과 회상과 낱이 없이 하나가 되어 버린다.	20점 : 生死不顧의 신성이 됐다. 16점 : 고락불고의 신성이 됐다. 12점 : 이해불고의 신성이 됐다. 8점 : 신심이 많이 있다. 4점 : 신심이 난다. 0점 : 狐疑만 있다.
서원	자기가 무엇인가 해보겠다고 하는 큰 발원이 서원이다. 이 서원은 개인을 위한 원, 가정을 위한 원, 국가를 위한 원, 세계를 위한 원으로 구분되는데 이상 네 가지 원 중에서 세계를 위한 원이라야 20점 만점을 주도록 한다.	20점 : 서원이 무한동력이 됐다. 16점 : 서원이 절로 뭉쳐진다. 12점 : 서원으로 일관해 간다. 8점 : 서원을 충전해 간다. 4점 : 서원의 싹이 트고 있다. 0점 : 서원이 생기지 않는다.

	내 용 설 명	
공심	소아를 버리고 대아를 위해 바치는 마음으로서 부분 공심과 전체 공심으로 나눌 수 있다. 부분 공심이란 자기의 맡은 바 책임한계는 알뜰히 지켜 나가나 그 밖을 벗어나서는 오불관언(吾不關焉)하는 마음이다. 전체 공심은 이와 반대로 자기의 맡은 바 책임에도 충실할 뿐만 아니라 항상 전체를 위한 생각이 바탕하여 활동하는 마음이다. 표준은 빙공영사, 선사후공, 선공후사, 지공무사인가를 살필 것이다.	20점 : 至公無私로 산다. 16점 : 先公後私로 산다. 12점 : 公私竝行 한다. 8점 : 先私後公으로 산다. 4점 : 無公私事로 산다. 0점 : 憑公營私도 한다.
겸양	안으로 겸손하고 밖으로 양보하는 마음씨이다. 부귀 등 어떠한 우위에 처해 있다 할지라도 교만함이 없이 굴기하심(屈己下心)하며 공경 조심하고 공(功)이나 명예나 물질이나 간에 좋은 것은 양보하는 마음씨이다.	20점 : 겸양에 묶이지도 않는다. 16점 : 겸양이 절로 다 된다. 12점 : 겸양이 거의 된다. 8점 : 겸양하려고 노력한다. 4점 : 겸양이 될 때도 있다. 0점 : 오히려 오만이 있다.
통제	가정과 사회, 직장, 그 어느 곳에서도 마땅히 할 바 길을 따라 좇고 이끄는 마음으로 상봉하솔 하는 심법과 역량이다. 연령, 직책, 법 등 어느 모로 보나 자기보다 하위에 있는 사람을 가르치고 거느리고 이끌어 주는 마음이다.	20점 : 上奉 中興 下率에 토를 뗐다. 16점 : 상봉하솔이 절로 된다. 12점 : 상봉하솔이 많이 된다. 8점 : 상봉하솔 하려고 노력한다. 4점 : 거의 안 된다. 0점 : 오히려 거슬리는 일이 많다.
무상	아상, 인상, 중생상, 수자상 등 사상과 법상, 비법상까지도 텅 비움을 뜻한다. 시기 질투의 상대심이 없어 남의 잘한 일을 잘 보아 주며 명상욕에 사로잡힘이 없고 명상을 얻은 후에도 거기에 걸림이 없다.	20점 : 無相에 묶이지도 않는다. 16점 : 명상 없음이 허공 같다. 12점 : 명상을 거의 없애 간다. 8점 : 명상 제거에 노력한다. 4점 : 명상욕을 그대로 두고 있다. 0점 : 오히려 시기질투 오만이 많다.
인내	참고 견디는 마음으로서 일시적 인내와 영구적 인내로 구분할 수 있다. 일시적인내라 함은 한서와 기근 그리고 희로애락에 대해 순간적으로 참고 견디는 마음이요, 영구적 인내란 어떠한 서원이나 목적을 세우고 성공할 때까지 어떠한 순역 경계에도 끌리지 않고 계속 밀고 나가는 끈기와 지구력이다.	20점 : 따로 인내할 것이 없다. 16점 : 거의 인내가 된다. 12점 : 인내를 많이 한다. 8점 : 인내하려고 노력한다. 4점 : 인내하지 못한다. 0점 : 오히려 인내의 반대 모습이다.

	내 용 설 명	
신의	대의명분에 입각한 신용과 의리로서 소사와 대사에서의 신의로 구분할 수 있다. 소사에서는 개인 대 개인, 주로 신용과 시간 약속 등 일상적이고 자신에 관한 것이요, 대사에서는 대중과의 관계, 국가 교단과의 관계, 큰 서원을 세우고 지켜가는 등 주로 크고 영구적인 관계에서의 신의이며 특히 교단에서는 법통과 종통을 굳게 세워 지켜 가는 마음이다.	20점: 生死不顧의 신의다. 16점: 고락불고의 신의다. 12점: 이해불고의 신의다. 8점: 신의를 지키려고 노력한다. 4점: 신의에 대하여 관심 없다. 0점: 오히려 신의의 반대 모습이다.
전일	어느 때 어느 곳에서나 온전한 일심을 간직하는 마음으로, 동할 때에는 불의를 제거하고 선후를 잘 알아서 자기의 주어진 임무에 충실할 뿐 무관사에 동하거나 사사에 흔들림이 없는 것이요, 정할 때에는 앞으로의 형세를 보아 미리 연마하며 잡념을 제거하고 일심을 양성하는 등, 동하여도 분별에 착이 없고 정하여도 분별이 절도에 맞는 마음이다.	20점: 동하여도 분별에 착이 없고 정하여도분별이 절도에 맞는다. 16점: 그일 그일에 일심이 절로 된다. 12점: 그일 그일에 일심이 많이 된다. 8점: 그일 그일에 일심을 노력한다. 4점: 일심에 관심 없다. 0점: 오히려 전일의 반대 모습이다.
지혜	일과 이치간에 밝게 판단해 내는 알음알이와 슬기로서 事明, 理明으로 구분할 수 있다. 사명은 일의 시비이해를 밝게 판단하며 완급 선후를 적절히 맞추어 가는 마음이며, 이명은 자성 원리와 대소 유무 인과보응 되는 이치를 밝게 아는 마음이다.	20점: 대소유무의 이치를 보아다가 인간의 시비이해를 건설한다. 16점: 理無碍 事無碍가 됐다. 12점: 사리간 대체 윤곽을 잡았다. 8점: 事와 理를 연마해 가고 있다. 4점: 事와 理에 관심 없다. 0점: 오히려 어리석기 그지없다.
청렴	조신해 나가는 바가 깨끗하고 염치를 아는 마음이니 청정과 염치로 구분할 수 있다. 청정은 계행이 청정하여 혼탁한 세상을 맑히는 청신제요, 염치는 매사에 분수 밖을 내다보고 도에 넘치는 것을 부끄러움으로 알아 벗어나지 않는 마음이다.	20점: 淸廉에 묶이지도 않는다. 16점: 허공과 같이 깨끗하다. 12점: 거의 청렴을 지켜간다. 8점: 청렴을 많이 한다. 4점: 청렴이 되기도 한다. 0점: 오히려 청렴의 반대 모습이다.
학문	시대에 따라 모든 학문을 준비하라 하신 바 학식을 의미하는 것으로서 과학을 토대로 한 일반학문과 도덕을 토대로 한 도학으로 구분할 수 있다.	20점: 박사급이다. 16점: 석사급이다. 12점: 학사급이다. 8점: 고졸급이다. 4점: 초중졸급이다. 0점: 무식하다.

	내 용 설 명	
기능	농, 공, 상에 대한 기술적인 역량과 능력으로 농은 영농기술과 역량, 상은 기업적인 상술과 역량, 공은 기계관리의 기술역량을 말한다.	30점: 金銀銅賞級 기능이 있다. 24점: 상위권 기능이 있다. 18점: 상당한 기능이 있다. 12점: 기능이 있다. 6점: 조금 있다.　　0점: 전혀 없다.
효성	나를 낳고 기르고 가르쳐 준 일체 부모에게 바치는 정성심. 생가 부모는 나의 육신을 낳고 길러 주셨으며, 도가의 부모는 나의 정신을 낳고 길러 주신 부모요 스승이다. 그러므로 이 모든 은혜에 대해 육체의 봉양과 심지의 안락, 유업계승 등으로 보은하는 모든 정성이 바로 효성이다.	20점: 人生의 要道, 工夫의 要道를 빠짐없이 밟는다. 16점: 심지안락, 육체봉양을 충분히 드린다. 12점: 심지의 안락을 충분히 드린다. 8점: 심지의 안락과 육체 봉양을 조금 드린다. 4점: 육체의 봉양만 조금 드린다. 0점: 아무것도 못 드린다.
진실	마음에 거짓이 없고 꾸밈이 없는 실다움을 뜻하는데 자기 양심과 진리를 속이지 않는 내진과, 내외가 겸하고 언행이 일치하여 항상 실질을 주장하는 외실로 구분할 수 있다.	20점: 진실에 묶이지도 않는다. 16점: 진실이 저절로 다 된다. 12점: 진실이 거의 다 된다. 8점: 노력하여 진실이 많이 된다. 4점: 진실이 되기도 한다. 0점: 오히려 진실 반대의 모습이다.
은악양선	다른 사람의 잘잘못에 대해 간직해야 할 바른 심법이니, 은악은 다른 사람의 허물을 발견했을 때 그것을 들추려는 마음이나 미워하는 마음 없이 오히려 안타깝게 여기고 덮어서 고치도록 해주려는 마음이요, 양선은 다른 사람의 잘한 일을 알았을 때 그것을 드러내 포상을 받도록 해주고 세상의 거울이 되도록 하려는 마음이다.	20점: 隱惡揚善에 묶이지도 않는다. 16점: 은악양선이 절로 된다. 12점: 은악양선이 거의 된다. 8점: 노력하여 은악양선이 많이 된다. 4점: 은악양선이 되기도 한다. 0점: 오히려 은악양선의 반대다.
심사결단	모든 일을 처결해 갈 때에 우유부단지 않고 결단성 있게 처리해 나가되 대의명분과 자리이타의 정신에 입각함. 개인적인 것과 일시적인 것, 소소한 일에 대한 결단성과 대중적이고 영구적인 큰일에 있어서의 결단성으로 구분된다.	20점: 취사의 가닥이 잡힌 것은 물론 결단을 종횡무진하게 구사해 간다. 16점: 취사의 결과에 따라 모두 즉시 결단을 내려 간다. 12점: 즉시는 못하나 시간을 두고 거의 결단을 내린다. 8점: 많이 결단을 내린다. 4점: 결단을 내릴 때도 있다. 0점: 오히려 우유부단하다.

	내 용 설 명
주밀	모든 일을 도모해 갈 때에 주도면밀한 일 처리를 말한다. 주로 일상적이고 자기 개인에 그치는 적은 일에서의 주밀과, 그 영향이 대중에게까지 또는 영구적인 데까지 미치는 큰일에 있어서의 주밀로 구분된다.
	20점: 주밀에 묶이지도 않는다. 16점: 일상적인 일이나 경륜성 일이나 미치지 않는 곳이 없다. 12점: 거의 실수가 없다. 8점: 주밀하려고 노력 중이다. 4점: 주밀이 될 때도 있다. 0점: 오히려 주밀의 반대 모습이다.
수시 변역	달라지는 상황에 따라서 수기응변의 도를 펴되 대의명분과 자리이타의 정신에 위배됨이 없어야 한다. 여기에도 개인적이고 일시적이며 일상적인데 그치는 소사와, 대중적이며 영구적인 대의에 관계되는 대사에서의 수시 변역으로 구분된다.
	20점: 이에 묶이지도 않는다. 16점: 상황성 따라 隨機應變으로 종횡무진하게 대처한다. 12점: 수기응변을 거의 해간다. 8점: 수기응변으로 대처하려고 길들이고 있다. 4점: 수기응변이 되기도 한다. 0점: 오히려 고지식할 뿐이다.
보시	자기를 위한 것이 아니고 남을 위한 일체 행동을 뜻하는 것으로서 자기가 소유하고 있는 것을 베풀어 남에게 도움이 되게 하는 물질보시와, 자기의 몸과 마음을 베풀어서 남에게 유익한 결과가 되도록 하는 심신보시로 구분된다.
	20점: 정신 육신 물질로 갈진보시하고도 한 점 相이 없다. 16점: 일체 생령을 위하여는 함지사지를 당하여도 다시 여한이 없다. 12점: 있는 대로 당하는 대로 보시한다. 8점: 보시를 많이 하는 편이다. 4점: 보시를 하기도 한다. 0점: 오히려 보시의 반대 모습이다.
활동	자기의 생활무대에 따라서 그 영향력이 어느 정도 깊고 넓게 미쳐 갈 수 있느냐 하는 활동성이다. 이는 일을 보다 효과적인 성공으로 이끌 수 있는 요령으로서의 역량과, 옳은 일에 쏟는 정성심 정도로서의 성의로 구분된다.
	20점: 大機大用의 경륜을 종횡무진하게 구사해 간다. 16점: 일체 생령을 위하여는 함지사지도 마다 하지 않는다. 12점: 보람을 위해서 활동을 쉬지 않는다. 8점: 활동하려고 노력한다. 4점: 활동하기도 한다. 0점: 활동을 않으려고만 한다.

	내 용 설 명
자비	부모가 자녀에게 품는 것 같은 사랑이며 인자한 마음씨이다. 그중에서도 다른 사람의 잘된 점을 알면 진실로 자기의 일과 같이 반갑고 기뻐하며 더욱 잘 할 수 있도록 북돋아 주는 마음과〔外慈〕, 남의 잘못을 알았을 때는 진실로 자기 잘못인 듯 마음 아파하고 안타깝게 여겨 거기서 헤쳐 나가도록 백방으로 주선해 주려는 마음〔內慈〕으로 구분할 수 있다.	20점: 일체 생령을 위한 대자대비의 무량방편을 종횡무진하게 구사한다. 16점: 일체 생령을 향한 자비뿐이다. 12점: 마음 가득히 자비를 충만 시켜간다. 8점: 자비를 향한 공부를 진행하고 있다. 4점: 자비가 있기도 하다. 0점: 오히려 자비 반대 모습이다.
원만	내외간에 편협 편벽한 조각 인격이 아니고 두렷함을 갖추어 두루 적응할 수 있는 전인성이다. 다시 내외로 구분하자면 안으로 삼대력이 고루 짜이고 두렷하게 갖춤이요, 밖으로 원근친소에 집착함이 없이 대인접물에 두루 통할 수 있는 마음의 도량을 뜻한다.	20점: 이에 묶이지도 않는다. 16점: 인격도 대인관계도 일 처리 능력도 사통오달이다. 12점: 사통오달이 거의 되어 간다. 8점: 조각 인격과 원근친소가 거의 없다. 4점: 원만수행 원만처신이 되기도 한다. 0점: 오히려 원만의 반대 모습이다.

나. 부당등급

 (1) 부당등급의 각 조항 점수는 10점 만점으로 한다.

 (2) 사정기간은 당연등급과 같으며, 重戒(殺, 盜, 淫)는 한 번만 범해도 만점으로 한다.

	내 용 설 명
연고 살생	연고없이 살생을 말며
	대의를 살리고 세우기 위해 부득이한 경우가 아니면서 잔인성과 욕심과 습관으로 타의 생명을 앗아 버리는 일 0점: 오히려 活生한다. 2점: 살생 않으려고 할 것도 없다. 4점: 거의 살생 않는다. 6점: 많이 살생 않는다. 8점: 살생 않기도 한다. 10점: 오히려 살생하는 모습이다
도 둑 질	도둑질을 말며
	근본적으로는 네 것 내 것이 없으나 현실적으로는 내 것이 아닌 것을 정도가 아닌 부당한 방법으로 빼앗아 차지하는 일 0점: 오히려 보시를 할 뿐이다. 2점: 도둑질 않으려고 할 것도 없다. 4점: 도둑질은 않는다. 6점: 거의 도둑질 않는다. 8점: 부지중 할 때도 있다. 10점: 할 때가 있다.
간음	간음을 말며
	생리적 욕구에 사로잡혀 부정당한 입장에서 남의 정절을 유린하거나 스스로의 정절을 유린하는 일 0점: 끌리는 흔적조차 없다. 2점: 순간적인 것뿐이다. 4점: 잠깐 머물렀다 사라진다. 6점: 行姦은 다 떼었다. 8점: 떼려고 착수했다.　10점: 못 떼었다.
연고 음주	연고없이 술을 마시지 말며
	누구나 인증이 될 만한 충분한 이유가 없이 술을 기호로 마시거나 절제 없는 자세로 과도히 마시는 행위 0점: 타인 禁酒도 권장한다. 2점: 전혀 술 생각이 없다. 4점: 술은 입에 대지도 않는다. 6점: 술은 거의 안 마신다. 8점: 마시기도 한다. 10점: 술을 항상 마신다.
잡기	잡기를 말며
	우리 생활에 아무런 보탬이 되지 않을 뿐만 아니라 오히려 저해 요인이 되는 비생산적인 각종 놀이와 재주풀이 0점: 타인 잡기도 끝없이 말린다. 2점: 전혀 잡기 생각 없다. 4점: 잡기는 전혀 안 한다. 6점: 잡기는 거의 안 한다. 8점: 잡기를 하기도 한다. 10점: 기회 있을 때마다 잡기를 한다.

	내 용 설 명	
악구	악한 말을 말며	
	착하고 부드럽고 다습고 여유 있는 분위기를 조성하는 말이 아니라, 악하고 거칠고 차갑고 모질고 막된 분위기를 일으키는 말을 하여 상극의 기운을 조성하고 자타간에 재앙을 불러 오는 말	0점: 德談 法談 正談만 한다. 2점: 악구는 뗄 것도 없다. 4점: 악구는 다 뗴었다. 6점: 악구는 거의 뗴었다. 8점: 악구 할 때도 있다. 10점: 악구를 많이 한다.
연고 투쟁	연고없이 쟁투를 말며	
	대의를 살리고 정당방위를 수호하기 위한 이유도 없으면서 자기의 기분 따라 또는 자기의 이권을 위해 다투는 행동	0점: 끝없이 화해시켜 나간다. 2점: 爭鬪 않으려고 할 것도 없다. 4점: 절대 쟁투를 안 한다. 6점: 거의 쟁투를 안 한다. 8점: 쟁투 할 때도 있다. 10점: 쟁투를 하는 편이다.
공금 범용	공금을 범하여 쓰지 말며	
	공공 직책에 있거나 공공 활동하는 것을 기회로 공금 공물을 사사로이 유용하는 것으로써 공과 사를 분간 못하거나 공을 통해 사리사욕을 충족시키려는 행위	0점: 끝없이 공금을 지키고 늘려 간다. 2점: 公金犯用 않으려는 것도 필요 없게 되었다. 4점: 공금을 절대 범용하지 않는다. 6점: 거의 공금 범용을 않는다. 8점: 공금을 범용 할 때도 있다. 10점: 공금범용을 한다.
금전 여수	심교간 금전을 여수하지 말며	
	법이나 의리 등 심법으로만 사귀어야 할 피차의 처지에서 부득이한 이유도 없이 이권 위주의 금전여수를 하여 법이나 의리 등 심법까지도 흔들리는 결과를 야기하는 행위	0점: 이에 묶이지도 않는다. 2점: 절대 金錢與受를 안 한다. 4점: 거의 금전여수를 안 한다. 6점: 금전여수를 할 때도 있다. 8점: 금전여수를 한다. 10점: 금전여수를 많이 하는 편이다.

	내　용　설　명	
연고 담배	연고없이 담배를 피우지 말며	
	흡연이 일반화된 것이라고 해서 나도 피우는 행위. 처음 피울 때는 정당한 연고가 있을 수 없다. 다만 이 계문을 받기 전에 이미 굳어버린 생리적 조건이 되어 있는 경우만 연고로 받아들일 수 있다.	0점: 끝없이 담배 피우는 것을 말린다. 2점: 담배 안 피운다는 마음도 없다. 4점: 절대 담배를 안 피운다. 6점: 거의 담배를 안 피운다. 8점: 피울 때도 있다. 10점: 담배를 피운다.
공사 단독	공중사를 단독 처리하지 말며	
	습관적으로나 또는 어떤 저의에서나 또는 어떤 독재벽으로 공사를 공의에 거치지 않고 처리해 버리는 행위	0점: 끝없이 公事的으로 처리하도록 독려한다. 2점: 절대 공사적으로 처리 할 뿐이다. 4점: 거의 공사적으로 처리하려고 노력한다. 6점: 단독 처리할 때도 있다. 8점: 단독 처리를 한다. 10점: 단독 처리를 많이 한다
타 인 과	다른 사람의 과실을 말하지 말며	
	다른 사람의 과실 등 약점을 들추어 말하는 것. 타인의 잘못이 보이면 안타깝게 생각하는 마음씨가 아니라, 오히려 어떠한 저의에서나 혹은 습관적으로 흉을 보고 헐뜯고 하는 행동	0점: 타인의 칭찬 격려만 한다. 2점: 타인과는 뗄 것도 없다. 4점: 절대 타인과를 않는다. 6점: 거의 타인과를 않으려고 노력한다. 8점: 타인과를 한다. 10점: 타인과를 많이 한다.
금은 보패	금은보패를 구하지 말며	
	무엇이나 좋은 것이면 모아서 쌓아 두려는 욕심을 삶의 보람으로 여기고 하는 자세와 행동	0점: 金銀寶貝에는 관심도 없다. 2점: 절대 금은보패에 정신 빼앗기지 않는다. 4점: 거의 금은보패에 정신 빼앗기지 않으려고 노력한다. 6점: 금은보패에 정신 빼앗길 때도 있다. 8점: 금은보패에 정신 빼앗긴다. 10점: 금은보패에 정신이 빠져든다.

	내 용 설 명	
의복 사치	의복을 빛나게 꾸미지 말며	
	사치와 허영의 마음으로 스스로를 꾸미고 장식하고 단장하려는 계교	0점: 검소한 衣服을 즐긴다. 2점: 절대 의복 사치는 안 한다. 4점: 거의 의복 사치를 안 한다. 6점: 의복 사치를 않으려고 작정했다. 8점: 의복 사치를 하기도 한다. 10점: 의복 사치를 즐긴다.
샷된 벗	정당하지 못한 벗을 좇지 말며	
	샷된 벗을 좇아 휩쓸려 놀러 다니는 것. "친구는 제2의 나"이다. 따라서 친구는 양보다 질을 택해서 사귀어야 한다. 옳고 그른 줄도 모르고 샷되게 어울려 그저 떼 지어 놀고 휩쓸리는 것	0점: 道伴들과만 즐긴다. 2점: 샷된 벗은 생각도 없다. 4점: 절대 샷된 벗은 멀리한다. 6점: 거의 샷된 벗은 없는 편이다. 8점: 샷된 벗과 어울리기도 한다. 10점: 샷된 벗과 즐긴다.
병설	두 사람이 아울러 말하지 말며	
	두 사람이 아울러 말하는 것. 자기주장을 재빨리 내세우려는 성급한 마음으로 상대방이 말하고 있는 도중에 자기 말부터 내뿜는 것	0점: 끝없이 양인병설을 말려간다. 2점: 절로 양인병설을 안 한다. 4점: 절대 양인병설을 안 하려고 한다. 6점: 거의 양인병설을 안 한다. 8점: 양인병설을 하기도 한다. 10점: 양인병설을 구애 없이 한다.
신용 없음	신용없지 말며	
	신용을 지키지 않는 습벽. 습관적으로 약속에 대해 해이하거나 또는 자기의 이권을 위해서는 신용도 아랑곳 하지 않는 행위	0점: 끝없이 신용사회 건설을 주도해 간다. 2점: 절로 신용이 다 지켜진다. 4점: 절대로 신용을 다 지킨다. 6점: 거의 신용을 지켜 간다. 8점: 신용을 잃기도 한다. 10점: 신용을 많이 잃고 산다.

	내 용 설 명	
꾸미는 말	비단같이 꾸미는말을 하지 말며	
	비단같이 꾸미는 말. 말이란 자기의 충정을 전달하면 그것으로 족하다. 어떠한 계교 사량을 일으켜 기교를 부리는 말은 천진을 상한다.	0점: 꾸미는 말을 싫어하고 끝없이 말려 간다. 2점: 비단같이 꾸미는 말은 따로 뗄 것도 없다. 4점: 절대 비단같이 꾸미는 말을 안 해간다. 6점: 거의 비단같이 꾸미는 말을 안 해간다. 8점: 비단같이 꾸미는 말을 할 때도 있다. 10점: 비단같이 꾸미는 말이 습관이 돼 있다.
연고 잠	연고 없이 때 아닌 때 잠자지 말며	
	연고 없이 때 아닌 때 나태한 마음으로 잠자는 행위. 정당한 이유 없이 때 아닌 때 눕는 것은 근면을 좀먹고 의욕적인 힘을 사장한다.	0점: 때 아닌 잠은 오지도 않으며 남에게도 끝없이 말려간다. 2점: 때 아닌 잠은 없다. 4점: 절대 때 아닌 잠은 자지 않는다. 6점: 거의 때 아닌 잠을 없애 간다. 8점: 때 아닌 잠을 잔다. 10점: 때 아닌 잠이 습관이 되었다.
노래 춤	예 아닌 노래 부르고 춤추는 자리에 좇아 놀지 말며	
	방종 방탕이 동기가 되어서 하는 것은 물론, 그렇지 않더라도 예 아닌 노래 부르고 춤추는 자리에 좇아 노는 것. 끝내는 자기 스스로가 방탕 방종의 함정에 빠져 패가망신이 뒤따를 뿐이다.	0점: 예 아닌 노래와 춤을 생각해 본 일도 없고 끝없이 말려 가기도 한다. 2점: 예 아닌 노래와 춤은 따로 뗄 것도 없다. 4점: 절대로 예 아닌 노래 춤 경계를 만들지 않는다. 6점: 거의 예 아닌 노래 춤을 않는다. 8점: 예 아닌 노래와 춤장에 가기도 한다. 10점: 예 아닌 노래와 춤 경계에 빠졌다.
아만심	아만심을 내지 말며	
	자기라는 위치에 걸려 오만불손하는 자존심. 실오라기만한 우위에 걸려 나오는 아만심이 겸허한 품위를 상하며 위아래를 잃어 고독을 스스로 불러 온다.	0점: 오직 겸손뿐이요 끝없이 타의 아만을 부수어 주는 작업도 한다. 2점: 겸허한 마음이 습관이 되었다. 4점: 절대로 아만심을 내지 않는다. 6점: 거의 아만심을 내지 않는다. 8점: 아만심을 내기도 한다. 10점: 아만심이 습관이 되었다.

	내 용 설 명	
두 아 내	두 아내를 거느리지 말며	
	두 아내를 거느린다는 뜻으로 만물의 영장다운 일부일처의 윤리를 지키지 못한 것을 의미한다.	0점: 끝없이 성 윤리를 淨化해 간다. 2점: 異性경계에 無心이 됐다. 4점: 절대 이성경계에 빨려 들지 않는다. 6점: 특정인은 없으나 당하는 대로 끌린다. 8점: 마음 속에는 있다. 10점: 현실적으로 있다. 〔현실적으로 유무로만 있다〕
연고 사육	연고없이 사육을 먹지 말며	
	정당한 이유 없이 기호나 습관으로 육물을 취해 먹는 것을 의미. 만물 가운데 특히 사족축생은 사람과 그 윤기가 가장 가깝다. 윤기가 가까운 중생의 살을 먹으면 인(仁)을 상하게 되고 간접적으로 한 생의 생명이 무고하게 죽음을 당한다. 그러므로 사육을 먹지 말자는 것이다.	0점: 전혀 생각도 없다. 2점: 전혀 먹지 않는다. 4점: 먹지 않으려고 노력한다. 6점: 먹게 되면 먹기도 한다. 8점: 四肉을 영양으로 먹는다. 10점: 四肉을 즐긴다.
나태	나태하지 말며	
	게으름으로 안일욕에 사로잡혀 자기의 의무와 책임을 외면하고 무사안일에 젖어 가라앉는 마음.	0점: 오직 근면만 있을 뿐이다. 2점: 근면이 절로 된다. 4점: 절대 근면한다. 6점: 거의 근면하려고 노력한다. 8점: 많이 나태 한다. 10점: 나태뿐이다.
한 입 두말	한 입으로 두말하지 말며	
	한 입으로 두 말 하는 것. 두 사람 사이를 이간하는 말. 자기의 처세를 위해 지조 없이 무책임한 말이나 대의와 의리를 상하는 말을 함부로 하는 것. 두 사람 사이에 각각 다른 말을 하여 신변 보호를 하려고 하는 말.	0점: 一口兩言을 경계하여 주기까지 한다. 2점: 저절로 일구양언이 이미 없다. 4점: 절대로 일구양언을 않는다. 6점: 거의 일구양언 않기로 노력한다. 8점: 일구양언을 하기도 한다. 10점: 일구양언이 습관화됐다.

	내　용　설　명	
망어	망령된 말을 하지 말며	
	망령된 말로 아무런 실용적인 의미가 없는 군소리 신소리 등. 남의 호기심을 자극하기 위해 알맹이 없이 내뿜는 말.	0점: 妄語를 경계하여 주기까지 한다. 2점: 절로 망어를 하는 일이 없다. 4점: 절대 망어를 하지 않는다. 6점: 거의 망어 않기로 노력한다. 8점: 망어를 하기도 한다. 10점: 망어 하는 것이 습관이 되었다.
시기심	시기심을 내지 말며	
	상대심에 바탕하여 남의 잘하고 좋은 일을 보면 미워하고 꺼리면서 부정적으로 받아 넘기려는 마음. 심하면 모략중상으로까지 비약한다.	0점: 남의 좋은 점에 환희심을 내고 진심으로 격려 포양 한다. 2점: 절로 猜忌心이 나오지 않는다. 4점: 절대로 시기심을 내지 않는다. 6점: 거의 시기심을 내지 않으려고 노력한다. 8점: 시기심을 내기도 한다. 10점: 시기심이 습관이 되었다.
탐심	탐심을 내지 말며	
	재색명리간에 분수를 벗어나서 욕심껏 차지하려는 마음. 행여 남에게 빼앗길세라 어떠한 수단 방법으로라도 가로채서 내 소유로 하고자 하는 강한 욕심.	0점: 오히려 보시와 양보를 즐긴다. 2점: 절로 貪心이 나오지 않는다. 4점: 절대 탐심을 내지 않는다. 6점: 거의 탐심을 내지 않으려고 노력한다. 8점: 탐심이 마음으로는 나온다. 10점: 탐심이 행동으로까지 표출된다.
진심	진심을 내지 말며	
	밖으로부터의 분수를 벗어나서 자기의 뜻에 거슬려 부딪칠 때 역정이 나서 성내는 마음. 일단 성이 나고 보면 자기의 위치, 상대방의 위치 및 경위를 참작할 겨를도 없이 매각되어 일을 그르치는 결과를 만들어 버리고 만다. 그리하여 크고 작은 모든 다툼의 비롯이 된다.	0점: 계속 화평의 마음으로 즐길 뿐이다. 2점: 절로 진심이 나지 않는다. 4점: 절대 진심을 내지 않는다. 6점: 거의 진심을 내지 않는다. 8점: 진심이 경계에 따라서는 난다. 10점: 진심 내는 것이 습관이 되어 버렸다.

	내 용 설 명
치심	치심을 내지 말며
	그 무엇에라도 가리어 사실과 본심이 위장되어 나오는 마음들로서 과장하는 마음, 관념에 걸린 마음, 관습에 걸린 마음, 상에 걸린 마음, 기타 일체 비진리적인 데에 걸려 있는 마음. — 0점: 끝없이 치심을 깨우쳐 간다. 2점: 절로 치심이 나지 않는다. 4점: 치심은 절대 용납 않는다. 6점: 치심 있음을 모두 알아 제거하려고 노력한다. 8점: 치심이 있음을 알기도 한다. 10점: 치심에 찌들어 있음에도 알지도 못한다.
허위	실답고 참스러움이 없이 허황되고 거짓스러움이다. 대인접물을 하고 일을 해결해 나가는 데 있어서 진실로 풀어 가려 하지 아니하고 허망하고 거짓스러운 허위로써 대처해 가려 한다. — 0점: 眞實無僞를 즐길 뿐이다. 2점: 절로 허위가 별로 없다. 4점: 절대로 허위 하지 않는다. 6점: 거의 허위하지 않으려고 노력한다. 8점: 허위를 하기도 한다. 10점: 허위가 습관이 되었다.
편심	대인관계가 원만하지 못하고 몇몇 소수에 국집 편착하는 마음. 즉 원근친소 자타혈연 등에 편착하여 두루 통하지 못하고 대의를 아랑곳 하지 않는 마음으로 파당형성의 원인이 된다. — 0점: 上下左右, 遠近親疎간에 四通五達이 되어 원만을 즐긴다. 2점: 절로 편심이 나오지 않는다. 4점: 절대로 편심을 내지 않는다. 6점: 거의 편심을 없애려고 노력한다. 8점: 편심을 내기도 한다. 10점: 편심이 습관이 되었다.
아상	자기를 중심으로 일체 명상에 사로잡힌 마음. 자기 것이거나 자기가 관계한 것이라면 실오라기만한 것이라도 알리고 드러내서 자랑을 해야 후련한 마음. — 0점: 자기를 숨기고 살기를 즐겨한다. 2점: 절로 我相이 나오지 않는다. 4점: 절대로 아상을 내지 않는다. 6점: 거의 아상을 없애려고 노력한다. 8점: 아상을 많이 낸다. 10점: 아상이 습관이 되었다.

다. 수지대조법

수지대조는 한 해의 수지대조를 통해서 자신이 얼마나 복을 장만하고 살았는가 아니면 빚만 지고 살았는가를 알아보자는 것이다.

(1) 수입(收入)

그 해(本年分)에 받은 기본용금, 직원복리비, 생활지원금, 급료, 수당, 강의료, 연구비, 원고료 등 정당한 노력의 대가로 받은 현금이나 물질(현금 환산)의 총액을 적는다.

(2) 지출(支出)

가. 그 해(本年分)에 자기 자신이나 부양가족을 위해서 쓰인 현금의 총액을 적는다.

나. 그 해(本年分)에 자기로 인해서 교단이나 단체나 공중에 손해가 난 경우 그 금액을 적는다.

(3) 대부(貸付)

가. 현재 상황에서 타인에게 받기로 하고 빌려준 현금의 총액을 적는다.

나. 타인에게 무상(無償)으로 준 것은 혜시로 한다.

(4) 차용(借用)

가. 현재 상황에서 타인에게 빌려 쓰고 갚지 않은 현금의 총액을 적는다.

나. 공금은 해당 안 됨.

다. 지금까지 교단이나 공중에 손해를 끼친 총액을 적는다.

(5) 혜수(惠受)

가. 본년분을 먼저 적는다.

나. 그 해(本年分)에 특별한 노력 없이 타인으로부터 받은 현금이나 물질(현금환산)의 총액을 적는다.

다. '전년도까지의 計' 산출 순서

1) 처음으로 수지 대조를 하는 사람은 '표준 지출 참고표(표1)'에 있는 자신의 최종 학력에 해당하는 '누계'를 적는다.

2) '학업을 마친 후 지출 기준표(표2)'에 따라 졸업 이후 검사년도 전까지의 금액을 적는다.

(6) 혜시(惠施)

가. 본년분을 먼저 적는다.

나. 그 해(本年分)에 타인에게 베푼 현금이나 물질(현금환산)의 총액을 적는다.

다. '전년도까지의 計' 산출

처음으로 수지 대조를 하는 사람은 이전에 있었던 혜시 총액을 적는다.

표1) 표준 지출 참고표

(단위:천 원)

구 분		월	년	계	누 계
학력	연령				
취학 전	1~6	140	1,680	8,400	
초 등	6~12	280	3,360	20,160	28,560
중 학	12~15	420	5,040	15,120	43,680
고 등	15~18	560	6,720	20,160	63,840
대 학	18~22	700	8,400	33,600	97,440
대학원	22~24	840	10,080	20,160	117,600
박 사	24~27	1,400	16,800	50,400	168,000

표2) 학업 마친 후 지출 기준표

(단위: 천 원)

	월	년
중졸 이하	280	3,360
고 졸	420	5,040
대 졸	560	6,720
대학원	700	8,400
박 사	840	10,080

※ 제시된 기준표 1, 2는 2001년 정부 고시가 가마니 당 14만 원을 기준으로 환산한 금액임.

당연등급(복락의 씨앗)

	내 역	년	년	년
신 심	진리 · 스승 · 법 · 회상			
서 원	개인 · 가정 · 국가 · 세계			
공 심	부분 · 전체			
겸 양	내겸 · 외겸			
통 제	상봉 · 하솔			
무 상	시기질투 없음 · 명상없음			
인 내	일시적 · 영구적			
신 의	小事 · 大事			
전 일	動時 · 靜時			
지 혜	事明 · 理明(성리)			
청 렴	청정(계문) · 염치(물질)			
학 문	과학 · 도학			
기 능	농 · 공 · 상			
효 성	생가 · 도가			
진 실	內眞(마음) · 外實(언행)			
은악양선	은악 · 양선			
심사결단	小事 · 大事			
주 밀	小事 · 大事			
수시번역	小事 · 大事			
보 시	물질 · 심신			
활 동	역량 · 성의			
자 비	外慈(권선) · 內悲(용서)			
원 만	外無원근친소 · 內삼학병진			
계(470점)				

부당등급(죄고의 씨앗)

	년	년	년		년	년	년
연고살생				꾸미는말			
도 둑 질				연 고 잠			
간 음				노 래 춤			
연 고 술				아 만 심			
잡 기				두 아 내			
악 한 말				연고사육			
연고쟁투				나 태			
공금범용				한입두말			
금전여수				망 어			
연고담배				시 기 심			
공사단독				탐 심			
타 인 과				진 심			
금은보패				치 심			
의복사치				허 위			
삿 된 벗				偏 心			
병 설				아 상			
신용없음				계			

※ 각 항목당 10점씩, 총 330점

빈부 결산

收支對照(수지대조)

항목＼년도		年		年		年	
		貸(대)	借(차)	貸(대)	借(차)	貸(대)	借(차)
惠受 (혜수)	前年度까지의 計						
	本年分						
惠施 (혜시)	前年度까지의 計						
	本年分						
收入 (수입)	本年分						
支出 (지출)	本年分						
貸付 (대부)	現在						
借用 (차용)	現在						
總計(총계)		富(부)	貧(빈)	富(부)	貧(빈)	富(부)	貧(빈)

398 | 마음 수업

자기평가

각자 자신의 신분검사 결과를 종합 평가하여 자기 인격의 허와 실을 점검해 보고 다음 해의 공부 계획을 간략하게 세워 본다.

당연등급은 복락의 씨앗임을 알아 그 점수를 계속 상승시켜 나가기에 노력하고 부당등급은 죄악의 씨앗임을 깨달아 계속 그 점수를 하강시켜 가며, 혜시와 수입과 대부는 부유의 자산임을 알아 계속 상승시켜 가고, 혜수와 지출과 차용은 빈천의 자산임을 깨달아 계속 하강시켜 간다.

년	
년	
년	

마음 수업

ⓒ 이광정 2011

초판 1쇄 인쇄 2011년 12월 19일
초판 3쇄 발행 2012년 1월 30일

지은이 이광정
펴낸이 이기섭
기획편집 김윤희 이선희
마케팅 조재성 성기준 정윤성 한성진
관리 김미란 장혜정

펴낸곳 한겨레출판(주) www.hanibook.co.kr
등록 2006년 1월 4일 제313-2006-00003호
주소 121-750 서울시 마포구 공덕동 116-25 한겨레신문사 4층
전화 02)6383-1602~1603 **팩스** 02)6383-1610
대표메일 happylife@hanibook.co.kr

ISBN 978-89-8431-531-0 03810

• 책값은 뒤표지에 있습니다.
• 파본은 구입하신 서점에서 바꾸어 드립니다.